LES ANNALES DU DISQUE-MONDE

MÉCOMPTES DE FÉES

DU MÊME AUTEUR
CHEZ POCKET

LA FACE OBSCURE DU SOLEIL
STRATE-À-GEMMES

LE DISQUE-MONDE :

1. LA HUITIÈME COULEUR
2. LE HUITIÈME SORTILÈGE
3. LA HUITIÈME FILLE
4. MORTIMER
5. SOURCELLERIE
6. TROIS SŒURCIÈRES
7. PYRAMIDES
8. AU GUET !
9. ERIC
10. LES ZINZINS D'OLIVE OUED
11. LE FAUCHEUR
12. MÉCOMPTES DE FÉES
13. LES PETITS DIEUX
14. NOBLIAUX ET SORCIÈRES
15. LE GUET DES ORFÈVRES

TERRY PRATCHETT

Le plus grand humoriste anglais depuis P.G. Wodehouse est un auteur de Fantasy : est-ce l'effet du hasard ? Terry Pratchett est né en 1948 dans le Buckinghamshire ; nous n'en savons pas davantage sur ses origines, ses études ou sa vie amoureuse. Son hobby, prétend-il, c'est la culture des plantes carnivores, mais ceux qui croient ce qu'il dit s'exposent à un rectificatif : d'après lui ce jardin secret l'intéresse, mais nettement moins qu'on ne l'imagine ; on ne peut pas vraiment le considérer comme accro à ce périlleux passe-temps. Que dire encore de son programme politique ? Il s'engage sur un point crucial : augmentons, dit-il, le nombre des orangs-outans à la surface du globe, et les grands équilibres seront restaurés. Voilà un écrivain qui donnera du fil à retordre à ses biographes !
Sa vocation fut précoce : il publia sa première nouvelle en 1963 — à quinze ans ! — et son premier roman en 1971. Hélas, il fut très tôt pressé par le souci de gagner sa vie : journaliste (jusqu'en 1980) puis publicitaire au Central Electricity Generating Board (1980-1987), il apprit l'écriture sur le tas. D'emblée, il s'affirma comme un grand parodiste : *La Face obscure du soleil* (1976) tourne en dérision *L'Univers connu* de Larry Niven — avec une touche plus personnels de chatoiements à la Jack Vance ; *Strata* (1981) ridiculise une fois de plus la hard S.F. en partant de l'idée — soutenue par Ptolémée — que la Terre est effectivement plate.
Mais le grand tournant est pris en 1983. Pratchett publia alors le premier roman de la série du Disque-Monde, n'est pas seulement une variation (dans l'ordre des mots) sur *L'Anneau-Monde* de Niven, mais surtout un pastiche héroï-comique (dans l'ordre des choses) de Tolkien et de ses imitateurs. Pourquoi eux ? Parce que, répond notre auteur, « la S.-F., c'est la Fantasy... avec des boulons ». Et il le prouve !

SCIENCE-FICTION

Collection dirigée par Jacques Goimard

TERRY PRATCHETT

Les annales du Disque-monde

MÉCOMPTES DE FÉES

Traduit de l'anglais
par Patrick Couton

L'ATALANTE

Titre original :
WITCHES ABROAD

Patrick Couton a obtenu le Grand Prix de l'Imaginaire 1998 pour l'ensemble de ses traductions des *Annales de Disque-monde*.

ISBN 2-266-12136-7

Dédié à tous ceux – et pourquoi pas ? – qui, après la publication de *Trois Sœurcières*, ont submergé l'auteur de leurs versions personnelles de *la Chanson du hérisson*.

Pauvre, pauvre de moi...

Voici le disque-monde qui navigue dans l'espace sur le dos de quatre éléphants, eux-mêmes juchés sur la carapace de la Grande A'Tuin, la tortue stellaire.

Autrefois, un tel univers passait pour exceptionnel, voire impossible.

Mais... tout était si simple, autrefois.

L'univers baignait alors dans l'ignorance, et le savant le passait à la batée tel un prospecteur accroupi au-dessus d'une rivière de montagne, cherchant l'or de la connaissance parmi les graviers de la déraison, le sable de l'incertitude et les petits octopodes aquatiques poilus de la superstition.

De temps en temps il se relevait et lançait une phrase du genre : « Hourra, j'ai découvert la Troisième Loi de Boyle. » Et chacun de savoir où il en était.

Hélas, l'ignorance en vint à présenter davantage d'intérêt, surtout l'ignorance insondable et fascinante dans des domaines aussi vastes qu'essentiels comme la matière et la création, et l'on cessa de bâtir patiemment ses petites maisons en briquettes de logique dans le chaos de l'univers afin de se passionner pour le chaos lui-même – en partie parce que c'est beaucoup plus facile d'être un expert du chaos, mais surtout parce que le chaos offre de superbes motifs graphiques à reproduire sur les t-shirts.

Et, au lieu de poursuivre des recherches scientifiques

dignes de ce nom [1], les savants décrétèrent soudain qu'il est impossible de savoir quoi que ce soit, qu'il n'y a rien en fait qu'on puisse qualifier de réalité digne d'étude, que tout ça est drôlement excitant, et savez-vous, entre parenthèses, que des tas de petits univers vivent peut-être partout mais qu'on ne les voit pas parce qu'ils sont recourbés sur eux-mêmes ? À propos, vous le trouvez comment, ce t-shirt ?

À côté de tout ça, une grosse tortue qui porte un monde sur le dos paraît presque banale. Au moins, elle ne fait pas semblant de ne pas exister, et aucun téméraire sur le Disque-monde n'a jamais cherché à prouver qu'elle n'existait pas, des fois qu'il aurait raison et qu'il se retrouverait brusquement à flotter dans le vide de l'espace. Il faut dire aussi que le Disque-monde vit à la limite de la réalité. Les moindres petites choses peuvent basculer de l'autre côté. On y prend donc tout au sérieux.

Comme les contes.

Parce que les contes sont importants.

On croit les contes imaginés par des gens. En fait, c'est l'inverse. Les contes existent indépendamment de leurs protagonistes. Quand on sait ça, on a le pouvoir.

Les contes, grands rubans virevoltants d'espace-temps mis en forme, flottent et se déroulent autour de l'univers depuis l'éternité. Et ils ont évolué. Les plus faibles sont morts, tandis que les plus forts ont survécu et se sont engraissés au fil des narrations successives pour mieux voltiger et se tortiller dans les ténèbres.

Et leur existence même recouvre un motif léger mais tenace sur le chaos qu'est l'histoire. L'eau-forte du conte creuse des sillons assez profonds pour qu'on les suive comme l'eau suit certaines sentes à flanc de montagne. Et chaque fois que de nouveaux acteurs foulent le chemin du conte, le sillon se creuse davantage.

C'est ce qu'on appelle la théorie de la causalité nar-

1. Comme dénicher la saleté de papillon dont les battements d'ailes déclenchent toutes les tempêtes qu'on subit ces temps-ci et l'empêcher de nuire davantage.

rative, c'est-à-dire qu'une fois commencé, un conte *prend une forme*. Il récupère les vibrations de toutes ses autres versions ayant jamais existé.

Voilà pourquoi l'histoire continue de se répéter sans cesse. Un millier de héros ont ainsi dérobé le feu aux dieux. Un millier de loups ont dévoré mère-grand, un millier de princesses ont reçu un baiser. Un million d'acteurs inconscients ont emprunté sans le savoir les allées du conte.

Il est désormais impossible pour le troisième et dernier fils d'un roi, s'il doit se lancer dans une quête qui a déjà emporté ses deux frères aînés, de ne pas réussir.

Les contes se fichent des personnages qu'ils mettent en scène. L'important, c'est que le conte soit raconté, que le conte soit répété. Ou, si vous préférez une autre façon de voir : les contes sont une forme de vie parasite, ils faussent les existences pour leur seul bénéfice [1].

Seul un être sortant de l'ordinaire peut résister et devenir le bicarbonate de l'histoire.

Il était une fois...

Des mains grises empoignèrent le marteau, lui firent décrire un arc de cercle et l'abattirent si fort que le piquet s'enfonça d'une longueur de bras dans la terre meuble.

Deux autres coups, et le piquet fut en place, inébranlable.

1. Et on se trompe sur les histoires incroyables, celles qui constituent les mythes urbains. La logique et la raison veulent qu'il s'agisse de fictions sans cesse colportées par des amateurs avides d'arguments en faveur de coïncidences curieuses, de justice immanente et ainsi de suite. Il ne s'agit pas de fictions. Elles se produisent tout le temps, partout, au gré de leurs rebonds ici et là dans l'univers. À un moment donné, des centaines de grand-mères mortes disparaissent sur les galeries de voitures volées, et autant de fidèles bergers allemands s'étouffent sur les doigts de cambrioleurs nocturnes. Et ça ne concerne pas un seul monde. Des centaines de *jivpts* mercuriennes tournent leurs quatre yeux vers leurs sauveteurs et déclarent : « Mon mari-couveur va être furibard – c'était son module de transport. » Les mythes urbains ne sont pas près de disparaître.

Depuis les arbres autour de la clairière, les serpents et les oiseaux observaient en silence. Dans le marais, les alligators dérivaient comme des flaques d'eau malfaisantes.

Les mains grises saisirent la barre transversale, la mirent à son tour en position et la ligaturèrent avec des plantes rampantes tellement serrées qu'elles en gémirent.

Elle, elle regardait l'homme. Puis elle ramassa un bout de miroir et l'attacha au sommet du piquet.

« Labi », dit-elle.

L'homme prit l'habit à queue de pie et l'enfila sur la traverse. Le morceau de bois n'était pas assez long, si bien que l'extrémité des manches pendouillait, vide.

« Chapo », ajouta-t-elle.

Le chapeau était haut, rond et noir. Il luisait.

Le bout de miroir étincelait entre les ténèbres du chapeau et l'habit.

« Ça va marcher ? demanda-t-il.

— Oui, répondit-elle. Glaces aussi ont leur riflet. Faut combatte glaces avec d'aut glaces. » Elle lança un regard mauvais à travers les arbres en direction d'une tour blanche élancée au loin. « Faut touvé son riflet à elle.

— Faudra que ça porte loin, alors.

— Oui. Nous bousoin tout l'aide possib. » Elle fit des yeux le tour de la clairière.

Elle avait appelé M. Auchamp, dame Bonne Anna, Hotaloga André et Bonhomme Grand-Pas. Ce n'étaient sans doute pas de très bons dieux.

Mais elle n'avait pas pu faire mieux.

C'est un conte sur les contes.

Ou sur ce qu'il en coûte d'être une marraine fée.

Mais aussi, notamment, sur les reflets et les miroirs.

Dans tout le multivers on trouve des tribus arriérées[1] qui se méfient des miroirs et des images, parce qu'ils volent selon elles un peu de l'âme des individus qui n'en ont déjà pas beaucoup. Les gens qui s'habillent davantage prétendent qu'il ne s'agit que de superstition, même si d'autres gens qui passent leur vie à apparaître en images d'une sorte ou d'une autre donnent l'impression de perdre de la consistance. On attribue alors le phénomène au surmenage et surtout à la surexposition.

Que de superstition. Mais une superstition n'a pas forcément tort.

Un miroir peut aspirer un peu d'âme. Un miroir peut contenir le reflet de l'ensemble de l'univers, un plein ciel d'étoiles dans un bout de verre étamé de l'épaisseur d'un souffle.

Connaître les miroirs, c'est connaître presque tout.

Regardez dedans...

... plus loin...

... vers une lumière orange au sommet d'une montagne glacée, à des milliers de kilomètres de la moiteur végétale du marais...

Dans le pays, on l'appelait le mont des Aires. Ceci parce qu'il s'agissait d'un mont *désert* et non parce qu'il abritait beaucoup d'aigles. Ce qui était néanmoins source d'une certaine méprise lucrative ; des chasseurs débarquaient souvent d'un pas gaillard dans le village le plus proche, armés d'arbalètes solides, de pièges et de filets, et réclamaient avec morgue des éclaireurs indigènes pour les conduire jusqu'aux rapaces. Comme tout le monde dans le pays profitait bien de l'aubaine, entre autres grâce à la vente de guides touristiques, de pendules d'ornement au coucou remplacé par un aigle, de cannes à tête d'aigle

1. Enfin, prétendues arriérées par des gens davantage habillés qu'elles.

et de gâteaux cuits en forme d'aigle, personne ne trouvait le temps, curieusement, de rectifier l'orthographe[1].

La montagne était aussi déserte et dépouillée que possible. La plupart des arbres renonçaient à pousser à mi-chemin du sommet, et seuls quelques pins opiniâtres rappelaient les deux ou trois mèches pathétiques que se peigne en travers du crâne le chauve qui assume mal sa calvitie.

Un lieu de réunion idéal pour des sorcières.

Cette nuit-là, un feu brillait tout au sommet du mont dégarni. Des formes sombres bougeaient dans la lumière tremblotante.

La lune planait à travers des dentelles de nuages.

Finalement, une grande silhouette en chapeau pointu lança : « Tu veux dire que *tout l'monde* a apporté de la salade de pommes de terre ? »

Une sorcière des montagnes du Bélier n'assistait pas au sabbat. Les sorcières aiment passer la nuit dehors comme tout un chacun, mais l'intéressée avait cette fois-là un rendez-vous plus urgent. Et pas du genre qu'on remet facilement à plus tard.

Desiderata Lacreuse rédigeait son testament.

Quand Desiderata Lacreuse était petite, sa grand-mère lui avait donné quatre conseils importants afin de guider ses jeunes pas sur la route inopinément tortueuse de la vie.

À savoir :

1. Les fautes d'orthographe peuvent s'avérer mortelles. Par exemple, le cupide Sériph d'Al-Ybi écopa une fois de la malédiction d'une divinité sans grande instruction, et pendant quelques jours tout ce qu'il toucha se transforma en Nore, précisément le nom d'un petit nain d'une communauté montagnarde à des centaines de kilomètres de là, lequel nain se trouva transporté par magie au royaume et implacablement reproduit. Quelque deux mille Nore plus tard, la malédiction disparut. Aujourd'hui, les habitants d'Al-Ybi ont une réputation de petite taille et de mauvaise humeur peu communes.

Ne jamais se fier à un chien aux sourcils orange ;

Toujours demander le nom et l'adresse du jeune homme ;

Ne jamais se placer entre deux miroirs ;

Et toujours porter des sous-vêtements parfaitement propres parce qu'on ne sait jamais quand on va se faire renverser et tuer par un cheval au galop, et qu'à se montrer aux gens en sous-vêtements douteux, on risque de mourir de honte.

Puis Desiderata avait grandi et était devenue sorcière. Et, entre autres petits avantages que donne le statut de sorcière, on sait exactement quand on va mourir et on peut porter les sous-vêtements qu'on veut[1].

Ça s'était passé quatre-vingts ans plus tôt, quand l'idée de connaître la date de sa mort avait paru séduisante, parce qu'on sait évidemment au fond de soi qu'on va vivre éternellement.

C'était hier.

Et c'était aujourd'hui.

L'éternité n'avait pas l'air de durer aussi longtemps ces dernières années qu'autrefois.

Une autre bûche se désagrégea en cendres dans la cheminée. Desiderata n'avait pas pris la peine de commander davantage de bois pour l'hiver. Elle n'en voyait pas vraiment l'utilité.

Et puis, bien sûr, il y avait cette autre chose...

Elle l'avait soigneusement emballée dans un paquet long et étroit. Elle plia la lettre puis y inscrivit l'adresse avant de la pousser sous la ficelle. Et voilà.

Elle leva les yeux. Desiderata était aveugle depuis trente ans, mais ça ne lui avait pas posé de problème. Elle avait toujours joui, si l'on peut dire, du don de double vue. Dans de tels cas, lorsque les yeux naturels cessent de fonctionner, il suffit de s'entraîner pour voir dans le présent, ce qui est d'ailleurs plus facile que voir dans

1. Ce qui explique bien des choses au sujet des sorcières.

l'avenir. Et comme les yeux surnaturels ne dépendent pas de la lumière, on fait des économies de bougies.

Il y avait un miroir au mur devant elle.

Le visage qu'il renvoyait n'était pas le sien, rond et rose.

C'était le visage d'une femme habituée à donner des ordres. Desiderata n'était pas du genre à donner des ordres. Plutôt l'inverse, pour tout dire.

« Tu meurs, Desiderata, déclara la femme.

— Ben oui.

— Tu as vieilli. Comme toutes celles de ton espèce. Ton pouvoir a presque disparu.

— C'est certain, Lilith, reconnut Desiderata d'une voix douce.

— Il la protège donc de moins en moins.

— En ai peur.

— Ne reste donc plus que la méchante femme du marais et moi. Et je vais gagner.

— C'est ce qu'on dirait, j'en ai peur.

— Tu aurais dû trouver quelqu'un pour te succéder.

— Jamais eu le temps. J'suis pas du genre à faire des projets, vous savez. »

Le visage dans la glace se rapprocha, comme si la silhouette s'était avancée plus près de son côté du miroir.

« Tu as perdu, Desiderata Lacreuse.

— C'est comme ça. » Desiderata se leva sur des jambes mal assurées et ramassa un chiffon.

La silhouette paraissait de plus en plus en colère. Elle se disait visiblement que les perdants devaient prendre l'air abattu et non celui d'avoir fait une bonne blague aux dépens des vainqueurs.

« Tu ne saisis pas ce que ça veut dire, perdre ?

— Certaines personnes le font bien comprendre, dit Desiderata. Au revoir, m'dame. » Elle accrocha le chiffon sur le miroir.

Il y eut une inspiration rageuse, puis le silence.

Desiderata resta immobile, comme perdue dans ses pensées.

Puis elle redressa la tête. « La bouilloire est sur le feu, dit-elle. Vous voulez une tasse de thé ?

— NON, MERCI, répondit une voix juste dans son dos.

— Depuis quand vous attendez ?

— DEPUIS TOUJOURS.

— Je ne vous retarde pas, dites ?

— C'EST UNE NUIT CALME.

— Je fais une tasse de thé. Je crois qu'il reste un biscuit.

— NON, MERCI.

— Si vous avez un petit creux, c'est dans le pot sur la cheminée. C'est de la vraie poterie klatchienne, vous savez. Faite par un vrai artisan klatchien. De Klatch, ajouta-t-elle.

— VRAIMENT ?

— Je voyageais beaucoup quand j'étais jeune.

— AH OUI ?

— Le bon temps. » Desiderata tisonna le feu. « C'était pour mon travail, vous voyez. Évidemment, je pense que c'est pareil pour vous.

— OUI.

— Je ne savais jamais quand on allait m'appeler. Bien sûr, vous connaissez ça aussi, sûrement. Dans des cuisines, surtout. Presque tout le temps des cuisines, j'ai l'impression. Des fois des bals, mais le plus souvent des cuisines. » Elle saisit la bouilloire et versa l'eau frémissante dans la théière sur le foyer.

« TIENS.

— J'exauçais leurs vœux. »

La Mort parut étonné[1].

« QUOI ? VOUS VOULEZ DIRE... COMME DES PLACARDS INTÉGRÉS ? DE NOUVEAUX ÉVIERS ? CE GENRE DE CHOSES ?

— Non, non. Je parle des gens ! » Desiderata soupira. « C'est une grosse responsabilité, être marraine fée. Faut savoir quand s'arrêter, j'veux dire. Les gens qui ont leurs vœux souvent exaucés ne se révèlent pas très agréables.

1. Pour les lecteurs étourdis qui l'auraient oublié, la Mort est de sexe masculin. (NdT.)

Alors est-ce qu'il faut leur donner ce qu'ils veulent ou ce dont ils ont besoin ? »

La Mort hocha poliment la tête. De son point de vue, les gens avaient ce qu'on leur donnait.

« Comme cette histoire de Genua... », commença Desiderata.

La Mort lui lança un regard inquisiteur.

« GENUA ?

— Vous connaissez ? Oui, évidemment, vous connaissez.

— JE... JE SUIS ALLÉ PARTOUT, BIEN ENTENDU. »

Le visage de Desiderata s'adoucit. Ses yeux intérieurs regardaient ailleurs.

« On était deux. Les marraines vont par deux, vous savez. Lady Lilith et moi. Il y a beaucoup de pouvoir dans le marrainage. On fait comme qui dirait partie de l'histoire. Bref, une petite fille était née, une enfant naturelle, mais ça ne portait pas à conséquence, c'était pas comme s'ils n'avaient pas pu se marier, ils n'avaient jamais trouvé l'occasion... et Lilith voulait qu'elle ait la beauté, la puissance et qu'elle épouse un prince. Ha ! Et elle en a jamais démordu. Elle connaît le pouvoir des contes. J'ai fait de mon mieux, mais Lilith a le pouvoir. J'ai entendu dire qu'elle dirige la ville à présent. Changer tout un pays pour qu'un conte se réalise ! De toute façon, maintenant, c'est trop tard. Pour moi. Alors je transmets la responsabilité à quelqu'un d'autre. C'est comme ça, chez les marraines fées. Ce n'est pas une situation très courue. Sauf par Lilith évidemment. De ce côté-là, elle a un hanneton dans le plafond. Alors j'envoie quelqu'un d'autre. J'ai peut-être laissé trop traîner. »

Desiderata était une âme charitable. Les fées comprennent parfaitement la nature humaine ; les bonnes en deviennent charitables et les mauvaises puissantes. Elle n'était pas du genre excessif en matière de langage, mais on pouvait être sûr d'une chose : lorsqu'elle employait une expression anodine comme « un hanneton dans le plafond », il s'agissait chez elle de définir une personne qui, de son point de vue, avait franchi de plusieurs kilomètres l'horizon de la folie et continuait d'accélérer.

Elle versa le thé. « C'est ça l'ennui avec la double vue, expliqua-t-elle. On voit ce qui se passe, mais sans savoir ce que ça veut dire. J'ai vu l'avenir. J'ai vu un carrosse fait avec une citrouille. Et c'est impossible. Et des cochers qui sont des souris, ce qui est peu crédible. Et une pendule qui sonne les douze coups de minuit, et une histoire de pantoufle de verre. Et tout ça va se produire. Parce que c'est comme ça que doivent fonctionner les contes. Puis je me suis dit : Je connais des gens qui arrangent les histoires à leur manière. »

Elle soupira encore. « J'aimerais bien y aller, moi, à Genua, dit-elle. Ça me plairait, la chaleur. Et c'est bientôt mardi gras. J'allais toujours à Genua pour le mardi gras, dans le temps. »

Elle marqua un silence, l'air d'attendre.

Un silence que rompit la Mort : « VOUS NE ME DEMANDEZ TOUT DE MÊME PAS, À MOI, D'EXAUCER UN VŒU ?

— Ha ! Personne n'exauce jamais les vœux des marraines fées. » Desiderata donna encore l'impression de regarder à l'intérieur d'elle-même et de se parler toute seule. « Tu vois ? Faut que je les envoie toutes les trois à Genua. Il le faut, parce que je les ai vues là-bas. Faut qu'elles y aillent toutes les trois. Pas facile, avec des femmes pareilles. Faut user de têtologie. Faut s'arranger pour qu'elles décident toutes seules d'y aller. Suffit qu'on demande à Esmé Ciredutemps de se rendre quelque part pour qu'elle refuse, par esprit de contradiction, alors dis-lui qu'elle ne doit pas y aller, et elle va y courir sur du verre pilé. C'est ça, le truc, avec les Ciredutemps, tu vois. Z' aiment pas s'avouer battues. »

Quelque chose lui parut drôle.

« Mais j'en connais une, ça va bien lui apprendre ! »

La Mort ne fit aucun commentaire. Dans son optique à lui, songea Desiderata, tout le monde apprenait à perdre.

Elle but son thé jusqu'à la dernière goutte. Ensuite elle se leva, se coiffa de son chapeau avec cérémonie et sortit en clopinant par la porte de derrière.

Sous les arbres, un peu à l'écart de la maison, s'ouvrait une tranchée profonde dans laquelle on avait eu la prévenance d'installer une petite échelle. Elle y descendit et, non sans peine, repoussa l'échelle sur les feuilles. Puis elle s'allongea. Avant de se redresser.

« M. Chert, le troll de la scierie, fait de très bons prix sur les cercueils, à condition d'aimer le pin.

— J'Y PENSERAI, SANS FAUTE.

— J'ai demandé à Hurecaire, le braconnier, de me creuser le trou, dit-elle sur le ton de la conversation. Il passera le reboucher en rentrant chez lui. Moi, j'aime tout laisser en ordre. Exécution, maestro.

— QUOI ? OH. UNE FAÇON DE PARLER. »

Il brandit sa faux.

Desiderata Lacreuse poussa son dernier soupir.

« Eh ben, fit-elle, c'était facile. Qu'est-ce qui se passe maintenant ? »

Et voici Genua. Le royaume magique. La cité de diamant. Le pays du bonheur.

Au beau milieu de la ville, une femme debout entre deux miroirs contemplait son image reproduite à l'infini.

Les miroirs se trouvaient eux-mêmes au centre d'un octogone d'autres miroirs, à ciel ouvert au sommet de la plus haute tour du palais. Les reflets étaient à la vérité si nombreux qu'on aurait eu le plus grand mal à dire où finissaient les miroirs et où commençait la personne réelle.

Elle s'appelait Lady Lilith Weatherwax, mais elle avait répondu à beaucoup d'autres noms au cours d'une existence longue et mouvementée. C'était une chose qu'on apprenait très tôt, avait-elle découvert. Quand on veut arriver dans ce monde – et elle avait décrété dès le départ qu'elle voulait y arriver le plus vite possible –, on n'attache pas trop d'importance à ses patronymes et on prend le pouvoir là où on le trouve. Elle avait enterré trois maris dont deux au moins déjà morts.

Et on voyage beaucoup. Parce que la plupart des gens se déplacent peu. Changez de pays et de nom, et, si vous savez y faire, le monde vous ouvre les draps. Par exemple, elle n'avait même pas eu à parcourir deux cents kilomètres pour devenir une lady.

Elle ne reculerait devant rien désormais...

Les deux miroirs principaux était installés presque face à face, mais pas exactement, si bien que Lilith voyait par-dessus son épaule ses images se succéder en courbe autour de l'univers contenu dans la glace.

Elle se sentait s'épancher en elle-même, son être se multiplier par l'entremise des reflets infinis.

Lorsqu'elle soupira et sortit d'un pas énergique de l'espace entre les miroirs, l'effet fut étonnant. Des images de Lilith restèrent un instant suspendues derrière elle, comme des ombres tridimensionnelles, avant de s'évanouir.

Comme ça, Desiderata était mourante. Cette vieille peau qui fourrait toujours son nez partout. Elle méritait son sort. Elle n'avait jamais compris quel pouvoir elle avait en main. Elle était de ces gens qui hésitent à faire le bien par crainte de faire le mal, qui prennent tout tellement au sérieux qu'ils se constipent dans des angoisses morales avant d'exaucer le vœu d'une malheureuse fourmi.

Lilith baissa les yeux sur l'ensemble de la ville. Bon, il n'y avait plus d'obstacle à présent. L'idiote de femme vaudou dans le marais l'amusait plus qu'autre chose ; elle ne comprenait rien.

Rien ne barrait la route à ce que Lilith aimait plus que tout.

Une histoire qui irait bien.

Au sommet de la montagne, le sabbat s'était un peu assagi. Les artistes et les écrivains se font toujours des idées exagérées sur ce qui se passe durant un sabbat de sorcières. Cela parce qu'ils restent trop longtemps confinés dans des réduits, les rideaux tirés, au lieu de sortir respirer du bon air frais.

Prenons par exemple les danses nues. Sous des climats normalement tempérés, on a rarement l'occasion de se trémousser à minuit dans le plus simple appareil, sans parler des désagréments que causent les cailloux, les chardons et les hérissons inopinés.

Prenons ensuite cette histoire de dieux à tête de bouc. La plupart des sorcières ne croient pas aux dieux. Elles savent que les dieux existent, bien entendu. Elles traitent même avec eux à l'occasion. Mais elles ne croient pas en eux. Elles les connaissent trop bien. Ce serait comme croire au facteur.

Et maintenant, le boire et le manger – les morceaux de reptiles, tout ça. En vérité, les sorcières ne courent guère après ce genre de menu. La pire critique qu'on puisse émettre sur les habitudes alimentaires des sorcières âgées, c'est qu'elles ont tendance à aimer les gâteaux secs trempés dans un thé tellement chargé en sucre que la cuiller tient debout toute seule et qu'elles boivent dans la soucoupe si elles jugent le breuvage trop chaud. Sans oublier de lâcher des bruits approbateurs plus souvent associés à une plomberie bas de gamme. Des cuisses de crapaud et autres spécialités du même tonneau auraient sans doute meilleur goût.

Et puis il y a les onguents magiques. Par le plus pur des hasards, les artistes et écrivains avancent dans ce domaine en terrain plus solide. La plupart des sorcières sont d'un certain âge, de celui auquel on commence à trouver de l'attrait aux onguents, et au moins deux des participantes, ce soir-là, s'étaient enduites la poitrine du célèbre baume de graisse d'oie à la sauge de Mémé Ciredutemps. Il ne faisait pas voler, ne donnait pas de visions, mais il protégeait des rhumes, surtout parce que l'odeur pénible qui s'en dégageait vers la deuxième semaine tenait tout le monde à si bonne distance de l'embaumée qu'elle ne courait aucun risque d'attraper la moindre maladie.

Enfin, restent les sabbats eux-mêmes. La sorcière classique n'est pas, par nature, sociable avec ses collègues. Ce sont toutes des personnalités dominantes en perpétuel conflit. Des chefs de groupe sans groupe. Qui appliquent la règle tacite de base de la sorcellerie, à savoir : Ne fais pas ce que tu veux, fais ce que je dis. L'effectif normal d'un convent est d'un membre. Les sorcières se rassemblent uniquement quand elles ne peuvent pas faire autrement.

Comme aujourd'hui.

La conversation, étant donné l'absence de Desiderata, roulait naturellement sur la pénurie croissante de sorcières [1].

« Quoi ? Pas une ? fit Mémé Ciredutemps.

— Pas une, confirma Mamie Brevis.

— Je trouve ça affreux, dit Mémé. C'est écœurant.

— Hein ? fit la mère Démât.

— Elle trouve ça écœurant ! brailla Mamie Brevis.

— Hein ?

— Y a pas de fille ! Pour remplacer Desiderata !

— Oh. »

L'idée fit son chemin.

« Si personne veut de la croûte, moi j'la mange, dit Nounou Ogg.

— On voyait jamais ça dans mon jeune temps, reprit Mémé. Y avait une douzaine de sorcières rien que de ce côté-ci de la montagne. Évidemment, c'était avant toutes ces... (elle fit une grimace) toutes ces distractions. On s'amuse beaucoup trop de nos jours. On s'amusait jamais quand j'étais jeune. Pas le temps.

— Tant pisse fou gîte, fit Nounou Ogg.

— Quoi ?

— Tant pisse fou gîte. Ça veut dire que c'était avant et qu'on est maintenant.

1. Dans un mot remis à la mère Démât, Desiderata s'excusait de ne pas pouvoir assister à la réunion pour cause de décès. La double vue permet de bien gérer ses obligations mondaines.

— J'ai pas besoin qu'on me le dise, Gytha Ogg. Je sais quand on est.

— Faut vivre avec son temps.

— J'vois pas pourquoi. Vois pas pourquoi on...

— Alors, m'est avis qu'il faut encore redéfinir les secteurs, intervint Mamie Brevis.

— Pas possible, répliqua aussitôt Mémé Ciredutemps. Je me coltine déjà quatre villages. Le balai, il a tout juste le temps de refroidir.

— Ben, avec la mère Lacreuse qui s'en va, on manque de main-d'œuvre, dit Mamie Brevis. Je sais bien, elle faisait pas grand-chose, mais elle était là. C'est ça l'important. Être là. Faut une sorcière locale. »

Les quatre sorcières contemplèrent le feu d'un air morne. Enfin, trois d'entre elles. Nounou Ogg, d'un naturel plus gai, faisait du pain grillé.

« Ils ont fait venir un mage aux Sources-Casier, dit Mamie Brevis. Il y avait personne pour prendre la relève quand la vieille Mémé Hopelisse s'en est allée, alors ils ont fait chercher un mage d'Ankh-Morpork. Un vrai mage. Avec un bourdon. Il tient boutique là-bas et tout, avec une plaque sur la porte. Ça dit : Mage. »

Les sorcières soupirèrent.

« Mme Roussire s'en est allée, poursuivit Mamie Brevis. Et Mamie Lagrinche aussi.

— Ah bon ? La vieille Mabel Lagrinche ? s'étonna Nounou Ogg dans une pluie de miettes. Elle avait quel âge ?

— Cent dix-neuf ans, répondit Mamie Brevis. J'avais beau lui dire : "Tu vas tout de même pas escalader des montagnes à ton âge", elle voulait rien entendre.

— Y a des gens comme ça, dit Mémé. Aussi têtus qu'une mule. Dites-leur de pas faire un truc, et ils sont pas contents tant qu'ils ont pas essayé.

— J'ai entendu ses dernières paroles.

— Qu'est-ce qu'elle a dit ?

— Si je me souviens bien : "Oh, merde", répondit Mamie.

— C'est comme ça qu'elle aurait voulu partir », commenta Nounou Ogg. Les autres sorcières opinèrent.

« Vous savez..., on vit peut-être la fin de la sorcellerie dans le pays », fit Mamie Brevis.

Elles contemplèrent à nouveau le feu.

« Personne aurait amené de la pâte de guimauve, des fois ? » demanda Nounou Ogg, de l'espoir dans la voix.

Mémé Ciredutemps regarda ses consœurs. Mamie Brevis, elle ne pouvait pas la voir ; la vieille femme faisait l'école de l'autre côté de la montagne et avait la sale habitude de se montrer raisonnable quand on la provoquait. Et la mère Démât était peut-être la pythie la plus inutile de toute l'histoire de la révélation sibylline. Et Mémé ne pouvait pas vraiment se fâcher avec Nounou Ogg qui était sa meilleure amie.

« Et la petite Magrat ? lança innocemment la mère Démât. Son secteur longe celui de Desiderata. Elle pourrait peut-être en prendre un peu plus, non ? »

Mémé Ciredutemps et Nounou Ogg échangèrent un regard.

« Elle a de drôles d'idées dans la tête, dit Mémé.

— Là, t'exagères, Esmé, fit Nounou Ogg.

— Eh ben, moi, j'appelle ça de drôles d'idées. Tu vas pas me dire que raconter toutes ces histoires de retrouvailles, c'est pas avoir de drôles d'idées dans la tête.

— Elle a pas raconté ça. Seulement qu'elle voulait se retrouver.

— C'est bien ce que je dis, fit Mémé Ciredutemps. J'y ai expliqué : Simplicité Goussedail était ta mère, Aramenta Goussedail ta mémé. Yolande Goussedail, c'est ta tante, et toi t'es... t'es ton *moi* toute seule. »

Elle se laissa aller en arrière avec la mine satisfaite de qui a résolu tout ce qu'on voudrait jamais savoir sur une crise d'identité personnelle.

« Elle m'a pas écoutée », ajouta-t-elle.

Mamie Brevis plissa le front.

« Magrat ? » fit-elle. Elle s'efforça de retrouver mentalement l'image de la plus jeune sorcière des montagnes du Bélier et se rappela, disons, non pas un visage mais seulement une expression vaguement larmoyante de bienveillance incorrigible coincée entre une carcasse d'arbre de mai et une tignasse comme une meule de foin après la bourrasque. Une implacable militante de bonnes œuvres. Une inquiète. Du genre à sauver les oisillons égarés et à fondre en larmes quand ils meurent, ce qui est le sort que brave dame Nature réserve aux oisillons égarés.

« Ça lui ressemble pas, conclut-elle.

— Et elle a dit qu'elle voulait être plus sûre d'elle, dit mémé.

— Y a pas de mal à être sûre de soi, rétorqua Nounou. Être sûre de soi, c'est ça la sorcellerie.

— J'ai jamais dit qu'y avait du mal à ça, dit Mémé. J'y ai d'ailleurs fait remarquer. "Tu peux être aussi sûre de toi que tu veux, j'y ai expliqué, tant que tu fais ce qu'on te dit."

— Frotte avec ça, et dans une ou deux semaines ça sera parti », dit la mère Démât.

Les trois autres sorcières la regardèrent, dans l'attente de la suite, au cas où il y en aurait une. Il devint vite clair qu'il n'y en aurait pas.

« Et elle donne des cours... Des cours de quoi déjà, Gytha ? fit Mémé.

— Des cours d'autodéfense, répondit Nounou.

— Mais c'est une sorcière, fit observer Mamie Brevis.

— C'est ce que j'y ai dit », répliqua Mémé Ciredutemps qui avait toute sa vie traversé à pied en pleine nuit les forêts infestées de bandits des montagnes sans avoir peur, convaincue que le noir ne recelait rien de plus horrible qu'elle. « Elle a dit que c'était pas la question. Oui, que c'était pas la question. C'est ce qu'elle a dit.

— Personne y assiste, n'importe comment, fit Nounou Ogg.

— Moi, je croyais qu'elle devait se marier avec un roi, dit Mamie Brevis.

— Tout le monde le croyait, fit Nounou. Mais vous connaissez Magrat. Elle adopte facilement les idées nouvelles. Elle dit maintenant qu'elle veut pas être un objet sexuel. »

Elles s'absorbèrent toutes les quatre dans leurs réflexions. Finalement, à la manière d'un penseur émergeant des profondeurs d'une cogitation fascinée, Mamie Brevis énonça lentement : « Mais elle a jamais été un objet sexuel.

— J'suis heureuse d'avouer que j'sais même pas c'que c'est, un objet sexuel, dit Mémé Ciredutemps d'un ton péremptoire.

— Moi, je sais », fit Nounou Ogg.

Les autres la regardèrent.

« Mon Shane nous en a ramené un des pays étrangers, une fois. »

Les autres continuaient de la regarder.

« C'était marron, volumineux, avec des perles, une figure et deux trous pour la ficelle. »

L'explication ne détourna pas leur regard.

« Ben, c'est ce qu'il m'a dit que c'était, fit Nounou.

— Je crois que tu parles d'une idole de la fécondité », dit obligeamment Mamie Brevis.

Mémé secoua la tête.

« J'trouve pas que ça ressemble beaucoup à Magrat..., commença-t-elle.

— Me dites pas que ça vaut plus de deux sous », fit la mère Démât depuis l'espace temporel qu'elle occupait à cet instant.

Aucune ne savait duquel il s'agissait.

Ça fait partie des aléas du don de double vue. L'esprit humain n'est pas vraiment conçu pour se faire balader d'avant en arrière sur la grande autoroute du temps, et il risque, comme qui dirait, de rompre ses amarres pour aller voir au hasard dans le passé, l'avenir et, à l'occasion, le présent. La mère Démât était provisoirement déphasée. Disons que si vous lui parliez en août, elle vous écoutait sans doute en mars. Pas mieux à faire que lui dire quelques mots maintenant et espérer qu'elle les entendrait la prochaine fois que son esprit passerait dans le coin.

Mémé agita les mains à titre d'essai devant les yeux aveugles de la mère Démât.

« La v'là repartie, conclut-elle.

— Ben, si Magrat peut pas prendre la succession, y a Émilie Bonhoublon du côté de Rondelle, persévéra Mamie Brevis. Une travailleuse. Remarquez, elle louche encore pire que Magrat.

— Pas de mal à ça. Une loucherie, ça fait bien pour une sorcière, dit Mémé Ciredutemps.

— Mais faut savoir s'en servir, intervint Nounou. La vieille Gertrude Simon avait une loucherie et elle s'envoyait tout le temps ses maléfices sur le bout du nez. Faut empêcher les gens de s'imaginer que si on embête une sorcière, elle marmonne, jette un sort et son nez tombe par terre. »

Elle se remirent à fixer le feu.

« J'imagine que Desiderata, elle a pas désigné celle qui doit lui succéder ? demanda Mamie Brevis.

— Ça s'fait pas, répondit Mémé Ciredutemps. C'est pas comme ça qu'on procède dans le pays.

— Oui, mais Desiderata passait pas beaucoup de temps par chez nous. À cause de son boulot. Elle partait tout le temps dans des pays étrangers.

— J'les supporte pas, les pays étrangers, dit Mémé Ciredutemps.

— T'as été à Ankh-Morpork, fit observer Nounou d'une voix douce. C'est l'étranger, ça.

— Non. C'est juste loin. C'est pas pareil que l'étranger. L'étranger, c'est là où qu'on te baragouine dans un sabir de sauvage, qu'on mange des cochonneries étrangères et qu'on adore, tu sais, des *objets*, dit Mémé Ciredutemps en bonne diplomate. L'étranger, ça peut se trouver tout près si on fait pas attention. Huh, ajouta-t-elle avec mépris. Oui, elle était capable de ramener n'importe quoi des pays étrangers.

— Une fois, elle m'a ramené une belle assiette bleue et blanche, dit Nounou Ogg.

— Justement, tiens, fit Mamie Brevis. Quelqu'un ferait bien d'aller jeter un coup d'œil dans sa chaumière.

Elle avait pas mal de bons trucs chez elle. Ce serait affreux de penser qu'un voleur pourrait entrer et fouiller dedans.

— Je vois mal un voleur décider de cambrioler la chaumière d'une..., commença Mémé avant de s'arrêter brusquement. Oui, reprit-elle d'une voix soumise. Je m'en occupe tout de suite.

— Non, moi je m'en occupe, fit Nounou Ogg qui avait aussi eu le temps de réfléchir. C'est sur ma route pour rentrer. Pas de problème.

— Non, faut que tu rentres tôt, dit Mémé. T'embête pas avec ça. C'est pas gênant.

— Oh, pas gênant du tout, fit Nounou.

— Faut pas te fatiguer à ton âge », dit Mémé Ciredutemps.

Elles se fusillèrent du regard.

« Franchement, je vois pas ce que ç'a d'embêtant, intervint Mamie Brevis. Vous pourriez aussi bien y aller toutes les deux au lieu de vous disputer.

— Je suis assez prise demain, fit Mémé. Après le déjeuner, ça te va ?

— D'accord, dit Nounou Ogg. On se retrouve à sa chaumière. Aussitôt après le déjeuner.

— On en a déjà eu un, mais le bout que t'as dévissé est tombé et s'est perdu », fit la mère Démât.

Hurecaire le braconnier versa la dernière pelletée de terre dans le trou. Il sentit qu'il devait dire quelques mots.

« Bon, eh ben voilà », fit-il.

Elle avait été à n'en pas douter une excellente sorcière, songea-t-il tandis qu'il s'en retournait nonchalamment vers la chaumière dans la grisaille annonciatrice de l'aube. Certaines autres – malgré tout des êtres merveilleux, s'empressa-t-il d'ajouter intérieurement, une fameuse bande de femmes comme on aimerait éviter d'en rencontrer –, certaines autres se montraient un peu trop étouffantes. Mme Lacreuse, elle, était de celles qui écoutent les gens.

Sur la table attendaient un paquet allongé, une petite pile de pièces et une enveloppe.

Il ouvrit l'enveloppe qui ne lui était pourtant pas adressée.

Elle renfermait une autre enveloppe plus petite et un billet.

Le billet disait : *Je t'ai à l'euil, Albert Hurecaire. Remets le paket et l'envlope, et si tu ose regarder ce qu'y a dedans, quelque chose d'horrible va t'arrivé. En tant que bone fée, j'ai pas le droit de jeter des sorts, mais je te prédis qu'un lou enragé risque de te mordre, que ta jambe va verdire, supuré et tombé, me demande pas comment je sais ça, dailleure tu peux pas me le demander vu que je suis morte. Salut. Desiderata.*

Il prit le paquet les yeux fermés.

La lumière se déplace lentement dans le vaste champ magique du Disque-monde, donc le temps aussi. Comme dirait Nounou Ogg, quand c'est l'heure du thé à Genua, on est mardi chez nous...

En fait, c'était l'aube à Genua. Lilith, assise dans sa tour, se servait d'un miroir pour envoyer son image parcourir le monde. Elle cherchait.

Il suffisait d'un scintillement sur la crête d'une vague, d'une plaque de glace, d'un miroir ou d'un reflet, et Lilith savait qu'elle pouvait voir partout. Pas besoin d'un miroir magique. N'importe quel miroir faisait l'affaire quand on savait s'y prendre. Et Lilith, qui crépitait de la puissance d'un million d'images, savait parfaitement s'y prendre.

Un doute la tenaillait pourtant. Desiderata s'était sûrement débarrassée de l'objet. C'était bien son genre. Consciencieuse. Elle l'avait sûrement transmis à cette jeune idiote aux yeux larmoyants qui passait de temps en temps à la chaumière, celle aux bijoux de pacotille et aux vêtements de mauvais goût. Elle avait exactement le profil.

Mais Lilith voulait des certitudes. Elle n'était pas arrivée à la position qu'elle occupait sans certitudes.

Dans les flaques et les fenêtres de tout Lancre, le visage de Lilith apparut fugitivement avant d'aller voir plus loin...

C'était maintenant l'aube au royaume de Lancre. Les brumes d'automne se faufilaient dans la forêt.

Mémé Ciredutemps ouvrit d'une poussée la porte de la chaumière. Elle n'était pas fermée à clé. Le seul visiteur qu'avait attendu Desiderata n'était pas du genre à se laisser démonter par des serrures.

« Elle s'est fait enterrer derrière », fit une voix dans le dos de la sorcière. Celle de Nounou Ogg.

Mémé réfléchit à une riposte. Faire remarquer que Nounou était passée plus tôt exprès pour fouiller la chaumière toute seule susciterait des questions sur sa propre présence. Elle trouverait sûrement des réponses, avec un peu de temps. Tout bien pesé, il valait sans doute mieux laisser courir.

« Ah, fit-elle en hochant la tête. Toujours aussi ordonnée, Desiderata.

— Ben, c'est son travail qui voulait ça, dit Nounou Ogg, qui bouscula sa collègue pour passer et inventorier l'intérieur de la chaumière d'un œil curieux. Faut pouvoir garder des traces de tout, dans son boulot. Bon d'là, c'est un sacré gros chat.

— C'est un lion, rectifia Mémé Ciredutemps au vu de la tête empaillée au-dessus de la cheminée.

— Comme tu veux, mais l'a dû rentrer dans le mur à une foutue vitesse.

— On l'a tué, dit Mémé Ciredutemps en inspectant les lieux.

— M'étonne pas, fit Nounou. Si j'avais vu un bestiau

pareil bouffer le mur et passer à travers, j'y aurais sûrement tapé dessus à coups de tisonnier. »

Une chaumière typique de sorcière, ça n'existe évidemment pas, mais s'il existe une chaumière non typique de sorcière, alors c'était sûrement ça. En dehors des diverses têtes animales aux yeux vitreux, les murs étaient couverts d'étagères de livres et d'aquarelles. Une lance se dressait dans un porte-parapluies. Sur le buffet, des pots de cuivre et de belles porcelaines bleues d'origine visiblement étrangère remplaçaient les habituelles faïences et céramiques. On n'apercevait nulle part la moindre herbe séchée mais des tas et des tas de livres, pour la plupart remplis de l'écriture fine et soignée de Desiderata. Une table entière disparaissait sous ce qui devait être des cartes méticuleusement dessinées.

Mémé Ciredutemps n'aimait pas les cartes. Elle sentait d'instinct qu'elles minimisaient le pays.

« Sûr qu'elle a dû se balader un peu, fit Nounou Ogg qui prit un éventail d'ivoire sculpté et se trémoussa en prenant des poses de pin-up[1].

— Ben, pour elle, c'était facile », répliqua Mémé en ouvrant quelques tiroirs. Elle passa les doigts sur la cheminée et les considéra d'un œil critique.

« Elle aurait pu trouver le temps de donner un coup de chiffon, reprit-elle distraitement. Moi, j'aimerais pas mourir et laisser ma maison dans un état pareil.

— Je me demande où elle a mis... tu sais... son bidule ? fit Nounou en ouvrant la porte de la grande horloge pour jeter un coup d'œil à l'intérieur.

— Tu devrais avoir honte, Gytha Ogg, dit Mémé. On est pas là pour chercher ça.

— Bien sûr que non. Je faisais que me demander... » Nounou Ogg essaya discrètement de se dresser sur la pointe des pieds afin de voir au-dessus du buffet.

« Gytha ! T'as pas honte ! Va nous faire une tasse de thé !

1. Nounou Ogg ignorait ce qu'était une pin-up, mais elle aurait sans doute pu avancer une hypothèse.

— Oh, d'accord. »

Nounou Ogg disparut en marmonnant dans l'arrière-cuisine. Au bout de quelques secondes grinça un levier de pompe. Mémé Ciredutemps se glissa vers un fauteuil et passa rapidement la main sous le coussin.

Un fracas lui parvint de la pièce voisine. Elle se redressa en vitesse.

« À mon avis, l'est pas sous l'évier non plus », cria-t-elle. La réponse de Nounou fut inaudible.

Mémé attendit un moment, puis se faufila bien vite vers la grande cheminée. Elle se baissa, y enfila le bras et tâta prudemment de gauche et de droite.

« Tu cherches quelque chose, Esmé ? demanda Nounou Ogg derrière elle.

— Y a d'la suie là-dedans, c'est affreux, dit Mémé en se redressant aussitôt. Affreux, la suie.

— L'est pas là-dedans, alors ? fit Nounou d'une voix douce.

— Sais pas de quoi tu causes.

— Fais pas semblant. Tout le monde sait qu'elle en avait forcément une, dit Nounou Ogg. Ça fait partie du boulot. C'est même le boulot, pratiquement.

— Ben... peut-être que je voulais juste la regarder, reconnut Mémé. La tenir un moment. Pas m'en servir. On me prendra jamais à me servir d'un de ces machins. Je l'ai vue qu'une ou deux fois. On en voit plus beaucoup dans le coin, de nos jours. »

Nounou Ogg opina.

« On trouve plus le bois, dit-elle.

— Tu crois pas qu'elle s'est fait enterrer avec, dis ?

— Non, j'crois pas. Moi, je voudrais pas me faire enterrer avec. Un truc pareil, c'est de la responsabilité. N'importe comment, ça resterait pas enterré. Ces choses-là, ça veut qu'on s'en serve. Elle arrêterait pas de cogner partout dans le cercueil. C'est du tracas, tu sais bien. »

Elle se détendit un peu. « Je m'occupe des affaires pour le thé, reprit-elle. Toi, t'allumes le feu. »

Elle regagna tranquillement l'arrière-cuisine.

Mémé Ciredutemps tendit la main vers la tablette de

cheminée pour prendre des allumettes et comprit alors qu'elle n'en trouverait pas. Desiderata disait toujours qu'elle avait beaucoup trop à faire pour ne pas se servir de la magie chez elle. Même sa lessive se faisait toute seule.

Mémé désapprouvait la magie pour des besoins domestiques, mais elle était contrariée. Elle aussi voulait son thé.

Elle jeta deux bûches dans l'âtre et les fusilla du regard jusqu'à ce qu'elles s'embrasent toutes seules, l'air gênées.

C'est alors que son œil tomba sur le miroir recouvert du chiffon.

« Elle l'a masqué ? murmura-t-elle. J'savais pas que la vieille Desiderata avait peur des orages. »

Elle écarta le chiffon d'un coup sec.

Elle fixa le miroir.

Peu de gens au monde avaient autant de maîtrise de soi que Mémé Ciredutemps. Une maîtrise aussi rigide qu'une barre de fonte. Et tout aussi souple.

Elle mit le miroir en miettes.

Lilith se redressa comme un piquet dans sa tour de miroirs.

Elle ?

Le visage était différent, évidemment. Plus âgé. Ça remontait à longtemps. Mais les yeux ne changent pas, et les sorcières regardent toujours les yeux.

Elle !

Magrat Goussedail, sorcière, se tenait elle aussi devant un miroir. Dans son cas, il n'avait rien de magique. Il était aussi toujours entier, mais il l'avait échappé belle en une ou deux occasions.

Elle se renfrogna devant son reflet puis consulta la petite brochure aux estampes bon marché arrivée la veille.

Elle articula quelques mots à voix basse, se redressa, tendit les mains devant elle, boxa énergiquement dans le vide et fit : « HAAAAiiiiieeeeeeehgh ! Hum. »

Magrat était la première à reconnaître qu'elle avait l'esprit ouvert. Aussi ouvert que le ciel, ouvert à tous les vents. Aucun esprit ne pouvait être plus ouvert sans matériel chirurgical adéquat. Et elle attendait toujours que quelque chose le remplisse.

Ce qui le remplissait pour l'instant, c'était la recherche d'une paix intérieure, d'une harmonie cosmique et de la véritable essence de l'Être.

Quand on dit : « Une idée m'est venue », il ne s'agit pas seulement d'une métaphore. Des inspirations à l'état brut, de toutes petites particules de pensée indépendante, tombent sans arrêt du cosmos comme de la neige fondue. Elles sont aspirées dans des têtes comme celle de Magrat à la façon de l'eau qui s'écoule dans un trou du désert.

Tout ça, c'était à cause de sa mère dont l'orthographe laissait à désirer, estimait-elle. Une mère prévenante aurait épelé « Margaret » correctement. On l'aurait alors appelée Marge ou Maggie – de bons gros noms robustes, fiables. On n'allait pas loin avec un nom comme Magrat. Ça évoquait des démangeaisons ou de la viande de canard.

Elle envisageait d'en changer, mais elle savait en son for intérieur que ça ne marcherait pas. Même si elle devenait une Chloé ou une Isabelle en surface, elle resterait une Magrat par-dessous. Mais ce serait chouette d'essayer. Ce serait chouette de ne plus être Magrat, même quelques heures.

Ce sont des pensées pareilles qui poussent les gens à se Retrouver eux-mêmes. Et l'une des premières choses qu'avait apprises Magrat, c'est qu'il valait mieux, quand on s'était Retrouvé soi-même, éviter d'en informer Mémé Ciredutemps pour qui l'émancipation féminine, c'était des doléances dont il ne fallait pas discuter devant les hommes.

Nounou Ogg était mieux disposée, mais elle avait tendance à dire ce que Magrat appelait des phrases à double-essence, même si dans le cas de Nounou il s'agissait plus souvent de phrases à sens unique et fières de l'être.

Bref, Magrat désespérait d'apprendre quoi que ce soit de ses aînées et jetait ses filets plus loin. Au diable vauvert. Au diable vacheverte, même.

C'est l'originalité des amateurs de sagesse : où qu'ils se trouvent, ils cherchent toujours la plus éloignée. La sagesse est une de ces curiosités dont l'importance semble s'accroître avec la distance[1].

Pour l'heure, Magrat trouvait sa voie sur le Sentier du scorpion, lequel offrait l'harmonie cosmique, l'unité intérieure et la possibilité d'expulser d'un coup de poing les reins d'un agresseur par ses oreilles. Elle s'était fait envoyer le manuel.

Il y avait des problèmes. L'auteur, le grand maître Lobsang Planteur, avait son adresse à Ankh-Morpork. On imaginait mal le siège d'une sagesse cosmique dans une ville pareille. Des notes nombreuses rappelaient qu'on ne

1. D'où la Voie de Mme Cosmopilite, par exemple, très populaire chez les jeunes qui habitent les vallées cachées au-dessus de la limite des neiges éternelles des hautes montagnes du Bélier. Dédaignant les paroles de leurs aînés vêtus de jaune safran et agitateurs de moulins à prières, ils entreprennent parfois le long voyage jusqu'au n° 3 de la rue de Quirm, dans la plate et brumeuse Ankh-Morpork, afin de chercher la sagesse aux pieds de Mme Marietta Cosmopilite, une couturière. Nul ne connaît la raison qui les y pousse en dehors de l'attrait ci-dessus mentionné pour la sagesse lointaine, vu qu'ils ne comprennent pas un traître mot de ce qu'elle leur raconte ou, plus exactement, de ce qu'elle leur crie. Plus d'un jeune moine regagne son repaire de montagne afin de méditer sur l'étrange mantra dont on l'a gratifié, comme « Fous le camp, toi ! » et « Si j'en prends encore un à me reluquer, bande de petits salopiauds orange, il va la recevoir, ma main, compris ? » et « Qu'est-ce que vous avez tous, espèces de cons, à venir me regarder les pieds ? » Ils ont même, à partir de leurs expériences, mis au point une technique spéciale d'arts martiaux qui consiste à lancer des cris incompréhensibles à l'adversaire puis à lui taper dessus à coups de balai.

devait pas se servir de sa Méthode à des fins agressives – seulement pour atteindre la sagesse cosmique –, mais écrites en tout petits caractères entre des dessins enflammés de gens qui se tapaient dessus à coups de fléau en criant : « Hai ! » Plus tard, on apprenait à casser des briques en deux à la main, à marcher sur des charbons ardents et autres spécialités cosmiques.

Magrat trouvait que Ninja faisait un joli nom pour une fille.

Elle se refit face dans le miroir.

On frappa à la porte. Magrat alla ouvrir.

« Hai ? » fit-elle.

Hurecaire le braconnier recula d'un pas. Il était déjà bien secoué. Un loup enragé l'avait poursuivi un bout de chemin dans la forêt.

« Hum », fit-il. Il se pencha en avant, à présent moins choqué qu'inquiet. « Vous vous êtes cogné la tête, mademoiselle ? »

Elle le regarda avec étonnement. Puis elle comprit. Elle leva les mains et ôta le bandeau orné d'un motif de chrysanthème sans lequel il est presque impossible de chercher correctement la sagesse cosmique en tordant les coudes d'un adversaire à trois cent soixante degrés.

« Non, répondit-elle. Qu'est-ce que vous voulez ?

— J'ai un paquet pour vous », annonça-t-il en le présentant.

L'objet, très mince, faisait une bonne soixantaine de centimètres de long.

« Y a un mot », signala obligeamment Hurecaire. Il passa derrière elle en traînant les pieds tandis qu'elle le dépliait et tenta de lire par-dessus son épaule.

« C'est personnel, protesta Magrat.

— Ah bon ? voulut bien reconnaître Hurecaire.

— Oui !

— On m'a dit que vous m'donneriez la pièce pour la livraison », dit le braconnier. Magrat en trouva une dans sa bourse.

« L'argent forge les chaînes qui entravent les classes laborieuses », le prévint-elle en lui tendant le sou. Hurecaire, qui n'avait jamais de sa vie pensé appartenir à aucune classe laborieuse mais était prêt à écouter quasiment n'importe quel charabia en échange d'un sou, opina d'un air innocent.

« Et j'espère que ça va s'arranger pour votre tête, mademoiselle », dit-il.

Une fois seule dans sa cuisine-dojo, Magrat déballa le paquet. Il contenait une baguette blanche effilée.

Elle relut le mot. Il disait : *Je n'ai jamais eu le tant de formé une remplassante, alors c'est toi qui devra le faire. Tu dois allé dans la vile de Genua. Je l'aurais fait moi-même, seulement je ne peu pas pour la bonne raizon que je suie morte. Illon Saturday ne doit PAS marié le prinse. P.-S. C'est importent.*

Elle regarda son reflet dans le miroir.

Elle rabaissa les yeux sur le mot.

P.-S.-P.-S. Dis aux deux autres vieilles qu'elles ne doive pas y allé aveque toi, elles bouzilleraient tout.

Ce n'était pas fini.

P.-S.-P.-S.-P.S. Elle a tandanse à se recalé sur les sitrouilles mais tu atrapera le cou en un rien de tant.

Magrat regarda encore le miroir. Puis baissa les yeux sur la baguette.

En l'espace d'une seconde, la vie, simple jusque-là, s'annonce brusquement pleine de complications à perte de vue.

« Oh, mince, fit-elle. Je suis une marraine fée ! »

Mémé Ciredutemps, immobile, contemplait toujours les fragments étoilés du miroir lorsque Nounou Ogg arriva en courant.

« Esmé Ciredutemps, qu'est-ce que t'as fait ? Ça porte la poisse, ça... Esmé ?

— Elle ? *Elle ?*

— Ça va ? »

Mémé Ciredutemps plissa un instant les yeux puis

secoua la tête comme pour en chasser une pensée inconcevable.

« Quoi ?

— T'es devenue toute pâle. T'ai encore jamais vue aussi pâle. »

Mémé retira lentement un bout de verre de son chapeau.

« Ben... ça m'a fait un coup, la glace qui s'est cassée comme ça... », marmonna-t-elle.

Nounou regarda la main de Mémé Ciredutemps. Elle saignait. Puis elle lui regarda la figure et se dit qu'elle n'admettrait jamais lui avoir regardé la main.

« C'est peut-être un signe, dit-elle en prenant au hasard un sujet moins risqué. Quand quelqu'un meurt, ce genre de chose arrive. Des tableaux qui se décrochent des murs, des pendules qui s'arrêtent..., de grandes armoires qui tombent dans les escaliers..., ce genre de trucs.

— J'ai jamais cru à ces histoires-là, c'est... Comment ça, des armoires qui tombent dans les escaliers ? » fit Mémé. Elle respirait profondément. Si on n'avait pas connu la réputation de coriace de Mémé Ciredutemps, on aurait pu se figurer qu'elle venait d'éprouver l'émotion de sa vie et qu'elle mourait d'envie de se lancer dans une bonne vieille prise de bec.

« C'est ce qui s'est passé après la mort de ma grand-tante Sophie, expliqua Nounou Ogg. Trois jours, quatre heures et six minutes exactement après son dernier soupir, son armoire est tombée dans les escaliers. Mon Darren et mon Jason essayaient de la passer dans le virage et elle a glissé, comme qui dirait, comme ça. Inquiétant. C'est vrai, quoi, j'allais pas la laisser à son Agathe, tout de même, elle venait voir sa mère que le jour du Porcher, et c'est moi qui me suis occupée de Sophie jusqu'à la fin... »

Mémé se laissa submerger par la litanie habituelle et rassurante des querelles de famille de Nounou tandis qu'elle cherchait les tasses à thé à tâtons.

Les Ogg formaient ce qu'on appelle une famille étendue – en réalité, non seulement étendue mais étirée, prolongée et vivace. Aucune feuille de papier normale n'aurait pu retracer leur arbre généalogique, lequel ressemblait de toute façon davantage à un bosquet de palétuviers. Et chacune des branches livrait une vendetta sourde et permanente à toutes les autres, depuis certains incidents célèbres comme « ce que leur Kevin a raconté sur notre Stanislas au mariage de la cousine Diana » et « qui a récupéré les couverts d'argent que tata Emma avait promis de léguer à notre Dorine à sa mort, j'aimerais bien le savoir, merci beaucoup, si ça ne vous embête pas ».

Nounou Ogg, en tant que matriarche incontestée, encourageait tous les partis sans distinction. C'était chez elle ce qui ressemblait le plus à un passe-temps.

La seule famille des Ogg cultivait assez de querelles pour alimenter toute une Sicile d'insulaires moyens pendant un siècle.

Ce qui poussait parfois un étranger inconscient à mettre son grain de sel, voire à faire à un Ogg une réflexion peu flatteuse sur un autre Ogg. Du coup, tous les Ogg sans exception se retournaient contre lui, tous les membres de la famille serraient les rangs comme les pièces d'une machine d'acier bien huilée pour procéder à l'élimination aussi impitoyable qu'instantanée de l'intrus.

Les habitants des montagnes du Bélier tenaient la vendetta des Ogg pour une chance. Imaginer qu'ils puissent retourner leur énergie formidable contre le reste du monde donnait des sueurs froides. Par bonheur, un Ogg n'acceptait de se bagarrer que contre un autre Ogg. C'était la famille...

C'est curieux, la famille, quand on y réfléchit...

« Esmé, ça va ?

— Quoi ?

— Tu fais trembler les tasses comme c'est pas permis ! Et y a du thé renversé sur tout le plateau. »

Mémé baissa un regard vide sur les dégâts et se ressaisit de son mieux.

« C'est pas d'ma faute si ces saletés de tasses sont trop petites », marmonna-t-elle.

La porte s'ouvrit.

« 'jour, Magrat, ajouta-t-elle sans tourner la tête. Qu'est-ce que tu fiches ici ? »

Les grincements spécifiques des gonds l'avaient renseignée. Magrat pouvait même ouvrir une porte en s'excusant.

La jeune sorcière se glissa sans un mot dans la chaumière, la figure rouge comme une tomate, les bras cachés derrière le dos.

« On est juste passées mettre de l'ordre dans les affaires de Desiderata, dit Mémé d'une voix forte.

— Et pas pour chercher sa baguette magique, fit Nounou.

— Gytha Ogg ! »

Nounou Ogg prit un instant l'air coupable puis baissa le nez.

« Pardon, Esmé. »

Magrat ramena les bras par-devant.

« Euh..., fit-elle avant de rougir davantage.

— Tu l'as trouvée ! s'exclama Nounou.

— Euh... non, dit Magrat sans oser regarder Mémé dans les yeux. Desiderata me l'a... donnée. »

Le silence crépita et bourdonna.

« Elle te l'a donnée, à toi ? fit Mémé Ciredutemps.

— Euh... oui. »

Nounou et Mémé échangèrent un regard.

« Ben ça ! fit Nounou.

— Elle te connaissait, alors ? demanda Mémé en se tournant vers Magrat.

— Je passais assez souvent pour regarder ses livres, confessa Magrat. Et... et elle aimait cuisiner des plats étrangers, mais personne par ici voulait y goûter, alors je venais lui tenir compagnie.

— Ah-*ha* ! Pour gagner ses faveurs ! cracha Mémé.

— Mais j'ai jamais pensé qu'elle me laisserait la baguette. Je vous assure !

— Doit y avoir une erreur, fit Nounou d'une voix douce. Elle voulait sans doute que tu la donnes à l'une de nous.

— C'est ça, sûrement, dit Mémé. Elle savait que t'étais bonne pour les commissions, tout ça. Voyons voir ça. »

Elle tendit la main.

Les phalanges de Magrat se serrèrent sur la baguette.

« ... Elle me l'a donnée à moi..., fit-elle d'une toute petite voix.

— Elle avait vraiment plus toute sa tête vers la fin, dit Mémé.

— ... Elle me l'a donnée à moi...

— Marraine fée, c'est une grosse responsabilité, fit remarquer Nounou. Faut être débrouillarde, souple, subtile et capable de régler des affaires de cœur compliquées et tout. Desiderata savait sûrement ça.

— ... Oui, mais elle l'a donnée à moi...

— Magrat Goussedail, je suis l'aînée des sorcières et je t'ordonne de me donner la baguette, dit Mémé. Ça n'amène que des ennuis !

— Doucement, doucement, fit Nounou. Tu pousses un peu, là...

— ... Non..., dit Magrat.

— Et puis t'es pas l'aînée des sorcières, ajouta Nounou. La mère Démât est plus vieille que toi.

— La ferme. De toute manière, elle est *non compost mentale*, dit Mémé.

— Vous pouvez pas me donner d'ordres. Y a pas de hiérarchie chez les sorcières..., fit Magrat.

— C'est de l'impudence, Magrat Goussedail !

— Non, c'en est pas, dit Nounou Ogg dans un effort pour ramener le calme. L'impudence, c'est quand on se balade sans porter de vêt... »

Elle s'arrêta. Les deux vieilles sorcières regardèrent un petit bout de papier s'échapper de la manche de Magrat et tomber en voltigeant par terre. Mémé fonça et le ramassa d'un geste vif.

« Aha ! lança-t-elle d'une voix triomphante. Voyons un peu ce qu'elle a vraiment dit, Desiderata... »

Ses lèvres remuèrent à mesure qu'elle lisait le mot. Magrat tâcha de rassembler son courage.

Deux ou trois muscles tressautèrent sur la figure de Mémé. Puis, calmement, elle froissa le bout de papier.

« C'est bien ce que je pensais, fit-elle. Desiderata dit qu'on doit donner à Magrat toute l'aide qu'on peut, vu qu'elle est jeune et tout. Pas vrai, Magrat ? »

Magrat leva les yeux sur la figure de Mémé.

Tu pourrais la contrer, songea-t-elle. Le mot était très clair... Enfin, le passage sur les vieilles sorcières l'était, en tout cas... et tu pourrais le lui faire lire tout haut. C'est clair comme le jour. Est-ce que tu veux rester éternellement troisième sorcière ? Puis la flamme de la rébellion qui s'était allumée dans un foyer peu familier mourut.

« Oui, marmonna-t-elle d'un air désespéré, quelque chose comme ça.

— D'après le billet, il est très important qu'on aille quelque part je sais pas où pour aider quelqu'un à se marier avec un prince, reprit Mémé.

— C'est à Genua, précisa Magrat. J'ai regardé dans les livres de Desiderata. Et faut qu'on s'arrange pour qu'elle se marie *pas* avec un prince.

— Une marraine fée qui empêcherait une fille de se marier avec un prince ? s'étonna Nounou. Ça m'a l'air un peu... contre nature.

— Ça devrait être un vœu facile à exaucer, en tout cas, reconnut Mémé. Y a des millions de filles qui se marient pas avec des princes. »

Magrat fit un effort.

« Genua, c'est vraiment très loin, dit-elle.

— J'espère bien, fit Mémé Ciredutemps. La dernière chose qu'on voudrait, c'est des pays étrangers tout près de chez nous.

— Je veux dire, le voyage sera long, insista Magrat d'un air piteux. Et vous... vous êtes plus toutes jeunes. »

Suivit un long silence pesant.

« On part demain, décréta Mémé Ciredutemps.

— Écoutez, fit Magrat au désespoir, pourquoi j'irais pas toute seule ?

— Parce que tu manques d'expérience en tant que marraine fée », répondit Mémé Ciredutemps.

C'en était trop, même pour l'âme généreuse de Magrat.

« Ben quoi, vous aussi, lança-t-elle.

— C'est vrai, admit Mémé. Mais faut dire... Faut dire... Faut dire qu'on en manque depuis beaucoup plus longtemps que toi.

— Pour ce qui est de manquer d'expérience, on a beaucoup d'expérience, dit Nounou Ogg d'un ton joyeux.

— Et c'est ça qui compte, toujours », conclut Mémé.

Il n'y avait qu'un seul petit miroir tacheté chez Mémé. Lorsqu'elle rentra, elle l'enterra au fond du jardin.

« Là, fit-elle. Et maintenant, essaye donc de m'espionner. »

On n'aurait jamais cru que Jason Ogg, maître forgeron et maréchal-ferrant, était le fils de Nounou. Plutôt que mis au monde, il donnait l'impression d'avoir été construit. Dans un chantier naval. À sa nature essentiellement lente et douce, la génétique avait jugé bon d'ajouter des muscles mieux adaptés à une paire de bouvillons, des bras comme des troncs d'arbre et des jambes comme quatre fûts de bière empilés deux par deux.

Dans sa forge embrasée, on amenait les étalons de haras, les rois aux yeux rouges et mouchetés d'écume de la nation chevaline, les bêtes aux sabots comme des assiettes creuses, qui avaient expédié des hommes ordinaires à travers des murs. Mais Jason Ogg connaissait le secret du mystérieux monde équestre et il entrait seul dans la forge, refermait poliment la porte et, au bout d'une demi-heure, en ressortait l'animal frais ferré et curieusement docile[1].

1. Mémé Ciredutemps l'avait un jour pressé de questions là-dessus et, comme on ne peut rien cacher à une sorcière, il avait timidement répondu : « Ben, m'dame, v'là comment que ça s'passe : j'me l'attrape, j'y flanque un coup d'marteau entre les deux yeux avant qu'y comprenne ce qu'y arrive, pis j'y cause tout bas dans l'creux de l'oreille. J'y dis :

Derrière sa gigantesque silhouette soucieuse se groupaient le reste de la famille foisonnante de Nounou Ogg et des tas d'autres villageois qui, voyant une animation alléchante à laquelle participaient des sorcières, ne pouvaient résister à ce qu'on appelait dans les montagnes du Bélier une « oggasion de rigoler ».

« Alors on s'en va, mon Jason, fit Nounou Ogg. À ce qu'on dit, les rues des pays étrangers sont pavées d'or. Je vais sûrement faire fortune, hein ? »

Les sourcils touffus de Jason se froncèrent sous l'effort d'une réflexion intense.

« Dame, ça nous ferait pas d'mal, une nouvelle enclume dans c'te forge, suggéra-t-il.

— Si je reviens riche, t'auras plus jamais besoin de retourner à la forge », dit Nounou.

Jason se renfrogna.

« Mais j'aime ça, moi, la forge », dit-il lentement.

Nounou parut un instant décontenancée. « Ben, alors... Alors, t'auras une enclume en argent massif.

— Ça vaudra rin, m'man. Ça serait ben trop mou.

— Si j'te ramène une enclume en argent massif, t'auras une enclume en argent massif, mon garçon, que ça te plaise ou non ! »

Jason baissa sa grosse tête. « Oui, môman, dit-il.

— Tu veilleras à ce que quelqu'un passe aérer la maison tous les jours sans faute, ajouta Nounou. J'veux qu'on fasse du feu tous les matins dans la cheminée.

— Oui, môman.

— Et que tout le monde entre par-derrière, tu m'entends ? J'ai placé un sortilège à la porte d'entrée. Qu'est-ce qu'elles fichent, ces filles, avec mes bagages ? » Elle détala comme un coq nain gris criaillant après une bande de poules.

Magrat écoutait avec intérêt. Ses préparatifs à elle consistaient en un grand sac contenant plusieurs changes de vêtements afin de répondre à tous les climats possibles

Fais-moi une crasse, mon salaud, et tes couilles vont finir sur l'enclume, j'en suis capable, t'sais. »

dont souffraient les pays étrangers, et en un plus petit renfermant un certain nombre d'ouvrages à l'air fort utile récupérés dans la chaumière de Desiderata Lacreuse. Desiderata avait l'habitude de prendre beaucoup de notes et avait rempli des dizaines de petits livres d'une écriture soignée sous des têtes de chapitre du genre « À travers le désert du Grand Nef avec ma baguette et mon balai ».

Ce qu'elle avait oublié, semblait-il, c'était de consigner un quelconque mode d'emploi pour la baguette. Pour ce qu'en savait Magrat, on l'agitait et on faisait un vœu.

Sur le chemin de sa chaumière, plusieurs citrouilles subitement apparues attestaient qu'il s'agissait là d'une méthode douteuse. L'une d'elles se prenait toujours pour une hermine.

À présent, Magrat se retrouvait seule avec Jason qui frottait des pieds par terre.

Il la salua en portant la main à son front. On lui avait appris à témoigner du respect envers la gent féminine, et Magrat se classait grosso modo dans cette catégorie.

« Vous veillerez sur notre môman, s'pas, dame Goussedail ? demanda-t-il d'un ton où perçait l'inquiétude. A s'conduit drôlement. »

Magrat lui tapota doucement l'épaule.

« Ce genre de chose, ça arrive tout le temps, dit-elle. Vous savez, une femme élève une famille et tout, et après elle veut vivre sa vie.

— C'est la vie d'qui donc qu'elle a vécue chez nous, alors ? »

Magrat lui lança un regard déconcerté. Elle n'avait pas douté du bon sens de son idée lorsqu'elle lui était venue.

« Vous voyez, ce qui se passe, dit-elle en inventant une explication au fur et à mesure, c'est qu'il arrive un moment dans la vie d'une femme où elle veut se retrouver.

— Pourquoi qu'elle a pas commencé par chercher ici ? fit Jason d'une voix plaintive. Voyez, c'est pas pour dire, mais on comptait sur vous pour les persuader, elle et dame Ciredutemps, de pas s'en aller.

— J'ai essayé. J'ai vraiment essayé. Je leur ai dit :

Vous allez tout de même pas vous en aller, que je leur ai dit. Le poids des ans, j'ai dit. Plus toutes jeunes, j'ai dit. C'est ridicule de faire des centaines de kilomètres pour une chose pareille, surtout à votre âge. »

Jason pencha la tête de côté. Jason Ogg n'avait aucune chance de figurer dans la finale pour la sélection du championnat disque-mondial de vivacité d'esprit, mais il connaissait sa mère.

« Vous avez dit ça à notre môman ? fit-il.

— Écoutez, vous inquiétez pas, reprit Magrat, je suis sûre que rien de mal peut lui... »

Il y eut un fracas quelque part au-dessus de leurs têtes. Quelques feuilles d'automne voltigèrent doucement jusqu'à terre.

« Putain d'arbre... Qui c'est qui m'a mis ce putain d'arbre là ? râla une voix tombant du ciel.

— C'est sûrement Mémé », dit Magrat.

C'était un des points faibles du caractère par ailleurs très affirmé de Mémé Ciredutemps : elle ne s'était jamais souciée d'apprendre à conduire les engins. C'était contraire à sa nature. De son point de vue, c'était à elle de bouger, au reste du monde de s'arranger pour qu'elle arrive à destination. Ce qui voulait dire qu'elle devait régulièrement descendre d'arbres auxquels elle n'avait jamais grimpé. Comme maintenant. Elle se laissa tomber pour le dernier mètre et mit tout le monde au défi d'oser un commentaire.

« Bon, on est tous là, à présent », fit joyeusement Magrat.

Ça ne marcha pas. Les yeux de Mémé Ciredutemps se braquèrent aussitôt du côté des genoux de Magrat.

« Et tu portes quoi, là, tu peux m'expliquer ? demanda-t-elle.

— Ah. Hum. J'ai pensé... J'veux dire, il fait froid là-bas... avec le vent et tout », commença Magrat. Elle avait craint ce moment et elle s'en voulait d'être si faible. Après tout, c'était drôlement pratique. L'idée lui en était venue un soir. Sans parler du reste, il était quasiment impossible d'exécuter les coups de pied mortels harmonieusement cosmiques de M. Lobsang Planteur quand les jambes s'empêtraient tout le temps dans une jupe.

« *Un pantalon !*

— C'est pas exactement le même que...

— Et y a des hommes qui regardent, dit Mémé. Je trouve ça honteux.

— Quoi donc ? demanda Nounou en arrivant derrière elle.

— Magrat Goussedail, là, qu'est toute bifurquée, fit Mémé en levant le nez en l'air.

— Du moment qu'elle a le nom et l'adresse du jeune homme, dit Nounou d'un ton aimable.

— Nounou ! fit Magrat.

— Moi, je trouve ça commode, poursuivit Nounou. Un peu ample, tout de même.

— J'suis contre, dit Mémé. On voit ses jambes.

— Non, on les voit pas. Pour la bonne raison que le tissu empêche de les voir.

— Oui, mais on voit où elles sont, ses jambes.

— C'est idiot. C'est comme dire que tout le monde est nu sous ses vêtements, intervint Magrat.

— Magrat Goussedail, veux-tu bien te taire, dit Mémé Ciredutemps.

— Ben quoi, c'est vrai !

— Pas pour moi, rétorqua Mémé tout net, j'ai trois gilets. »

Elle toisa Nounou. Gytha Ogg, elle aussi, avait fait des préparatifs vestimentaires pour les pays étrangers Mémé ne trouva guère à redire, malgré ses efforts.

« Regarde-moi ce chapeau », marmonna-t-elle.

Nounou, qui connaissait Mémé Ciredutemps depuis soixante-dix ans, se contenta de sourire.

« Le grand chic, non ? fit-elle. Fait par M. Vernissage à Rondelle. Il a une armature d'osier jusqu'à la pointe et dix-huit poches à l'intérieur. Peut arrêter un coup de marteau, ce chapeau-là. Et qu'est-ce que tu dis de celles-là ? »

Nounou souleva le bas de sa jupe. Elle portait de nouvelles bottines. Mémé ne trouva rien à leur reprocher en tant que chaussures. Elles étaient d'une facture idéale pour une sorcière, à savoir qu'une charrette chargée à bloc aurait pu leur passer dessus sans même laisser une marque dans le cuir épais. Le seul hic, c'était la couleur.

« *Rouges ?* fit Mémé. C'est pas une couleur pour des chaussures de sorcière !

— Moi, j'les aime bien », dit Nounou.

Mémé renifla. « C'est toi qui vois, c'est sûr, fit-elle. C'est sûr que dans les pays étrangers ils s'adonnent à toutes sortes de choses exotiques. Mais tu sais ce qu'on dit des femmes qui portent des chaussures rouges.

— Du moment qu'on dit aussi qu'elles ont les pieds au sec », répliqua gaiement Nounou.

Elle mit la clé de chez elle dans la main de Jason. « Je t'enverrai des lettres si tu me promets de trouver quelqu'un qui te les lira.

— Oui, môman. Et le chat, môman ? demanda Jason.

— Oh, Gredin vient avec nous, répondit Nounou Ogg.

— Quoi ? Mais c'est un chat ! protesta Mémé Ciredutemps. Tu vas pas emmener des chats ! J'vais quand même pas voyager avec des chats ! C'est déjà pas marrant de voyager avec des pantalons et des chaussures provocantes !

— Sa maman va lui manquer s'il reste tout seul, hein ? » susurra Nounou Ogg en ramassant Gredin. Il pendait, flasque, dans sa main comme une outre pleine d'eau qu'on serrerait par le milieu.

Pour Nounou Ogg, Gredin restait le chaton adorable qui courait par terre après les pelotes de laine.

Pour le reste du monde, c'était un matou monstrueux, un paquet de forces vitales incroyablement indestructibles dans une peau qui ressemblait moins à un pelage qu'à un morceau de pain oublié dans un coin humide pendant quinze jours. Les étrangers le prenaient souvent en pitié à cause de ses oreilles absentes et de sa tête qui donnait l'impression qu'un ours avait campé dessus. Ils ne pouvaient pas le savoir, mais c'était parce que Gredin, par fierté féline, essayait de combattre ou de violer absolument tout, jusques et y compris un triqueballe à quatre chevaux. Les chiens méchants gémissaient et se cachaient sous les escaliers lorsque Gredin se baladait dans la rue. Les renards restaient à l'écart du village. Les loups faisaient un détour.

« C'est rien qu'un gros bébé », dit Nounou.

Gredin posa sur Mémé Ciredutemps un regard jaune de malveillance suffisante, comme les chats en réservent à ceux qui ne les aiment pas, et se mit à ronronner. Gredin devait être le seul chat capable de ricaner et ronronner en même temps.

« Et puis, reprit Nounou, les sorcières sont censées aimer les chats.

— Pas les chats comme lui, sûrement pas.

— T'es pas très chat, Esmé, voilà », dit Nounou en serrant et câlinant Gredin.

Jason Ogg prit Magrat à part. « Notre Sean m'a lu dans l'almanach qu'y avait des bêtes sauvages affreuses dans les pays étrangers, chuchota-t-il. Monstrueuses, pleines de poils et qui sautent sur les voyageurs, qu'il disait, l'almanach. J'ai peur de ce qui arriverait si elles sautaient sur môman et Mémé. »

Magrat leva les yeux sur sa grosse figure rougeaude.

« Vous ferez attention qu'il leur arrive rien, hein ? poursuivit Jason.

— T'inquiète pas, dit-elle en espérant qu'il n'aurait effectivement pas à s'inquiéter. Je ferai de mon mieux. »

Jason hocha la tête. « C'est qu'il disait, l'almanach, que certaines d'ces bêtes-là étaient déjà en voie d'extinction. »

Le soleil était déjà bien levé lorsque les trois sorcières montèrent en spirales dans le ciel.

Leur départ avait été retardé un moment à cause de l'indocilité du balai de Mémé Ciredutemps, dont le démarrage nécessitait toujours des galopades interminables. Il n'avait jamais l'air de comprendre ce qu'on lui demandait jusqu'à ce qu'on le pousse à fond de train. Les nains réparateurs de partout avaient avoué leur impuissance devant l'engin. Ils avaient remplacé le manche et les brins des dizaines de fois.

Lorsqu'il finit par prendre son envol, ce fut dans un concert d'acclamations.

Le tout petit royaume de Lancre n'occupait guère plus qu'un large rebord taillé dans le flanc des montagnes du Bélier. Derrière lui, des pics acérés et de sombres vallées sinueuses se lançaient à l'assaut de l'arête massive des chaînes centrales.

Devant, le terrain chutait abruptement vers les plaines de Sto, la brume bleutée de régions boisées, la vaste étendue d'un océan et, quelque part au milieu de tout ça, la tache brunâtre connue sous le nom d'Ankh-Morpork.

Une alouette chanta, ou plutôt lança les premières notes de son chant. La pointe du chapeau de Mémé Ciredutemps qui montait à sa rencontre par en dessous lui fit complètement perdre le rythme.

« Moi, j'vais pas plus haut, fit la sorcière.

— Si on monte assez haut, on verra où on va, dit Magrat.

— T'as dit que t'avais regardé les cartes de Desiderata.

— Mais ç'a l'air différent vu d'ici. Y a plus de choses qui... qui dépassent. Mais je crois qu'il faut aller... par *là*.

— T'es sûre ? »

La mauvaise question à poser à une sorcière. Surtout quand la personne qui la pose est Mémé Ciredutemps.

« Certaine », répondit Magrat.

Nounou Ogg leva les yeux sur les hautes cimes.

« Y a beaucoup de grosses montagnes par là », dit-elle.

Elles s'élevèrent, palier après palier, mouchetées de neige, traînant en altitude des fanions interminables de cristaux de glace. Personne ne skiait dans les hautes montagnes du Bélier, du moins au-delà de quelques mètres et d'un cri décroissant. Personne n'y courait en chantant en jupe paysanne. Ce n'étaient pas des montagnes agréables. Plutôt le genre où les hivers allaient passer leurs vacances d'été.

« Y a des cols et des machins qui les traversent, dit Magrat d'une voix hésitante.

— Forcément », fit Nounou.

Quand on sait y faire, on peut se servir de deux miroirs comme suit : on les place de telle sorte qu'ils se réfléchissent l'un l'autre. Car si les images peuvent voler un peu de votre âme, des images d'images peuvent vous fortifier, vous nourrir en retour de vous-même, vous donner de la puissance...

Et votre image se reproduit à l'infini, en reflets de reflets de reflets, et chaque image est identique, tout au long de l'arc de lumière.

Sauf que c'est faux.

Les miroirs contiennent l'infini.

L'infini contient davantage de choses qu'on n'imagine.

Tout, déjà.

Y compris l'avidité.

Parce qu'il y a un million de milliards d'images et une seule âme pour l'ensemble.

Les miroirs donnent beaucoup, mais ils se servent copieusement.

Les montagnes se déroulaient et laissaient apparaître d'autres montagnes. Les nuages s'amoncelaient, lourds et gris.

« Je suis sûre qu'on va dans la bonne direction », dit Magrat. La roche glacée défilait à n'en plus finir. Les sorcières volaient le long d'un dédale de petits canyons sinueux, tous identiques.

« Ouais, fit Mémé.

— Ben, vous me laissez pas voler assez haut, dit Magrat.

— Il va neiger des cordes d'ici une minute », fit Nounou Ogg.

C'était le début de soirée. La lumière du jour s'écoulait des vallées en altitude comme de la crème anglaise.

« Je croyais... qu'il y aurait des villages, des choses comme ça, dit Magrat, où acheter des produits locaux intéressants et trouver un abri dans des huttes grossières.

— On trouve même pas de trolls par ici », fit Mémé.

Les trois balais descendirent en vol plané dans une vallée dénudée, simple encoche au flanc de la montagne.

« Et fait vachement froid », ajouta Nounou Ogg. Elle sourit. « Pourquoi elles sont grossières, les huttes, au fait ? »

Mémé Ciredutemps descendit de son balai pour observer les rochers autour d'elle. Elle ramassa un caillou et le renifla. Elle s'approcha tranquillement d'un tas d'éboulis qui, pour Magrat, ressemblait à n'importe quel autre tas d'éboulis, et le tâta du pied.

« Hmm », fit-elle.

Quelques cristaux de neige lui atterrirent sur le chapeau.

« Ouais, ouais, fit-elle encore.

— Qu'est-ce que vous faites, Mémé ? demanda Magrat.

— J'réfléchis. »

Mémé s'approcha du versant abrupt de la vallée et le longea d'un pas nonchalant, sans quitter la roche des yeux. Nounou Ogg la rejoignit. « À cette altitude ? fit-elle.

— J'crois.

— Un peu haut pour eux, non ?

— Vont partout, les p'tits saligauds. Y en a un qu'a débarqué dans ma cuisine, une fois. Il suivait un filon, qu'il disait.

— Pour ça, c'est des p'tits cons.

— Ça vous ennuierait de me dire ce que vous faites ?

demanda Magrat. Qu'est-ce que ç'a d'intéressant, des tas de cailloux ? »

La neige tombait plus vite à présent.

« C'est pas des cailloux, c'est des déblais », répondit Mémé. Elle atteignit une paroi rocheuse plate couverte de glace, identique aux yeux de Magrat à toutes les autres, disponibles dans une gamme de dimensions pareillement mortelles partout en montagne, et elle s'arrêta, l'oreille tendue.

Puis elle recula, abattit sèchement son balai sur la pierre et tint ce langage : « Ouvrez, sales petits enfoirés ! »

Nounou Ogg balança un coup de pied à la roche. Elle rendit un son creux.

« Y en a qui crèvent de froid dehors ! » ajouta-t-elle.

Pendant un moment, il n'y eut pas de réaction. Puis un pan de rocher pivota de quelques centimètres. Magrat vit luire un œil soupçonneux.

« Oui ?

— Des nains ? » fit Magrat.

Mémé Ciredutemps se pencha jusqu'à placer son nez de niveau avec l'œil.

« Je m'appelle, annonça-t-elle, Esmé Ciredutemps. »

Elle se redressa, la figure rayonnante de satisfaction.

« Et alors, c'est qui ? » fit une voix de quelque part sous l'œil. La figure de Mémé se ferma.

Nounou Ogg donna un coup de coude à sa collègue.

« On doit être à cent kilomètres de chez nous, dit-elle. Ils ont peut-être pas entendu parler de toi par ici. »

Mémé se pencha de nouveau. Des flocons de neige accumulés lui cascadèrent du chapeau. « Je t'en veux pas, dit-elle, mais je sais que vous avez un roi là-dedans, alors va lui dire que Mémé Ciredutemps est ici, tu veux ?

— Il est très occupé, répliqua la voix. On vient d'avoir quelques ennuis.

— Alors j'suis sûre qu'il préfère en éviter d'autres », dit Mémé.

Le mystérieux interlocuteur parut réfléchir.

« On a mis une inscription sur la porte, reprit-il d'un

ton maussade. En runes invisibles. Ça coûte drôlement cher, de faire graver de bonnes runes invisibles.

— Je m'amuse pas à lire les portes », rétorqua Mémé.

L'interlocuteur hésita. « Ciredutemps, vous avez dit ?

— Oui. Avec un C. Comme dans "sorcière". »

La porte claqua. Quand elle était fermée, on distinguait à peine une fêlure dans la roche.

La neige tombait dru à présent. Mémé sautilla un moment sur place pour se réchauffer.

« Ça, c'est bien les étrangers, dit-elle à l'ensemble du monde gelé.

— J'pense pas qu'on peut appeler les nains des étrangers, dit Nounou Ogg.

— J'vois pas pourquoi. Un nain qui vit loin, c'est forcément un étranger. C'est ce que ça veut dire, étranger.

— Ouais ? Marrant, quand on y pense. »

Les sorcières regardèrent la porte, et leur respiration formait trois petits nuages dans le jour déclinant. Magrat examina de plus près la paroi minérale.

« Je vois pas de runes invisibles, dit-elle.

— 'videmment, tiens, fit Nounou. C'est parce qu'elles sont invisibles.

— Ouais, renchérit Mémé Ciredutemps. Ce que t'es bête. »

La porte se rouvrit. « J'ai parlé au roi, fit la voix.

— Et qu'est-ce qu'il a dit ? demanda Mémé avec espoir.

— Il a dit : "Oh non, manquait plus que ça !" »

Mémé rayonna. « J'savais bien qu'il aurait entendu parler de moi », fit-elle.

Tout comme il y a mille rois des gitans, il existe mille rois des nains. Le terme équivaut en gros à « technicien en chef ». On ne trouve pas de reines des nains. Les nains répugnent à révéler leur sexe, auquel la plupart attachent beaucoup moins d'importance qu'à la métallurgie et à l'hydraulique.

Ce roi-ci se tenait au milieu d'une foule hurlante de mineurs. Il[1] leva les yeux sur les sorcières avec l'expression d'un noyé qui regarde un verre d'eau.

« Vous êtes vraiment efficaces ? » demanda-t-il.

Nounou Ogg et Mémé Ciredutemps échangèrent un bref regard.

« Je crois que c'est à toi qu'il parle, Magrat, dit Mémé.

— C'est qu'on a eu un gros éboulement dans la galerie 9, reprit le roi. Ç'a l'air grave. Une veine très prometteuse de quartz aurifère est irrémédiablement bloquée. »

Un des nains les plus proches lui chuchota quelque chose.

« Oh, ouais. Et quelques gars aussi, ajouta distraitement le roi. Et voilà que vous vous amenez. Alors, telles que je vois les choses, c'est sûrement le destin. »

Mémé Ciredutemps fit tomber d'une secousse la neige de son chapeau et regarda autour d'elle.

Elle était impressionnée, malgré tout. On n'avait pas si souvent l'occasion de voir une salle remplie de nains, par les temps qui couraient. La plupart d'entre eux étaient partis gagner de l'argent à la pelle dans les plaines, où il était plus facile d'être nain – d'abord, on n'était pas obligé de passer les trois quarts de son temps sous terre à se donner des coups de marteau sur le pouce et à s'inquiéter des fluctuations des marchés internationaux du minerai. Le non-respect des traditions, c'était ça l'ennui, au jour d'aujourd'hui.

Prenez les trolls. On trouvait plus de trolls en ce moment à Ankh-Morpork que dans toute la chaîne de montagnes. Mémé Ciredutemps n'avait rien contre eux mais elle sentait d'instinct que si davantage de trolls arrêtaient de porter des costumes et de marcher tout

1. Beaucoup de tribus traditionnelles de nains n'ont pas de pronoms féminins comme « elle » ou « la ». Il s'ensuit que faire sa cour, chez les nains, relève d'une diplomatie inouïe.

debout pour recommencer à vivre sous les ponts, à sauter sur les gens et à les dévorer, le monde ne s'en porterait que mieux.

« Montrez-nous donc votre problème, dit-elle. Y a des tas de rochers qui se sont éboulés, c'est ça ?

— Pardon ? » fit le roi.

On dit souvent que les Esquimaux disposent de cinquante mots différents pour désigner la neige[1].

C'est faux.

On dit aussi que les nains disposent de deux cents mots pour désigner la roche.

Erreur. Ils n'ont pas de mots pour la roche, de la même façon que les poissons n'ont pas de mots pour l'eau. Ils ont effectivement des mots pour la roche ignée, la roche sédimentaire, la roche métamorphique, la roche sous les pieds, la roche qui s'écroule sur le casque et la roche à l'air prometteur qu'ils auraient juré avoir laissée là la veille. Mais ce qu'ils n'ont pas, c'est un mot signifiant « roche ». Qu'on montre une roche à un nain, et lui verra, par exemple, un morceau second choix de sulfite cristallin de barytine.

Ou, dans le cas présent, environ deux cents tonnes de schiste argileux de qualité inférieure. Lorsque les sorcières arrivèrent sur les lieux du désastre, des dizaines de nains travaillaient fiévreusement à étayer le plafond fendu et emporter les débris. Certains étaient en larmes.

« C'est affreux... affreux, marmonnait l'un d'eux. Une catastrophe. » Magrat lui prêta son mouchoir. Il se moucha bruyamment. « Ça peut entraîner un glissement important sur la ligne de faille, et alors on perd toute la veine », ajouta-t-il en secouant la tête.

Un autre nain lui tapota le dos. « Faut pas désespérer,

1. Enfin, pas si souvent que ça. Pas tous les jours, en tout cas. Du moins, pas partout. Mais sans doute que dans certains pays froids on entend fréquemment répéter : « Hé, ces Esquimaux, tout de même, quels phénomènes ! Cinquante mots pour la neige ! Vous vous rendez compte ? »

dit-il. On peut toujours percer un tunnel depuis la galerie 15. On va la récupérer, la veine, t'inquiète pas.

— Excusez-moi, fit Magrat, il y a bien des nains derrière tous ces décombres, non ?

— Oh, oui », dit le roi. Son ton affirmait que ce n'était là qu'un effet secondaire regrettable de la catastrophe, car trouver de nouveaux nains ne demandait que du temps alors qu'une bonne roche aurifère restait limitée en quantité.

Mémé Ciredutemps examina l'éboulement d'un œil critique.

« Va falloir faire sortir tout le monde, dit-elle. Ça doit rester confidentiel.

— Je sais ce que c'est, fit le roi. Secret professionnel, j'imagine ?

— Y a de ça », dit Nounou.

Le roi chassa les nains du tunnel et laissa les sorcières seules à la lumière de la lanterne. Quelques fragments de roche tombèrent du plafond.

« Hmm, fit Mémé.

— T'es bien avancée maintenant, dit Nounou.

— Tout est possible quand on s'y met sérieusement, répliqua distraitement Mémé.

— Alors tu ferais bien de t'y mettre à fond, Esmé. Si le Créateur avait voulu qu'on déplace des rochers par la sorcellerie, il aurait pas inventé la pelle. Être une sorcière, c'est savoir quand il faut se servir d'une pelle. Et lâche donc cette brouette, Magrat. T'y connais rien en machines.

— Bon, d'accord, dit Magrat. Pourquoi on essaye pas la baguette ? »

Mémé Ciredutemps renifla.

« Ha ! Ici ? On a jamais vu ça, une marraine fée dans une mine.

— Moi, si j'étais coincée derrière un tas de rochers sous une montagne, j'aimerais bien en voir une », répliqua Magrat avec feu.

Nounou Ogg approuva du chef. « Là, elle a raison,

Esmé. Y a pas de règle, on fait la marraine fée où on veut.

— Cette baguette, elle m'inspire pas confiance, dit Mémé. Elle m'a pas l'air normale.

— Oh, allons, fit Magrat, des générations de marraines fées s'en sont servi. »

Mémé jeta les bras en l'air.

« D'accord, d'accord, d'accord, cracha-t-elle. Vas-y ! Rends-toi donc ridicule ! »

Magrat sortit la baguette de son sac. Elle avait redouté cet instant.

L'objet était taillé dans une espèce d'os ou d'ivoire ; Magrat espéra que ce n'était pas de l'ivoire. Il avait autrefois porté des marques, mais des générations de mains de marraines fées l'avaient presque entièrement poli à force d'usage. Divers anneaux d'or et d'argent étaient incrustés dans la baguette. Nulle part on ne lisait d'instructions. Pas la moindre rune ni le moindre sceau n'indiquait ce qu'on était censé en faire.

« Je crois qu'il faut l'agiter, dit Nounou Ogg. J'suis à peu près sûre que c'est quelque chose comme ça. »

Mémé Ciredutemps croisa les bras. « C'est pas digne d'une sorcière », déclara-t-elle.

Magrat agita la baguette, histoire de voir. Rien ne se passa.

« Faut peut-être dire quelque chose ? » suggéra Nounou.

Magrat avait l'air en pleine panique.

« Qu'est-ce qu'elles disent, les marraines fées ? gémit-elle.

— Euh..., fit Nounou, j'sais pas, moi.

— Huh ! » lâcha Mémé.

Nounou Ogg soupira. « Elle t'a rien dit, Desiderata ?

— Rien ! »

Nounou haussa les épaules.

« Fais ce que tu peux, alors », dit-elle.

Magrat fixa le tas de rochers. Elle ferma les yeux. Elle inspira profondément. Elle tâcha d'imposer à son esprit une image sereine d'harmonie cosmique. Ils en avaient de bonnes, les moines, avec leurs histoires d'harmonie cosmique, se dit-elle ; ils vivaient tranquillement loin de tout sur des montagnes neigeuses et n'avaient à se soucier que de yétis. Ils n'essayaient jamais d'atteindre une paix intérieure sous l'œil noir de Mémé Ciredutemps.

Elle agita vaguement la baguette et s'efforça de se sortir les citrouilles de la tête.

Elle sentit l'air bouger. Elle entendit Nounou retenir son souffle.

« Il s'est passé quelque chose ? demanda-t-elle.

— Ouais, répondit Nounou au bout d'un moment. On peut dire ça. J'espère qu'ils ont faim, c'est tout.

— Alors, le boulot de marraine fée, c'est ça ? » fit Mémé Ciredutemps.

Magrat ouvrit les yeux.

Il y avait toujours un tas, mais ce n'étaient plus des rochers. « Là, t'as été..., écoute bien, un peu *gourde* », fit Nounou.

Magrat, cette fois, écarquilla les yeux.

Encore des citrouilles ?

— T'as été gourde. *Gourde.* Courge, si tu préfères », insista Nounou, des fois qu'on n'aurait pas compris.

Le sommet du tas bougea. Deux petites citrouilles le dévalèrent presque jusqu'aux pieds de Magrat, et un petit visage nain apparut dans le trou.

Il fixa des yeux les sorcières en dessous.

« Tout va bien ? » demanda finalement Nounou Ogg.

Le nain répondit oui de la tête. Son regard se portait sans arrêt sur le tas de citrouilles qui remplissait le tunnel du sol au plafond.

« Euh... oui, fit-il. Il est là, papa ?

— Papa ?

— Le roi.

— Oh. » Nounou Ogg se mit les mains en porte-voix autour de la bouche et se tourna face au tunnel. « Hé, roi ! »

Les nains apparurent. Eux aussi regardèrent les citrouilles. Le roi fit un pas en avant et leva les yeux vers la figure de son fils. « Ça va, fiston ?

— Ça va, papa. Y a pas de faille ni rien. »

Le roi s'affaissa de soulagement. Puis, à la réflexion, il ajouta : « Tout le monde va bien ?

— Très bien, papa.

— Un moment, j'ai eu peur. Je me suis dit qu'on était peut-être tombés sur une zone de conglomérat, quelque chose comme ça.

— Rien qu'une plaque branlante de schiste argileux, papa.

— Bien. » Le roi observait encore le tas. Il se gratta la barbe. « C'est plus fort que moi, j'ai l'impression que t'es tombé sur un gisement de citrouilles.

— J'ai cru que c'était une espèce de grès bizarre, papa. »

Le roi revint vers les sorcières.

« Vous pouvez tout changer en n'importe quoi ? » demanda-t-il, de l'espoir dans la voix.

Du coin de l'œil, Nounou Ogg regarda Magrat qui fixait toujours la baguette, l'air choquée.

« Je crois que pour l'instant on ne produit que des citrouilles », dit-elle prudemment.

Le roi parut un brin déçu.

« Bon, ben..., dit-il, si je peux vous offrir quelque chose, mesdames..., une tasse de thé, n'importe... »

Mémé Ciredutemps s'avança. « Je pensais moi aussi à quelque chose dans ce goût-là », dit-elle.

Le visage du roi s'éclaira.

« Mais qui vous coûterait plus cher », dit Mémé.

La figure du roi s'éteignit.

Nounou Ogg se glissa jusqu'à Magrat qui secouait la baguette sans cesser de la fixer.

« Très malin, chuchota-t-elle. Pourquoi t'as pensé à des citrouilles ?

— J'y ai pas pensé !

— Tu sais pas comment ça marche ?

— Non ! Moi, je croyais qu'il fallait juste vouloir quelque chose, voyez, pour que ça arrive !

— Un souhait, ça doit pas suffire, dit Nounou avec

toute la sympathie dont elle était capable. C'est souvent comme ça. »

Vers le lever du jour, si tant est que le jour se lève dans les mines, on conduisit les sorcières jusqu'à une rivière quelque part dans les profondeurs des montagnes, où mouillaient deux chalands. On avait amené une barque près d'un embarcadère de pierre.

« Ça va vous conduire de l'autre côté des montagnes, dit le roi. Et même directement à Genua, je crois bien. » Il prit un grand panier à un serviteur nain. « Et on vous a préparé quelque chose de bon à manger, dit-il.

— On va faire tout le voyage en bateau ? » demanda Magrat. Elle effectua quelques moulinets furtifs de sa baguette. « Je m'y connais mal en navigation.

— Écoute, dit Mémé en montant à bord, la rivière, elle, connaît le chemin pour sortir des montagnes, et nous non. On se servira des balais plus tard, quand le paysage sera moins farfelu.

— Et on pourra se reposer un peu », dit Nounou en s'asseyant.

Magrat regarda ses aînées s'installer confortablement à l'arrière comme deux poules se calant sur leur nid.

« Vous savez ramer ? demanda-t-elle.

— On a pas besoin de savoir, nous », répondit Mémé.

Magrat hocha tristement la tête. Puis un soupçon de contestation pointa brièvement le bout d'un aileron.

« Je crois que je ne sais pas non plus, risqua-t-elle.

— Pas grave, fit Nounou. Si on voit que tu te trompes, on te le dira, n'aie crainte. À la revoyure, votre royauté. »

Magrat soupira et empoigna les rames.

« C'est le bout aplati qui va dans l'eau », la renseigna obligeamment Mémé.

Les nains leur firent au revoir de la main. La barque dériva au milieu du cours d'eau, évoluant lentement dans le rond de lumière d'une lanterne. Magrat s'aperçut que tout ce qu'elle avait à faire, c'était de la garder pointée du bon côté dans le courant.

Elle entendit Nounou s'étonner : « Ça me dépasse, ça, qu'ils s'acharnent toujours à faire écrire des runes invisibles sur leurs portes. J'veux dire, tu payes un mage pour qu'il t'écrive des runes invisibles sur ta porte, comment tu sais que t'en as pour ton argent ? »

Elle entendit Mémé répondre : « Pas de souci. Si tu les vois pas, alors tu sais que t'as bien des runes invisibles. »

Elle entendit Nounou reprendre : « Ah, ça doit être ça. Bon, voyons voir ce qu'on a pour le déjeuner. » Suivit un bruissement.

« Ouais, ouais, ouais.

— C'est quoi, Gytha ?

— D' la citrouille.

— D'la citrouille à quoi ?

— D'la citrouille à rien. D'la citrouille à la citrouille.

— Ben, j'imagine qu'ils ont beaucoup de citrouilles, dit Magrat. Vous savez comment c'est à la fin de l'été, ça se bouscule dans le jardin. J'ai épuisé mes idées de recettes de légumes au vinaigre, ou en conserve pour rien laisser perdre... »

Dans la faible lumière elle distingua la figure de Mémé ; on y lisait qu'il ne lui avait sûrement pas fallu beaucoup de temps pour les épuiser, ses idées.

« Moi, déclara Mémé, j'ai jamais fait de légumes au vinaigre de ma vie.

— Mais vous aimez pourtant ça, les condiments », s'étonna Magrat. Les sorcières et les condiments allaient ensemble comme... Elle hésita devant l'association de pêches et de crème qui lui soulevait le cœur et préféra terminer mentalement par : des choses qui vont bien ensemble. La vue de l'unique dent rescapée de Nounou Ogg à l'œuvre sur un oignon au vinaigre faisait monter les larmes aux yeux.

« C'est sûr, j'aime ça, dit Mémé. Je m'arrange pour qu'on me les offre.

— Tu sais, fit Nounou en fouillant les recoins du

panier, chaque fois que j'ai affaire à des nains, je pense à des oursins constipés.

— Sales petits radins. Si tu savais les prix qu'ils veulent me faire payer quand j'emmène mon balai à réparer, dit Mémé.

— Oui, mais vous payez jamais, fit remarquer Magrat.

— C'est pas la question, répliqua Mémé Ciredutemps. Ils devraient pas avoir le droit de pratiquer des prix pareils. C'est du vol qualifié.

— Je vois pas comment ça peut être du vol si vous payez pas, insista Magrat.

— J'paye jamais rien. On me laisse jamais payer. J'y peux rien si on me fait sans arrêt des cadeaux, tout de même ? Quand je marche dans la rue, y a toujours des gens à me courir après avec des gâteaux juste sortis du four, de la bière fraîche et des vêtements qu'ils ont à peine portés. "Oh, madame Ciredutemps, veuillez accepter ce panier d'œufs", qu'ils disent. Les gens sont toujours très gentils. Les gens, quand on les traite bien, ils vous rendent la pareille. C'est une affaire de respect. Rien avoir à payer, termina-t-elle sévèrement, c'est ça, être sorcière.

— Tiens, c'est quoi ? » fit Nounou en sortant un petit paquet. Elle s'affaira sur le papier et déballa plusieurs disques marrons et durs.

« Ma parole, fit Mémé Ciredutemps, je retire tout ce que j'ai dit. C'est le fameux pain de nain, ça. Ils en donnent pas à n'importe qui. »

Nounou en cogna le bord de la barque. Le pain rendit à peu près le même son creux qu'une règle qu'on maintient au bord d'un bureau et qu'on fait vibrer : *Boioioing*.

« Paraît que ça rassit jamais, même quand on le garde des années, dit Mémé.

— Ça permet de tenir des jours et des jours », ajouta Nounou Ogg.

Magrat tendit le bras, prit un des pains aplatis, essaya de le rompre et renonça.

« Ça se *mange* ? demanda-t-elle.

— Oh, j'crois pas que ça se mange, répondit Nounou. C'est davantage pour, disons...

— ... permettre de tenir, termina Mémé. Paraît que... » Elle s'arrêta.

Par-dessus le bruit de la rivière et des gouttes d'eau qui tombaient parfois du plafond, elles entendaient toutes à présent le clapotis d'une autre embarcation qui se rapprochait.

« On nous suit ! » souffla Magrat.

Deux lueurs pâles apparurent à la limite du cercle de lumière de la lanterne. Il s'agissait en fin de compte des yeux d'une petite créature grise ressemblant vaguement à une grenouille qui pagayait vers les sorcières sur une bûche.

Elle atteignit la barque. De longs doigts mouillés attrapèrent le bord et une figure sinistre s'éleva à la hauteur de celle de Nounou Ogg.

« 'lut, fit la figure. C'est mon anniversssaire. »

Les trois sorcières la fixèrent un moment. Puis Mémé Ciredutemps empoigna une rame et lui en flanqua un méchant coup sur le crâne. Il y eut un plouf et des jurons qui s'éloignèrent.

« Sale petit connard, conclut Mémé alors qu'elles continuaient leur route. M'avait l'air d'un fouteur de merde.

— Ouais, approuva Nounou Ogg. Trop visqueux pour être honnête. Faut s'en méfier d' ceux-là.

— Je me demande ce qu'il voulait ? » fit Magrat.

Une demi-heure plus tard, la barque sortit d'une caverne, poussée par le courant, et enfila une gorge étroite bordée de falaises. De la glace luisait sur les parois et des congères de neige s'entassaient sur certains affleurements.

Nounou Ogg promena autour d'elle un regard candide, puis elle fourragea quelque part dans les profondeurs de ses nombreux jupons et en extirpa une petite bouteille. Suivit un glouglou.

« Doit y a voir un bon écho par ici, j'en suis sûre, dit-elle au bout d'un moment.

— Ah non, pas ça, fit Mémé d'un ton sans appel.

— Pas ça quoi ?

— Tu vas pas chanter *ta* chanson.

— Pardon, Esmé ?

— J'vais pas plus loin si tu insistes pour chanter *ta* chanson.

— De quelle chanson tu parles ? demanda innocemment Nounou.

— Tu sais bien à laquelle je pense, répliqua Mémé d'un ton glacial. Chaque fois que tu te soûles, tu la chantes, et ça me déçoit beaucoup.

— Je m'souviens pas d'une chanson pareille, Esmé, dit humblement Nounou Ogg.

— Celle du rongeur qui peut pas... qu'on peut pas... intéresser aux choses de la vie.

— Oh, fit Nounou qui rayonna lorsqu'elle comprit enfin, tu parles du *Hérisson peut jamais se faire met...*

— C'est celle-là !

— Mais c'est *traditionnel.* Et puis, dans les pays étrangers, personne comprendra les paroles.

— Ils comprendront en voyant comment tu la chantes. En te voyant la chanter, même ce qui vit au fond des étangs comprendrait ce que ça veut dire. »

Magrat regarda par-dessus le bord de la barque. Ici et là, les vaguelettes se frangeaient de blanc. Le courant était un peu plus fort et on y voyait des morceaux de glace.

« C'est qu'une chanson traditionnelle, Esmé, dit Nounou Ogg.

— Ha ! fit Mémé. Pour ça oui, c'est une chanson traditionnelle ! J'les connais, moi, les chansons traditionnelles ! On croit entendre une jolie chanson sur... sur des coucous, des violoneux, des rossignolets et j'sais pas quoi, et puis ça devient... ça devient tout autre chose, ajouta-t-elle d'un air sombre On peut pas leur faire confiance, aux chansons traditionnelles. Elles ont l'air de rien mais on se fait toujours avoir. »

Magrat les détourna d'un rocher. Un remous les fit lentement tournoyer.

« J'en connais une sur deux petits oiseaux bleus, dit Nounou Ogg.

— Hum, fit Magrat.

— C'est peut-être des oiseaux bleus au début, mais j'parie que ça finit par une espèce de mélafort, dit Mémé.

— Euh... Mémé, fit Magrat.

— Quand je pense à ce que m'a raconté Magrat sur les arbres de mai et sur ce que ça cache..., dit Mémé avant d'ajouter d'un air nostalgique : J'aimais bien regarder un arbre de mai le matin au printemps.

— Je crois que la rivière devient un peu houleuse, intervint Magrat.

— J'vois pas pourquoi les gens laissent pas les choses comme elles sont, poursuivit Mémé.

— Je veux dire drôlement houleuse, même..., fit Magrat en les repoussant d'un rocher dentelé.

— Elle a raison, tu sais, dit Nounou Ogg. Ça s'agite un peu. »

Mémé regarda par-dessus l'épaule de Magrat la rivière en avant de la barque. Elle avait l'air tronquée, du genre qui fait penser, par exemple, à une chute d'eau imminente. La barque filait de plus en plus vite. On entendait un grondement assourdi. « Ils ont jamais parlé d'une chute d'eau, dit-elle.

— À mon avis, ils se sont dit qu'on s'en apercevrait bien nous-mêmes, fit Nounou Ogg en rassemblant ses effets et en soulevant Gredin du fond de la barque par la peau du cou. Le nain est très avare de renseignements. Dieux merci, les sorcières, ça flotte. Et puis ils savaient qu'on a les balais.

— Vous, vous avez les balais, dit Mémé Ciredutemps. Comment j'vais le faire démarrer, le mien, dans une barque ? J'peux pas courir loin, hein ? Et arrête de bouger comme ça, tu vas nous faire chavirer...

— Enlève ton pied, il me gêne, Esmé... » La barque tangua violemment.

Magrat sauta sur l'occasion. Elle sortit la baguette à l'instant où une vaguelette passait par-dessus l'embarcation.

« Vous inquiétez pas, dit-elle, je vais me servir de la baguette. Je crois avoir attrapé le coup maintenant...

— Non ! » s'écrièrent en chœur Mémé Ciredutemps et Nounou Ogg.

Il y eut un gros bruit mouillé. La barque changea de forme. Et aussi de couleur. Elle prit une joyeuse teinte orangée.

« Des citrouilles ! brailla Nounou Ogg alors qu'elle basculait doucement dans l'eau. Encore des putain de citrouilles ! »

Lilith se renversa sur son siège. La glace autour de la rivière réfléchissait moins bien qu'un miroir, mais ça lui avait suffi.

Bien. Une fille insignifiante trop vite montée en graine, plus apte à bénéficier des attentions d'une marraine fée qu'à en devenir une, et une petite vieille du genre lavandière qui se soûlait et chantait des chansons. Sans oublier une baguette dont la jeune idiote ne savait pas se servir.

C'était fâcheux. Pire, avilissant. Desiderata et Mme Gogol auraient sûrement fait mieux que ça. Des ennemis forts, ça donne du prestige.

Évidemment, il y avait l'*autre*. Au bout de tant d'années...

Évidemment. Mais ça lui plaisait. Parce qu'il fallait qu'elles soient trois. Trois était un chiffre capital pour les contes. Trois vœux, trois princes, trois boucs, trois devinettes..., trois sorcières. La jeune fille, la mère et... l'autre. Éternel, ce conte-là.

Esmé Ciredutemps n'avait jamais rien compris aux

contes. Elle n'avait jamais compris qu'ils reflétaient la réalité. Sinon, elle gouvernerait sûrement le monde désormais.

« Vous regardez sans arrêt dans les miroirs ! fit une voix irritée. J'ai horreur de vous voir sans arrêt regarder dans les miroirs ! »

Dans un angle, le grand-duc se prélassait dans un fauteuil, tout vêtu de soie noire, la cuisse bien faite. Normalement, Lilith n'acceptait personne dans son nid de miroirs, mais il était techniquement propriétaire du château. Et puis il était trop vaniteux et trop bête pour comprendre ce qui se passait. Elle y avait veillé. Du moins, elle le croyait. Ces derniers temps, il donnait l'impression de saisir des bricoles par-ci par-là...

« Je me demande pourquoi vous êtes obligée de faire ça, geignit-il. Je croyais que pour la magie il suffisait de pointer le doigt et... *woufff.* »

Lilith prit son chapeau et jeta un coup d'œil dans un miroir tandis qu'elle s'en coiffait. « Ma manière est plus sûre, dit-elle. On ne dépend de personne. Quand on se sert de la magie des miroirs, on ne compte que sur soi-même. Voilà pourquoi personne n'a jamais conquis le monde grâce à la magie... pour le moment. Les autres s'efforcent d'obtenir une magie de... d'ailleurs. Et il y a toujours un prix à payer. Mais avec les miroirs, on n'est redevable à nul autre qu'à son âme. »

Elle baissa la voilette du chapeau. Hors de la sécurité des miroirs, elle aimait se réfugier dans l'intimité de la voilette.

« J'ai horreur des miroirs, marmonna le grand-duc.

— C'est parce qu'ils disent la vérité, mon ami.

— C'est une magie cruelle, alors. »

Lilith tordit le voile en une forme charmante.

« Oh, oui. Avec les miroirs, toute la puissance vient de soi-même. De nulle part ailleurs.

— La femme du marais la tire du marais, fit observer le grand-duc.

— Ha ! Et il va réclamer son dû un jour ou l'autre. Elle ne comprend pas ce qu'elle fait.

— Et vous si ? »

Elle ressentit une pointe de fierté. Il avait une dent contre elle ! Elle avait véritablement fait du bon travail.

« Je comprends les contes, dit-elle. C'est tout ce dont j'ai besoin.

— Mais vous ne m'avez pas amené la fille, fit le grand-duc. Vous m'avez promis la fille. Et après, tout ça sera terminé, je pourrai dormir dans un vrai lit et je n'aurai plus besoin de magie réfléchissante... »

Mais même un bon travail dépasse parfois les bornes.

« Vous avez votre compte de magie ? demanda-t-elle d'une voix douce. Vous voulez que j'arrête ? Rien de plus facile. Je vous ai sorti du ruisseau. Vous voulez que je vous y renvoie ? »

La panique déforma le visage du grand-duc.

« Je ne voulais pas dire ça ! Je voulais dire... enfin, après, tout sera réel. Un seul baiser, vous avez dit. Je ne vois pas ce qu'il y a de compliqué là-dedans.

— Le bon baiser au bon moment, répliqua Lilith. Il faut que ce soit au bon moment, sinon ça ne marchera pas. » Elle sourit. Il tremblait en partie de désir, beaucoup de terreur et un peu par atavisme.

« Ne vous inquiétez pas, reprit-elle. Ça ne peut pas ne pas arriver.

— Et les sorcières que vous m'avez montrées ?

— Elles... elles font partie du conte. Ne vous souciez pas d'elles. Le conte va les absorber. Et vous aurez la fille grâce aux contes. Impeccable, non ? Et maintenant... est-ce qu'on y va ? J'imagine que vous avez des affaires à régler ? »

Il saisit l'allusion. C'était un ordre. Il se leva, tendit un bras pour lui prendre le sien, et tous deux descendirent à la salle d'audience du palais.

Lilith était fière du grand-duc. Évidemment, il subsistait son petit problème nocturne, plutôt gênant, parce que son champ morphique s'affaiblissait pendant le sommeil, mais ça restait dans les limites du supportable. Il y avait aussi la question des miroirs, lesquels le montraient sous son vrai jour, mais on l'avait vite réglée en les supprimant tous, sauf les siens à elle. Et puis ses yeux. Pour les yeux, elle était impuissante. Aucune magie, pour ainsi dire, ne pouvait toucher aux yeux. Tout ce qu'elle avait trouvé, c'était lui faire porter des lunettes fumées.

Malgré tout, quelle réussite ! Et il était si reconnaissant. Elle avait été gentille avec lui.

Elle en avait fait un homme, pour commencer.

À une certaine distance en aval de la chute d'eau – la deuxième plus haute de tout le Disque, découverte l'année du Crabe rotatif par le fameux explorateur Guy de Yoyo[1] –, Mémé Ciredutemps, assise devant un petit feu, une serviette autour des épaules, se séchait dans un nuage de vapeur.

« Allons, faut voir les choses du bon côté, dit Nounou Ogg. Au moins, je te tenais en même temps que mon balai. Et Magrat tenait l'sien. Sinon, on regarderait toutes la chute par en dessous.

— Oh, bien. À quelque chose malheur est bon, lança Mémé dont les yeux brûlaient d'une lueur malfaisante.

— Quelle aventure, quand même ! fit Nounou en souriant d'un air réconfortant. Un jour, on en rira en y repensant.

— Oh, bien. »

Nounou tamponna les griffures qui lui marquaient le bras. Gredin, poussé par un authentique instinct félin de conservation, avait escaladé sa maîtresse à coups de griffe et avait gagné le salut d'un bond depuis son crâne. À présent, pelotonné près du feu, il faisait des rêves de chat.

Une ombre les survola : Magrat, qui venait de passer les rives au peigne fin.

1. Bien entendu, nombre de nains, de trolls, d'indigènes, de trappeurs, de chasseurs ou tout simplement de voyageurs archiperdus l'avaient découverte à peu près quotidiennement pendant des millénaires. Mais, n'étant pas des explorateurs, ils ne comptaient pas.

« Je crois avoir presque tout retrouvé, dit-elle en atterrissant. Voilà le balai de Mémé. Et... ah, oui... la baguette. » Elle esquissa un sourire vaillant. « Des petites citrouilles remontaient à la surface. C'est comme ça que je l'ai repérée.

— Ma parole, t'as eu de la chance, fit Nounou Ogg d'un ton encourageant. T'entends ça, Esmé ? On mourra pas de faim, en tout cas.

— Et j'ai retrouvé le panier avec le pain de nain, reprit Magrat, mais il doit être fichu, j'en ai peur.

— Il sera pas fichu, tu peux m'croire, fit Nounou Ogg. Le pain de nain, c'est jamais fichu. Bien, bien, ajouta-t-elle en se rasseyant. On a de quoi faire un p'tit pique-nique, on dirait... et une bonne flambée, et... et un bon petit coin où se poser le derrière, et... j'suis sûre qu'y a des tas de pauvres gens dans des pays comme les terres d'Howonda et autres qui donneraient n'importe quoi pour être à notre place...

— Si t'arrêtes pas de te réjouir, Gytha Ogg, je vais t'en coller une qui va te chauffer les oreilles, fit Mémé Ciredutemps.

— T'es sûre de pas prendre froid ? demanda Nounou.

— Je me sèche de l'intérieur, répliqua Mémé.

— Écoutez, je m'excuse, fit Magrat. Je m'excuse, je vous dis. »

Elle ne savait pourtant pas trop de quoi elle s'excusait, songeait-elle. Ce n'est pas elle qui avait eu l'idée de la barque. Ni elle qui avait mis la chute d'eau sur leur chemin. Elle n'avait même pas pu la voir venir de sa place. Elle avait changé la barque en citrouille, mais sans le vouloir. Ç'aurait pu arriver à n'importe qui.

« J'ai aussi réussi à sauver les carnets de Desiderata, dit-elle.

— Ben ça, c'est un coup de veine, fit Nounou Ogg. Maintenant on sait où on est perdues. »

Elle regarda les alentours. Elles avaient franchi la partie la plus difficile des montagnes, mais il restait encore de hauts sommets et des prairies en altitude qui s'étendaient jusqu'à la limite des neiges éternelles. Quelque part au loin tintèrent des clarines de chèvres.

Magrat déplia une carte. La carte était froissée, humide, et le crayon avait coulé. Puis elle désigna une tache d'un doigt circonspect.

« Je crois qu'on est là, dit-elle.

— Ma parole, fit Nounou Ogg dont les notions en principes cartographiques étaient encore plus incertaines que celles de Mémé. C'est incroyable d'arriver à tout caser sur ce petit bout de papier.

— Je crois, que ce serait une bonne idée pour l'instant de suivre la rivière, reprit Magrat. Sans aller dessus, ajouta-t-elle aussitôt.

J'imagine que t'as pas trouvé mon sac ? lança Mémé Ciredutemps. J'avais des objets personnels dedans.

— L'a dû couler comme une pierre », fit Nounou Ogg.

Mémé Ciredutemps se leva comme un général qui vient d'apprendre que son armée a fini deuxième. « Allez, dit-elle. On a droit à quoi, après ça ? »

Après ça, elles eurent droit à une forêt – sombre et férocement conifère. Les sorcières la survolèrent en silence. De temps en temps apparaissaient des chaumières isolées à demi dissimulées parmi les arbres. Ici et là un flanc de montagne à pic surplombait, menaçant, la sylve obscure, noyé dans la brume même en plein après-midi. Une ou deux fois elles passèrent au-dessus de châteaux, si on peut appeler ça des châteaux ; ils avaient moins l'air bâtis qu'expulsés du paysage.

C'était le genre de décor qui évoquait un certain type d'histoires mettant en scène des loups, de l'ail et des femmes terrorisées. Des histoires de ténèbres et de soif, des histoires de battements d'ailes sur fond de lune...

« Der fleurdumal, marmonna Nounou.

— C'est quoi ? demanda Magrat.

— Un mot étranger pour chauve-souris.

— J'ai toujours aimé les chauves-souris. En général. »

Les sorcières s'aperçurent que, sans s'être consultées, elles volaient en formation plus serrée.

« J'commence à avoir faim, dit Mémé Ciredutemps. Et qu'on me parle pas de citrouille.

— Y a du pain de nain, proposa Nounou.

— Y a toujours du pain de nain. J'ai envie de quelque chose cuit dans l'année, mais merci quand même. »

Elles dépassèrent un autre château qui occupait tout le sommet d'un rocher à pic.

« Ce qu'il nous faut, c'est une bonne petite ville, un machin comme ça, dit Magrat.

— Mais celle-là, en dessous, fera bien l'affaire », répliqua Mémé.

Elles baissèrent les yeux sur la localité. C'était moins une ville qu'un amas de maisons blotties contre les arbres. Elle avait l'air aussi chaleureuse qu'un âtre vide, mais les ombres des montagnes s'étendaient déjà très vite sur la forêt et la configuration du paysage déconseillait implicitement le vol de nuit.

« J'vois pas beaucoup de monde, dit Mémé.

— Peut-être qu'ils se couchent tôt dans le pays, fit Nounou Ogg.

— Le soleil se couche à peine, nota Magrat. On devrait peut-être monter à ce château ? »

Elles regardèrent le château.

« No-o-on, fit lentement Nounou au nom du trio. On sait se tenir à notre place. »

Elles préférèrent donc se poser sur ce qui devait être l'esplanade du bourg. Un chien aboya quelque part derrière les bâtiments. Un volet se ferma en claquant.

« Très accueillant », fit Mémé. Elle s'approcha d'une grande bâtisse qui arborait au-dessus de la porte une enseigne illisible sous la crasse. Elle frappa deux coups sourds au battant.

« Ouvrez ! ordonna-t-elle.

— Non, non, c'est pas comme ça qu'il faut s'annoncer », intervint Magrat. Elle se fraya un passage à coups d'épaule et tapa doucement à la porte. « Excusez-moi ! Voyageurs authentiques !

— Voyageurs quoi ?

— C'est ce qu'il faut dire, la renseigna Magrat. Toute auberge est obligée d'ouvrir aux voyageurs authentiques et de leur porter secours.

— Ah bon ? fit Nounou d'un air intéressé. Une bonne chose à savoir, je trouve. »

La porte restait close.

« Laisse-moi essayer, dit Nounou. J'connais un peu de jargon étranger. »

Elle martela le battant.

« You ouvrir, ali-baba, fissa, et dare-dare », débita-t-elle.

Mémé Ciredutemps écoutait attentivement.

« C'est ça, parler étranger, hein ?

— Shane, mon petit-fils, est marin, dit Nounou Ogg. C'est pas croyable, les mots qu'il apprend dans les pays étrangers.

— Sûrement, fit Mémé. Et j'espère qu'ils sont plus efficaces pour lui. »

Elle cogna encore à la porte. Laquelle s'ouvrit cette fois, très lentement. Une figure pâle pointa son nez.

« Excusez-moi... », commença Magrat.

Mémé força sur la porte. Le propriétaire de la figure s'appuyait contre le battant ; les trois sorcières entendirent ses chaussures racler le plancher lorsqu'il fut doucement repoussé en arrière.

« Que la paix soit sur cette maison », lança négligemment Mémé. C'était toujours une bonne entrée en matière pour une sorcière. Les gens imaginaient alors les autres éventualités auxquelles ils échappaient et se rappelaient d'un coup les gâteaux du jour, le pain frais ou les ballots de vieux vêtements encore mettables qui auraient pu momentanément leur sortir de la tête.

On avait l'impression qu'une de ces autres éventualités avait déjà frappé les lieux.

C'était une auberge, si l'on peut dire. Les trois sorcières n'avaient jamais vu ambiance aussi morne de toute leur vie. Il y avait pourtant du monde. Une bonne vingtaine de figures pâles posèrent sur elles des regards solennels depuis des bancs le long des murs.

Nounou Ogg renifla.

« Bon d'là, fit-elle. Que d'aulx ! » Effectivement, des têtes d'ail pendaient à foison de toutes les poutres. « On met jamais trop d'ail, moi j'dis toujours. Je vais m'plaire ici, j'vois ça. »

Elle hocha la tête à l'intention d'un homme au visage blême derrière le comptoir.

« Bonne à journée, maille goûte sœur ! Drei bières porc faveur wiz nous, bidet jaune.

— Qu'est-ce qu'un bidet jaune vient faire là-dedans ? demanda Mémé.

— C'est de l'étranger pour « s'il vous plaît », répondit Nounou.

— J'suis prête à parier que non, fit Mémé. T'inventes au fur et à mesure. »

L'aubergiste, qui partait du principe tout bête que les visiteurs qui passaient la porte venaient pour boire, leur tira trois bières.

« Tu vois ? fit une Nounou triomphante.

— J'aime pas la façon qu'ils ont tous de nous regarder, dit Magrat tandis que Nounou continuait de bredouiller son espéranto maison à l'aubergiste embarrassé. Y a un homme là-bas qui m'a fait un grand sourire. »

Mémé Ciredutemps s'assit sur un banc, en prenant bien garde de mettre le moins possible de sa personne en contact avec le bois, au cas où l'état d'étranger serait une maladie transmissible.

« Là, fit Nounou en s'amenant d'un air important avec un plateau, facile comme tout. Je l'ai engueulé jusqu'à ce qu'il comprenne.

— Ç'a m'a l'air horrible, dit Mémé.

— Saucisson à l'ail et pain aillé. Ce que j'préfère.

— Vous auriez dû prendre quelques légumes frais, reprocha Magrat la diététicienne.

— C'est ce que j'ai fait. Y a de l'ail, répondit joyeusement Nounou en taillant une généreuse tranche de saucisson à faire monter les larmes aux yeux. Et j'crois bien avoir vu ce qui ressemblait à des oignons au vinaigre sur une des étagères.

— Oui ? Alors va nous falloir au moins deux chambres pour cette nuit, dit Mémé d'un air sombre.

— Trois », la corrigea aussitôt Magrat.

Elle risqua un autre regard circulaire. Les villageois silencieux les fixaient intensément, la figure empreinte d'une tristesse pleine d'espoir ; elle ne voyait pas comment décrire autrement leur expression. Évidemment, toute personne qui passait beaucoup de temps en compagnie de Mémé Ciredutemps et de Nounou Ogg finissait par s'habituer à ce qu'on la fixe des yeux ; les deux vieilles sorcières étaient du genre à occuper l'espace jusqu'à la dernière miette. Et les habitants de la région ne rencontraient sans doute pas souvent de têtes nouvelles, ne serait-ce qu'à cause des forêts impénétrables. Et le spectacle époustouflant de Nounou Ogg mangeant un saucisson avec un plaisir extrême laissait loin derrière même son numéro d'oignons au vinaigre.

Et pourtant... les clients avaient une façon de les fixer...

Dehors, au cœur de la forêt, un loup hurla.

Les villageois assemblés frissonnèrent à l'unisson, comme s'ils avaient répété la scène. Le patron leur chuchota quelque chose. Ils se levèrent à regret et sortirent à la queue leu leu en s'efforçant de rester groupés. Une vieille femme posa un moment la main sur l'épaule de Magrat, secoua tristement la tête, soupira et détala. Mais Magrat y était également habituée. On la plaignait souvent quand on la voyait en compagnie de Mémé.

Le patron finit par venir vers elles en titubant, une torche allumée à la main, et leur fit signe de le suivre.

« Comment vous lui avez fait comprendre pour les lits ? demanda Magrat.

— J'y ai dit : Hé, m'sieur, youp-la-boum presse tôt kif-kif numéro trois », la renseigna Nounou Ogg.

Mémé Ciredutemps fit l'essai tout bas et hocha la tête.

« Ton p'tit Shane doit beaucoup voyager, c'est sûr, fit-elle observer.

— D'après lui, ça marche à tous les coups », dit Nounou Ogg.

Il n'y avait en fait que deux chambres en haut d'un long escalier tortueux et grinçant. Magrat en obtint une pour elle toute seule. Même le patron avait l'air de tenir à cette répartition. Il s'était montré très empressé.

Mais elle aurait préféré qu'il n'insiste pas autant pour barrer les volets. Magrat aimait dormir la fenêtre ouverte. Elle se retrouvait maintenant dans un local noir et mal aéré.

En tout cas, songea-t-elle, c'est moi la marraine fée. Les autres ne font que m'accompagner.

Elle s'examina d'un œil désespéré dans le tout petit miroir fendillé de la chambre, puis elle s'allongea avant d'écouter ses aînées de l'autre côté du mur épais comme du papier à cigarette.

« Pourquoi tu retournes le miroir vers le mur, Esmé ?

— J'aime pas qu'il me regarde comme ça.

— Il te regarde que si, toi, tu le regardes, Esmé. »

Un silence, puis : « Hé, c'est pour quoi faire, ce truc rond comme un boudin, dis ?

— M'est avis que ça doit être un oreiller, Esmé.

— Ha ! J'appelle pas ça un oreiller, moi. Et y a même pas de couvertures convenables. Comment s'appelle ce machin, tu disais ?

— Je crois que ça s'appelle un duvit, Esmé.

— Nous, on appelle ça un édredon, là d'où je viens. Ha ! »

Un répit. Puis :

« Tu t'es brossé la dent ? »

Une autre pause. Puis :

« Hou-là, t'as les pieds drôlement froids, Esmé.

— Non, pas du tout. Ils sont bien au chaud. »

Encore un silence. Puis :

« Des chaussures ! Tes chaussures ! T'as gardé tes chaussures !

— Parfaitement, j'ai gardé mes chaussures, Gytha Ogg.

— Et tes vêtements. Tu t'es même pas déshabillée !

— On prend jamais assez de précautions dans les pays étrangers. On sait pas quelles sortes d'individus peuvent rôder dehors. »

Magrat se pelotonna sous le... c'était quoi, déjà ?... le duvit et se retourna. Mémé Ciredutemps n'avait besoin que d'une heure de sommeil, semblait-il, alors que Nounou Ogg aurait ronflé sur une traverse de clôture.

« Gytha ? *Gytha !* GYTHA !

— 'uoi ?

— T'es réveillée ?

— Maint'nant, oui...

— J'entends un bruit !

— ... Moi pareil... »

Magrat sommeilla un moment.

« Gytha ? GYTHA !

— 'uoi encore ?

— J'suis sûre qu'on a secoué nos volets !

— ... Pas à notre âge... r'dors-toi donc... »

Il faisait de plus en plus chaud et de plus en plus étouffant dans la chambre de minute en minute. Magrat sortit du lit, déverrouilla les contrevents et les repoussa à la volée d'un geste théâtral.

Elle entendit un grognement, puis le choc sourd plus bas d'une masse s'écrasant par terre.

La pleine lune entra à flots dans la chambre. Elle s'en sentit beaucoup mieux et regagna son lit.

Elle eut l'impression que très peu de temps s'était écoulé lorsque la voix de l'autre côté du mur la réveilla encore.

« Gytha Ogg, qu'est-ce que tu fiches ?

— J'mange un morceau.

— Tu peux donc pas dormir ?

— On dirait que j'arrive pas à trouver l'sommeil, Esmé, fit Nounou Ogg. J'vois pas pourquoi.

— Dis donc, c'est du saucisson à l'ail que tu manges ! Voilà que j'partage mon lit avec une mangeuse de saucisson à l'ail.

— Hé, c'est à moi ! Rends-moi ça... »

Magrat eut conscience de pieds chaussés dans la chambre voisine qui se déplaçaient au beau milieu de la nuit et de volets qu'on repoussait.

Elle crut à nouveau entendre un faible « ouch ! » et un autre choc assourdi.

« Je croyais que t'aimais ça, l'ail, Esmé, dit Nounou Ogg avec aigreur.

— Le saucisson, j'ai rien contre quand il reste à sa place, et sa place, c'est pas dans un lit. Et tu te tais, surtout. Maintenant, pousse-toi. Tu prends tout l'duvit. »

Au bout d'un moment, le ronflement profond et sonore de Mémé brisa le silence ouaté. Peu de temps après le rejoignit celui plus distingué de Nounou, laquelle avait eu beaucoup plus d'occasions que sa collègue de dormir en compagnie et avait développé un orphéon nasal moins tonitruant. Le vrombissement de Mémé aurait scié des bûches.

Magrat se replia l'horrible oreiller rond et dur sur les oreilles et se réfugia sous son couchage.

Quelque part sur le sol glacé, une très grosse chauve-souris tentait de reprendre l'air. Elle s'était déjà fait assommer deux fois, la première par un volet ouvert à la va comme j'te pousse et la seconde par un saucisson à l'ail balistique, et elle ne se sentait pas du tout dans son assiette. Un échec de plus, songeait-elle, et je m'en retourne au château. Et puis le soleil va bientôt se lever.

Ses yeux rouges étincelèrent lorsqu'elle les leva vers la fenêtre ouverte de Magrat. Elle banda ses muscles...

Une patte lui atterrit dessus.

La chauve-souris se retourna.

Gredin n'avait pas passé une très bonne nuit. Il avait fouillé tout le secteur en quête de chattes, mais en vain. Il avait rôdé parmi les tas d'ordures et fait chou blanc. Les habitants du patelin ne jetaient pas leurs détritus. Ils les mangeaient.

Il s'était enfoncé au trot dans les bois, était tombé sur quelques loups, s'était assis et leur avait souri jusqu'à ce qu'ils se sentent mal à l'aise et fichent le camp.

Oui, une nuit sans histoires. Jusqu'à cet instant.

La chauve-souris se tortilla sous ses griffes. Le petit cerveau félin de Gredin eut l'impression qu'elle essayait de changer de forme, mais pas question d'endurer ça d'une souris affublée d'ailes.

Surtout maintenant qu'il avait un petit copain avec qui jouer.

Genua était une ville de conte de fées. La population souriait et respirait la joie toute la sainte journée. En particulier si elle tenait à respirer tout court une autre sainte journée.

Lilith veillait au grain. Évidemment, les habitants s'étaient sans doute crus heureux avant qu'elle se charge de mettre le grand-duc à la place du vieux baron, mais il s'agissait d'un bonheur aléatoire, brouillon, raison pour laquelle il lui avait été si facile d'intervenir.

Ce n'était pas une vie, tout de même. Elle ne suivait aucun scénario.

Un jour, ils la remercieraient.

Bien entendu, il y avait toujours quelques cas difficiles. Parfois, les gens ne savent pas se conduire. On se décarcasse pour eux, on gouverne leur ville au mieux de leurs intérêts, on s'assure que leur vie vaut la peine d'être vécue, qu'ils nagent dans le bonheur à chaque heure du jour, et puis, sans aucune raison, ils se retournent contre leur bienfaiteur.

Des gardes bordaient la salle d'audience. Et il y avait effectivement une audience, nombreuse même. En théorie, bien sûr, c'était le dirigeant qui donnait l'audience, mais Lilith aimait voir le peuple y assister. Un sou d'exemple valait une piastre de punition.

Les délits étaient rares à Genua, ces temps-ci. Du moins ce qu'on qualifiait de délits ailleurs. Des affaires banales comme les vols se réglaient rapidement et n'entraînaient guère de poursuites judiciaires. Beaucoup plus importants, aux yeux de Lilith, étaient les crimes contre le cours de la narration. Les gens n'avaient pas l'air de savoir jouer leur rôle.

Lilith tendait un miroir à la vie et coupait tous les bouts qui dépassaient...

Le grand-duc se prélassait mollement sur son trône, une jambe pendouillant par-dessus le bras du fauteuil. Les sièges, ça n'était pas son fort.

« Et il a fait quoi, celui-là ? » demanda-t-il avant de bâiller. En tout cas, il s'y entendait pour ouvrir largement la bouche.

Un petit vieux se recroquevilla entre deux gardes.

On trouvait toujours des volontaires pour la garde, même dans des villes comme Genua. Par ailleurs, ils recevaient un uniforme vraiment élégant : pantalon bleu, veste rouge et grand chapeau noir orné d'une cocarde.

« Mais je... j'arrive pas à siffler, chevrota le petit vieux. Je... j'connaissais pas que c'était obligatoire...

— Mais vous êtes fabricant de jouets, dit le grand-duc. Les fabricants de jouets sifflent et chantent à longueur de temps. » Il jeta un coup d'œil à Lilith. Elle approuva du chef.

« J'connais pas de... ch-chansons, fit l'homme. On m'a jamais appris de ch-chansons. Seulement à manufacturer des jouets. J'ai suivi un apprentissage pour ça. Sept années à manier le p'tit marteau, toute ma jeunesse...

— Je vois ici, poursuivit le grand-duc dans une imitation honorable d'un juge lisant l'acte d'accusation devant lui, que vous ne racontez pas d'histoires aux enfants.

— On m'a jamais dit d'conter des his... des histoires. Écoutez, moi, j'manufacture des jouets, c'est tout. Des jouets. J' connais arien faire d'autre. Des jouets. J'en manufacture des b-bons. J'suis qu'un manu-manufacturreur de jouets, moi.

— Vous ne pouvez pas être un bon fabricant de jouets si vous ne racontez pas d'histoires aux enfants », intervint Lilith en se penchant en avant.

L'artisan leva les yeux vers le visage voilé.

« J'en connais pas, dit-il.

— Vous n'en connaissez aucune ?

— J'pourrais leur con-conter comment on manufacture des jouets », tremblota le petit vieux.

Lilith reprit sa position sur son siège. Il était impossible de distinguer son expression sous le voile.

« Ce serait, je crois, une bonne idée que les gardes du peuple ici présents vous conduisent là où vous apprendrez sûrement à chanter, dit-elle. Au bout de quelque temps, vous arriverez même à siffler, je le sens. Ce serait merveilleux, non ? »

Le vieux baron entretenait des cachots épouvantables. Lilith les avait fait repeindre et remeubler. Avec des tas de miroirs.

Une fois l'audience levée, une des spectatrices présentes s'éclipsa par les cuisines du palais. Les gardes de la porte latérale ne firent rien pour l'empêcher de passer. Cette personne occupait une place très importante dans le champ réduit de leurs existences.

« Bonjour, madame Aimable. »

Elle s'arrêta, plongea la main dans son panier et sortit deux cuisses de poulet rôti.

« J'essaye une nouvelle qualité d'glaçage à la cacahuète, dit-elle. J'aimerais avoir votre opinion à vous autres, les gars. »

Ils acceptèrent les cuisses avec reconnaissance. Tout

le monde aimait voir Mme Aimable. Elle obtenait des résultats époustouflants à partir d'un poulet, tels que le volatile devait être heureux qu'on l'ait tué.

« Asteure je m'en sors quérir des herbes », dit-elle.

Ils la regardèrent s'éloigner comme une grosse flèche décidée en direction de la place du marché au bord du fleuve. Puis ils mangèrent leurs cuisses de poulet.

Mme Aimable passa d'un air affairé parmi les étals du marché ; elle prenait grand soin d'avoir l'air affairé. Même à Genua, il y avait toujours quelqu'un prêt à raconter une histoire. Surtout à Genua. Elle était cuisinière, alors elle s'affairait. Elle veillait aussi à rester grosse et d'une humeur joyeuse, une humeur par bonheur déjà naturelle chez elle. Elle veillait à garder les bras enfarinés en toute occasion. Si elle flairait le moindre soupçon à son endroit, elle lâchait un « cré bon d'là ! » ou autre exclamation dans le genre. Jusqu'à présent, ça lui avait apparemment réussi.

Elle chercha l'enseigne. Et la trouva. Sur le piquet de toit d'un étal par ailleurs rempli de cages de poules, corbleus, grues de Chantier et autres volatiles, se tenait perché un jeune coq noir. Le docteur vaudou était là.

Au moment où elle posait l'œil sur lui, le coq tourna la tête vers la cuisinière.

Un peu à l'écart du reste des étals se dressait une petite tente, semblable à beaucoup d'autres du marché. Un chaudron bouillonnait devant sur un feu de charbon de bois. Des bols attendaient à côté, ainsi qu'une louche et une assiette remplie de pièces. Des pièces assez nombreuses ; on payait la préparation de Mme Gogol le prix qu'on voulait, et l'assiette était à peine assez grande.

Le liquide épais contenu dans le chaudron était d'un marron peu appétissant. Mme Aimable se servit une bolée et attendit. Mme Gogol avait certains talents.

Au bout d'un moment, une voix demanda depuis la tente : « Qui ça d'neuf, man Aimable ?

— L'a bouclé le manufactureur de jouets, répondit la cuisinière dans le vide. Et hier c'était l'vieux Devereaux, l'aubergiste, par rapport qu'il était pas gros et qu'il avait pas une bonne figure rougeaude. Ça fait quatre ce mois-ci.

— Entré donc, man Aimable. »

Il faisait sombre et chaud sous la tente. Un autre feu y brûlait, sur lequel cuisait une autre marmite. Mme Gogol, penchée dessus, touillait. Elle fit signe à la cuisinière de prendre un soufflet.

« Attisé donc un tibrin ces charbons et on allé voir ça qu'on allé voir », dit-elle.

Mme Aimable obéit. Elle ne se servait pas personnellement de magie, sauf en cas de besoin, pour réussir un roux ou faire lever un pain, mais elle respectait sa pratique chez les autres. Surtout les autres du genre de Mme Gogol.

Les charbons de bois flamboyèrent, chauffés à blanc. Le liquide épais dans la marmite se mit à bouillonner. Mme Gogol fouilla la vapeur des yeux.

« Qu'esse-vous faites, madame Gogol ? demanda la cuisinière avec inquiétude.

— Moin essayé voir ça qui va rivé », répondit la femme vaudou. Sa voix tomba dans le grondement rocailleux typique des devins.

Mme Aimable loucha dans la masse agitée.

« Quèqu'un va manger des chevrettes ? fit-elle obligeamment.

— Voyez ce bout d'okra ? fit Mme Gogol. Voyez les pattes di crabe qui viré monté, là ?

— C'est pas vot' habitude d'picaillonner sus l'crabe, dit Mme Aimable.

— Voyez gros bulles côté les feilles d'okra ? Voyez qui mannyè ça tounwayé alantou l'onion rouge ?

— J'vois ça ! J'vois ça ! fit Mme Aimable.

— Et vous sav qui ça védi ?

— Ça veut dire que ça sera joliment bon !

— Assirément, fit Mme Gogol d'un ton affable. Et ça védi des gens s'en vini.

— Ouh-là ! Combien ? »

Mme Gogol plongea une cuiller dans la masse effervescente et goûta.

« Trois », répondit-elle. Elle se lécha les babines d'un air songeur. « Trois femmes. »

Elle plongea la cuiller une deuxième fois.

« Tené, goûté, fit-elle. Epi aussi un chat. C'é visible au sassafras. » Elle se lécha encore les lèvres. « Gris. Borgne. » Elle explora de la langue une dent creuse. « Li resté pli qui... zyé gauche. »

Mme Aimable ouvrit la bouche toute grande.

« Vini touvé vous d'abo, avant moi, dit Mme Gogol. Vous allé les mené ici. »

Mme Aimable regarda le sourire sinistre de la femme vaudou puis à nouveau la mixture dans la marmite.

« Font tout ce chemin pour goûter vot' cuisine ? demanda-t-elle.

— Videmment. » Mme Gogol se rassit. « Vous allé voir tifille dans maison blanc ? »

Mme Aimable hocha la tête. « La 'tite Braise, répondit-elle. Ouais. Chaque fois que j'peux. Quand les Sœurs s'en vont au palais. Elles lui ont fait peur affreux, madame Gogol. »

Elle baissa une nouvelle fois les yeux sur la marmite puis les releva sur sa vis-à-vis.

« Vous voyez vraiment... ?

— Assirément z'avé quèchose qui tjuit sur le feu ? fit Mme Gogol.

— Ouais. Ouais. » Mme Aimable sortit à reculons mais à regret. Puis elle s'arrêta. Quand elle se plantait quelque part on avait du mal à la déplacer contre sa volonté.

« Cette Lilith, elle clame qu'elle arrive à voir l' monde entier dedans des miroirs », dit-elle d'un ton vaguement accusateur.

Mme Gogol secoua la tête.

« Tout ça on voit dans les mirois c'é soi-menm, dit-elle. Mais dans un bon gombo on touvé tout. »

Mme Aimable opina. C'était bien connu. Elle n'allait pas contester.

Mme Gogol secoua tristement la tête une fois la cuisinière partie. Une femme vaudou en était réduite à user de toutes sortes de stratagèmes pour avoir l'air au courant, mais elle se sentait légèrement honteuse de laisser une femme honnête croire qu'elle lisait l'avenir dans une marmite de gombo. Car tout ce qu'on lisait dans une marmite de gombo de Mme Gogol, c'était que l'avenir promettait à coup sûr un fameux repas.

En réalité, elle l'avait lu dans un bol de jambalaya qu'elle avait préparé plus tôt.

Magrat était allongée, la baguette sous son oreiller. Elle ballottait doucement entre le sommeil et l'éveil.

C'était elle, assurément, la mieux indiquée pour hériter de la baguette. Pas de doute là-dessus. Parfois – et elle osait à peine laisser pareille pensée grandir quand elle se trouvait sous le même toit que Mémé Ciredutemps – elle se posait des questions sur les obligations de ses aînées envers la sorcellerie. La plupart du temps, elles n'avaient même pas l'air de s'en soucier.

Tenez, la médecine, par exemple. Magrat savait qu'elle s'y connaissait bien mieux qu'elles en herbes. Elle avait hérité de Bobonne Plurniche, l'ancienne occupante de la chaumière, plusieurs gros livres sur le sujet et avait elle-même consigné quelques notes timides. Elle pouvait donner des détails tellement intéressants aux gens sur les divers emplois du mors du diable qu'ils fileraient à toutes jambes, sans doute pour trouver quelqu'un d'autre à qui le répéter. Elle connaissait la distillation fractionnée, la double distillation, et d'autres choses qui imposaient de rester debout toute la nuit à surveiller la couleur de la flamme sous la cornue. Elle potassait dur, elle.

Tandis que Nounou avait tendance à coller un cataplasme chaud sur tout ce qui se présentait et à conseiller au patient un grand verre de sa boisson favorite, partant du principe que, malade pour malade, autant en tirer un peu de plaisir. (Magrat interdisait l'alcool à cause de ses conséquences sur le foie ; à ceux qui ignoraient lesdites conséquences, elle passait un moment à les expliquer.)

Quant à Mémé... elle donnait aux malades une bouteille d'eau colorée et leur affirmait qu'ils se sentaient beaucoup mieux.

Et le plus embêtant, c'est qu'ils se sentaient souvent mieux.

Où était la sorcellerie là-dedans ?

Mais une baguette, ça changeait bien des choses. On pouvait beaucoup aider les gens avec une baguette. La magie était là pour améliorer l'existence. Magrat le savait au fond du boudoir rose palpitant de son cœur.

Elle refit une autre plongée dans le sommeil.

Un rêve étrange lui vint. De ceux qu'on ne raconte jamais à personne après coup parce que... enfin, ça ne se fait pas. Pas des rêves pareils.

Mais elle crut qu'elle se levait en pleine nuit, réveillée par le silence, pour aller prendre l'air. Et au moment où elle passait devant le miroir, elle y vit un mouvement.

Ce n'était pas son visage. Il ressemblait beaucoup à Mémé Ciredutemps. Il lui adressa un sourire – un sourire autrement plus joli et aimable que tous ceux dont Mémé l'avait jamais gratifiée, se souvint Magrat – puis il disparut tandis que la surface argentée opaque se refermait sur lui.

Elle regagna son lit en vitesse et se réveilla au son d'une fanfare qui s'adonnait à des flonflons impitoyables. Des gens criaient et riaient.

Magrat s'habilla rapidement, sortit dans le couloir et frappa chez ses aînées. Pas de réponse. Elle actionna la poignée.

Après l'avoir secouée deux fois, elle entendit un choc sourd lorsque tomba la chaise coincée sous la poignée de l'autre côté du battant, la meilleure dissuasion contre les ravisseurs, cambrioleurs et autres intrus nocturnes.

Les bottines de Mémé Ciredutemps dépassaient de sous les couvertures à un bout du lit. À côté des pieds nus de Nounou Ogg qui n'arrêtait pas de tourner et virer pendant la nuit. Des ronflements légers agitaient le broc dans la cuvette, il ne s'agissait pas des rugissements à pleines narines de qui pique un petit roupillon vite fait, mais des grognements mesurés du dormeur qui entend faire durer le plaisir.

Magrat donna de petits coups sur la semelle de la bottine de Mémé. « Hé, réveillez-vous ! Il se passe quelque chose. »

Le réveil de Mémé Ciredutemps était un spectacle impressionnant auquel peu de gens avaient l'occasion d'assister.

La plupart du temps, au sortir du sommeil, avant le retour de la pleine conscience, on procède à une brève vérification affolée : qui suis-je, où suis-je, qui c'est celui-là/celle-là, bon Dieu, pourquoi est-ce que je fais un câlin au casque d'un policier, *qu'est-ce qui s'est passé hier soir* ?

Ceci parce que le doute hante l'être humain. C'est le moteur qui le propulse au long de sa vie. L'élastique dans l'avion modèle réduit de son esprit, un élastique qu'il passe son temps à remonter tel un ressort jusqu'à ce qu'il forme des nœuds. Le petit matin, c'est le pire moment : celui de la panique, des fois que l'esprit se serait envolé au cours de la nuit et qu'autre chose aurait emménagé à sa place. Ce genre de désagrément n'arrivait jamais à Mémé Ciredutemps. Elle passait instantanément du sommeil profond à l'activité à plein régime. Elle n'avait jamais besoin de se retrouver parce qu'elle savait toujours qui menait les recherches.

Elle renifla. « Y a quelque chose qui crame, dit-elle.

— Ils ont aussi allumé un feu de joie », expliqua Magrat.

Mémé renifla encore. « Ils font griller de l'ail ? fit-elle.

— Je sais. Je vois pas pourquoi. Ils arrachent tous les volets aux fenêtres pour les brûler sur la place, et ils dansent autour du feu. »

Mémé Ciredutemps décocha un méchant coup de coude à Nounou Ogg. « Réveille-toi.

— Wstph ?

— J'ai pas fermé l'œil de la nuit, avec ses ronflements », fit Mémé d'un ton de reproche.

Nounou Ogg souleva prudemment les couvertures. « L'est beaucoup trop tôt pour que ce soit déjà le matin, dit-elle.

— Allez, répliqua Mémé. On a besoin de tes connaissances en langues. »

Le patron de l'auberge battit des bras et courut en rond. Puis il montra du doigt le château qui se dressait au-dessus de la forêt. Il se suça ensuite vigoureusement le poignet. Enfin, il s'écroula sur le dos. Il regarda alors Nounou Ogg, de l'espoir dans l'œil, tandis que derrière lui le feu d'ail, de pieux et de lourds contrevents flambait joyeusement.

« Non, fit Nounou au bout d'un moment. Toujours non comprendé, maille nerf. »

L'homme se remit debout avant d'épousseter de la main sa culotte de peau.

« Il dit que quelqu'un est mort, je crois, suggéra Magrat. Quelqu'un dans le château.

— Ben, faut reconnaître, ç'a l'air de faire plaisir à tout le monde », dit Mémé Ciredutemps d'un ton sévère.

À la lumière du jour nouveau, le village paraissait beaucoup plus gai. Tout le monde hochait joyeusement la tête à l'adresse des sorcières.

« Sans doute parce que c'était le propriétaire, dit Nounou Ogg. Il leur suçait carrément le sang, qu'il dit, j'crois bien.

— Ah. Ça doit être ça, alors. » Mémé se frotta les mains et posa un regard approbateur sur la table du petit déjeuner qu'on avait sortie au soleil. « En tout cas, on va sûrement mieux manger. Passe le pain, Magrat.

— Ils arrêtent pas de nous faire des sourires et des gestes de la main, dit la jeune sorcière. Et regardez-moi toutes ces victuailles !

— Fallait s'y attendre, répliqua Mémé, la bouche pleine. On est là que depuis hier soir et ils comprennent déjà que ça porte chance de bien traiter les sorcières. Aide-moi donc à ouvrir ce pot de miel. »

Sous la table, Gredin procédait à sa toilette, assis sur son derrière. De temps en temps il lâchait un rot.

Les vampires sont capables de revenir de la mort, de la tombe et du caveau, mais jamais d'un chat.

Cher Jason et tout ceux des n°s 21, 34, 15, 87 et 61 mais pas du 18, tant qu'elle m'aura pas rendu le bol qu'elle ma bélébien emprunté, malgré ce qu'elle peut dire.

Voilà, ça y est, bon sang, quelle rigolade, me parlé plus de sitrouilles, enfin, y a pas de mal. Je vous fais un dessein de l'oberge où on a dormi hier soire et j'ai mis une crois sur notre chambre là où elle est. Il fait...

« Qu'est-ce que tu fiches, Gytha ? On est prêtes à partir. »

Nounou Ogg leva les yeux, la figure encore creusée par l'effort que lui coûtait la rédaction de son courrier.

« Je m'suis dit que ce serait bien d'envoyer un mot à mon Jason. Tu comprends, pour plus qu'il s'inquiète. Alors j'ai dessiné l'auberge sur un bout de carton et Maille Nerf, là, va la donner à quelqu'un qui passera par chez nous. On sait jamais, ça pourrait arriver. »

... toujours bau.

Nounou Ogg suça le bout de son crayon. Une fois de plus dans l'histoire de l'univers, une personne qui n'avait d'ordinaire pas plus de mal à communiquer qu'à rêver tomba en panne d'inspiration au moment de rédiger quelques lignes au dos d'une carte.

Voilà, c'est à peu près tout pour ~~auge hourdui~~ aujour dhuit, j'écrirai encore bien tôt. MAM.

P.-S. Le chat a l'aire trait fatigué, je crois que la maison lui manque.

« Tu viens ou quoi, Gytha ? Magrat est en train d' mettre mon balai en route. »

P.-P.-S. Mémé vous fait une grosse bize.

Nounou Ogg se renversa sur son siège, consciente et ravie d'avoir accompli du bon travail [1].

Arrivée au bout de la place, Magrat s'arrêta pour se reposer. De nombreux spectateurs s'étaient regroupés afin de voir une femme avec des jambes. Ils restaient très polis sur le sujet. Par certains côtés, elle trouvait ça pire.

« Pour qu'il vole, faut courir très vite », fit-elle en se rendant compte au même moment combien son explication était idiote, surtout pour des oreilles habituées à une langue étrangère. « Et s'y reprendre à plusieurs fois. Je crois qu'on appelle ça un départ en quatre strophes. »

Elle prit une inspiration profonde, fronça les sourcils pour mieux se concentrer et se lança encore en avant.

Cette fois, l'engin démarra. Il tressauta dans ses mains. Les brins émirent un bruissement. Elle réussit à le mettre au point mort avant qu'il risque de la traîner par terre. Le balai de Mémé Ciredutemps – un très vieux modèle qui datait d'une époque où les balais se fabriquaient pour durer et non pour tomber en poussière, mangés par les vers, au bout de dix ans – avait une particularité : si le démarrage était difficile, une fois parti, il ne chômait pas en route.

Magrat avait un jour songé à expliquer le symbolisme du balai de sorcière à Mémé Ciredutemps et y avait renoncé. Elle aurait eu droit à un savon pire que le jour où elle avait évoqué la signification de l'arbre de mai.

Le départ prit un certain temps. Les villageois insistèrent pour leur donner quelques bricoles à manger. Nounou Ogg fit un discours que personne ne comprit mais que tout le monde applaudit. Gredin, régulièrement secoué d'un hoquet, se laissa glisser à sa place habituelle au milieu des brins du balai de sa maîtresse.

1. Nounou Ogg envoya un grand nombre de cartes postales à sa famille, mais aucune ne parvint à destination avant son retour. Le phénomène, classique, se reproduit partout dans l'univers.

Alors qu'elles s'élevaient au-dessus de la forêt, une fine volute de fumée monta aussi du château. Puis des flammes.

« Je vois des gens qui dansent devant, dit Magrat.

— C'est toujours dangereux de louer à des gens, fit Mémé Ciredutemps. J'imagine qu'il a dû traîner pour refaire la décoration, réparer le toit et le reste. On les prend en grippe, les proprios. Le mien, il a jamais levé le p'tit doigt pour ma chaumière depuis tout l'temps que j'y habite, ajouta-t-elle. Une honte. Me faire ça à moi, une vieille femme.

— Je croyais que la chaumière était à vous, dit Magrat tandis que les balais s'éloignaient au-dessus de la forêt.

— Ça fait soixante ans qu'elle paye pas de loyer, c'est tout, expliqua Nounou Ogg.

— Est-ce que c'est ma faute, à moi ? fit Mémé Ciredutemps. J'y suis pour rien. Je demande qu'à payer, moi. » Ses lèvres s'étirèrent lentement en un sourire plein d'assurance. « C'est lui qui demande pas », ajouta-t-elle.

Voici, vu de l'espace, le Disque-monde dont les formations nuageuses tourbillonnent en longues arabesques.

Trois points émergèrent de la couche laiteuse.

« J'comprends pourquoi ça marche pas fort, les voyages. Moi, je trouve ça barbant. Que des forêts pendant des heures.

— Oui, mais par air on va plus vite d'un point à un autre, Mémé.

— Ça fait combien de temps qu'on vole, d'ailleurs ?

— À peu près dix minutes depuis la dernière fois que tu l'as demandé, Esmé.

— Tiens, tu vois. Barbant, j'te dis.

— Moi, ce que j'aime pas, c'est rester à califourchon sur les balais. À mon avis, on devrait inventer un balai spécial pour les longues distances, non ? On pourrait s'allonger et piquer un petit roupillon. »

Toutes trois réfléchirent à la question.

« Et prendre ses repas en vol, ajouta Nounou. De vrais repas, j'entends. Des plats en sauce. Pas que des sandwichs, des machins comme ça. » Un essai de cuisine aérienne sur un petit réchaud à huile avait vite tourné court lorsqu'il avait menacé de mettre le feu au balai de Nounou.

« J'imagine que ce serait faisable avec un très grand balai, dit Magrat. Gros comme un arbre, peut-être. L'une de nous pourrait piloter et une autre faire la cuisine.

— On verra jamais ça, objecta Nounou Ogg. Pour la bonne raison que les nains demanderaient une fortune pour un balai de cette taille.

— Oui, mais ce qu'on pourrait imaginer, poursuivit une Magrat entraînée par son sujet, c'est de faire payer les gens pour qu'on les transporte. Doit y avoir des tas de voyageurs qui en ont assez des voleurs de grand chemin ou... ou du mal de mer, des choses comme ça.

— T'en penses quoi, Esmé ? demanda Nounou Ogg. Moi, je piloterais, et Magrat ferait la cuisine.

— Et moi, je ferais quoi, alors ? répliqua Mémé d'un ton soupçonneux.

— Oh... ben... il faudrait quelqu'un pour... vous voyez... accueillir les gens à bord du balai et leur distribuer les repas, répondit Magrat. Et leur expliquer ce qu'il faut faire si la magie tombe en panne, par exemple.

— Si la magie tombe en panne, tout le monde s'écrase par terre et meurt, fit observer Mémé.

— Oui, mais faut quelqu'un pour leur expliquer comment s'y prendre, dit Nounou Ogg en lançant un clin d'œil à Magrat. Ils peuvent pas savoir, vu qu'ils ont jamais volé. Et on pourrait s'appeler... » Elle marqua un temps. Comme toujours sur le Disque-monde, lequel se trouve à l'extrême limite de l'irréalité, de petites parcelles de réel se faufilent dès qu'un esprit entre dans la bonne résonance. C'est ce qui se produisait.

« ... Sorci-Air Service, termina-t-elle. Qu'est-ce que vous en dites ?

— Balais aériens, fit Magrat. Ou Pan... oramique Air...

— Pas la peine de mettre la religion dans le coup », renifla Mémé.

Nounou Ogg regarda tour à tour Magrat et Mémé d'un air espiègle. « On pourrait peut-être appeler ça Virginal... », commença-t-elle.

Une saute de vent bouscula les trois balais et les souleva en tournoyant. Suivit un bref moment de panique tandis que les sorcières reprenaient leurs engins en main.

« Des tas de conneries, marmonna Mémé.

— Ben quoi, ça fait passer le temps », dit Nounou Ogg.

Mémé contempla d'un œil morose la verdure en contrebas.

« On trouverait jamais personne pour ça, fit-elle. Des tas d'âneries. »

Cher Jason and familly,

Au verseau de l'autre côté, tu trouveras ci-joint le dessin d'un endroit où un roi est mort et enterré, je me demande bien pourquoi. C'est dans un village où on s'est arrêtées hier soire. On a mangé des machins durs à mâcher qu'on aurait jamais crus des escargots cuits, pas mauvais du tout. Esmé en a repris trois foies avant d'apprendre ce que c'était et elle a passé un savon au cuisinier. Magrat a été malade toute la nuit rien que d'y panser et elle a eu la darrière. Bien à vous, votre MAMAN chérie. P.-S. Les cabinets par ici sont DÉGOUTTANTS, ils sont à LINTÉRIEUR, bravo pour l'HIGÈINE.

Plusieurs jours passèrent.

Dans une petite auberge paisible d'un pays minuscule,

Mémé Ciredutemps examinait d'un œil extrêmement méfiant le plat posé sur la table devant elle. Le patron rôdait autour avec l'expression affolée de qui sait, d'emblée, qu'il ne sortira pas vainqueur de la partie.

« De la bonne cuisine familiale toute simple, fit la sorcière. C'est tout ce que j'demande. Vous me connaissez. J'suis pas du genre exigeant. On dira pas le contraire. Je veux un plat tout bête, voilà. Pas de graisse ni de machins dans ce goût-là. Ça fait un drôle d'effet de trouver quelque chose dans sa laitue et de s'entendre dire que c'est ce qu'on a commandé. »

Nounou Ogg se coinça sa serviette dans l'encolure de la robe sans répliquer.

« C'est pareil là où on a mangé hier soir, poursuivit Mémé. On aurait pu croire qu'avec des sandwichs on risquait rien, pas vrai ? Enfin quoi... des sandwichs ? Y a pas plus simple au monde. On voit pas comment même des étrangers pourraient rater des sandwichs. Hah !

— Ils appellent pas ça des sandwichs, Mémé, intervint Magrat dont les yeux s'attardaient sur la poêle à frire du patron. Ils appelaient ça... Je crois qu'ils appelaient ça "orgasmabord".

— Z'étaient bons, fit Nounou Ogg. Moi, j'ai un faible pour le hareng mariné.

— Ils devaient nous prendre pour des gourdes, on a bien vu qu'ils avaient pas mis la tranche du dessus, triompha Mémé. Enfin, j'leur ai dit ce que j'en pensais ! Le prochain coup, ils y regarderont à deux fois avant de dépouiller les gens d'une tranche de pain qui leur revient de droit !

— Ça, sûrement, fit Magrat d'un air sinistre.

— Et j'supporte pas cette manie de donner des noms bizarres aux plats : on finit par plus savoir ce qu'on mange, renchérit Mémé, résolue à passer en revue tous les travers de la cuisine internationale. Moi, j'aime quand le nom annonce la couleur, comme... ben... pet-de-nonne ou... ou...

— Bouille-à-baise », ajouta Nounou distraitement. Elle surveillait l'évolution des crêpes, l'eau à la bouche.

« Exactement. Des plats bien honnêtes. Tiens, ce qu'on nous a servi à midi. J'dis pas que c'était mauvais, fit Mémé, magnanime. Pour d'la cuisine étrangère, évidemment. Mais ils appelaient ça des délices de quenouille, ça veut dire quoi, ça ?

— Des cuisses de grenouilles », rectifia étourdiment Nounou.

Dans le silence qui suivit, on entendit Mémé avaler une grande goulée d'air tandis que Magrat verdissait légèrement. Nounou Ogg réfléchit alors plus vite qu'elle ne l'avait fait depuis longtemps.

« C'est pas des vraies grenouilles, s'empressa-t-elle d'ajouter. Comme quand on parle de crapaud-dîne, c'est juste un poulet rôti aplati. Un pseudo-mime rigolo.

— Moi, j'trouve pas ça rigolo », répliqua Mémé. Elle se tourna pour jeter un regard mauvais aux crêpes.

« Au moins, ils risquent pas de saboter une bonne crêpe, dit-elle. Comment ils appellent ça par ici ?

— Crêpe sanisette, je crois », répondit Nounou.

Mémé s'abstint de tout commentaire. Mais elle observa d'un œil à la fois sinistre et satisfait le patron qui terminait sa préparation et lui adressait un sourire d'espoir.

« Ah, il voudrait maintenant qu'on les mange, dit-elle. Il s'amuse à mettre le feu dedans, et il voudrait qu'on les mange ! »

On aurait pu par la suite tracer sur une carte les déplacements des sorcières à travers le continent au moyen d'une espèce d'étude démographique. On ne trouverait pas de sitôt, dans des cuisines paisibles tendues de rangs d'oignons au sein de villages endormis chaudement nichés au milieu des collines, des aubergistes dont la première réaction serait de se cacher derrière la porte, pris de contractions nerveuses, dès qu'un étranger entrerait à l'office.

Cher Jason,

Il fait bien plus chaud ici. D'après Magrat c'est parce qu'on s'écarte du Moyeu. C'est drôle, l'argent est différent. Faut le changer contre un autre argent qu'a toutes sortes de formes et qui ressemble pas à du bon argent, moi je trouve. On laisse Esmé s'en occupée, elle obtient un très bon taux de changement, c'est pas croyable. Magrat a dit qu'elle va écrire un livre qui s'appellera « Voyager à une piastre par jour », et ce sera toujours la même piastre. Esmé commence à vivre comme une étrangère, hier elle a ôté son châle, si ça continue elle va danser sur les tables. Voici une image d'un pont célèbre, je sais plus lequel. Milles bizous, MAMAN.

Le soleil martelait de ses rayons la rue pavée et notamment la cour d'une petite auberge.

« On a du mal à croire, fit Magrat, que chez nous c'est l'automne.

— Ombré ? Mucho vino con zei, grasse chiasse. »

L'aubergiste, qui ne comprenait pas un traître mot et, de bonne composition, ne méritait sûrement pas qu'on le traite d'ombré, sourit à Nounou. Il aurait souri à n'importe quel client doté d'une telle capacité illimitée à boire.

« Quand même, j'supporte pas ça, toutes ces tables dehors dans la rue », dit Mémé, quoique pas trop durement. Il faisait une douceur agréable. Elle aimait pourtant bien l'automne, c'était une saison qu'elle attendait toujours avec impatience, mais à son âge il était plaisant de savoir qu'il arrivait à des centaines de kilomètres de là pendant son absence.

Sous la table, Gredin somnolait sur le dos, les pattes en l'air. De temps en temps il sursautait tandis qu'il combattait des loups en rêve.

« D'après les notes de Desiderata, dit Magrat en tournant prudemment les pages raides, ils organisent ici à la fin de l'été une cérémonie traditionnelle spéciale ; ils laissent des tas de taureaux courir dans la rue.

— Ça doit valoir le coup d'œil, fit Mémé Ciredutemps. Pourquoi ils font ça ?

— Pour que tous les jeunes gens leur courent après et montrent leur courage, répondit Magrat. Apparemment, ils leur prennent leur rosette. »

Un éventail d'expressions se déploya sur la figure ridée de Nounou Ogg comme un banc de nuages audessus d'une plaine volcanique.

« Drôle d'idée, dit-elle enfin. Pourquoi ils font ça ?

— Elle donne pas beaucoup d'explications », répondit Magrat. Elle tourna une autre page. Ses lèvres remuèrent tandis qu'elle lisait. « Qu'est-ce que ça veut dire "*cojones*" ? »

Elles haussèrent les épaules.

« Hé, faudrait peut-être ralentir sur la boisson, dit Mémé alors qu'un serveur déposait une nouvelle bouteille devant Nounou Ogg. Une boisson verte, ça m'inspire pas confiance, à moi.

— C'est pas vraiment de la boisson, répliqua Nounou. D'après l'étiquette, c'est préparé avec des herbes. On fait pas de boisson sérieuse avec seulement des herbes. Tiens, goûte. »

Mémé renifla la bouteille débouchée.

« Ça sent l'anis, dit-elle.

— C'est marqué "absinthe" sur la bouteille.

— Oh, ça, c'est un autre nom de l'armoise, intervint Magrat qui s'y connaissait en herbes. D'après mon herbier, c'est fouverain pour les troubles de l'eftomac et ça facilite la digeftion.

— Là, tu vois, fit Nounou. Des herbes. Comme qui dirait un médicament. » Elle en versa une dose généreuse à ses deux collègues. « Bois un coup, Magrat. Ça va t'regonfler, c'est très fain pour les feins.

Mémé Ciredutemps délaça discrètement ses chaussures. Elle se demandait même si elle n'allait pas enlever son gilet. Elle n'avait sans doute pas besoin des trois.

« Faudrait qu'on y aille, dit-elle.

— Oh, j'en ai marre du balai, fit Nounou. Après deux heures de manche, j'ai le beau Tom tout raide. »

Elle regarda les deux autres, l'air d'attendre. « C'est de l'étranger, ça veut dire “cul”, ajouta-t-elle. Mais c'est marrant, parce que des fois le cul c'est le fond d'une bouteille ou d'une jatte, et un cul-de-jatte, c'est un manchot des jambes. Marrant, ça, les mots.

— On est mortes de rire, fit Mémé.

— Le fleuve est large par ici, dit Magrat. Y a de gros bateaux. Je suis jamais montée sur un vrai bateau. Vous savez ? Ceux qui coulent pas facilement ?

— Le balai, ça convient mieux aux sorcières », répliqua Mémé, sans grande conviction toutefois. Elle ne disposait pas du vocabulaire anatomique international de Nounou, mais certaines parties de son anatomie dont elle n'aurait jamais avoué connaître le nom protestaient avec véhémence.

« J'les ai vus, ces bateaux, dit Nounou. Ils ressemblent à de grands radeaux avec des maisons posées dessus. On doit à peine se rendre compte qu'on est sur un bateau, Esmé. Hé là ! à quoi il joue ? »

L'aubergiste était sorti en courant et rentrait les petites tables pimpantes. Il adressa un signe de tête à Nounou et parla avec précipitation.

« Je crois qu'il veut qu'on rentre à l'intérieur, dit Magrat.

— Moi, j'ai envie de rester dehors, fit Mémé. J'AI ENVIE DE RESTER DEHORS, MERCI », répéta-t-elle. Mémé remédiait au problème des langues étrangères en répétant ses phrases plus fort et plus lentement.

« Hé là ! t'arrêtes de vouloir nous enlever notre table ! » cracha Nounou en tapant sur les mains de l'importun.

L'aubergiste se remit à parler à toute vitesse et montra le bout de la rue.

Mémé et Magrat lancèrent un regard interrogateur à Nounou. Laquelle haussa les épaules.

« J'ai rien compris, reconnut-elle.

— ON EST TRÈS BIEN LÀ OÙ ON EST, MERCI », dit Mémé. Les yeux de l'aubergiste croisèrent les siens. L'homme renonça, agita les mains d'un air exaspéré et regagna ses locaux.

« Ils se figurent pouvoir profiter de nous parce qu'on est des femmes », dit Magrat. Elle étouffa discrètement un rot et reprit la bouteille verte. Son ventre allait déjà beaucoup mieux.

« Ça, c'est bien vrai. V'savez quoi ? fit Nounou Ogg. Je m'suis barricadée dans ma chambre hier soir et y a pas un homme qu'a même essayé de forcer ma porte.

— Gytha Ogg, des fois tu... » Mémé s'arrêta en apercevant quelque chose par-dessus l'épaule de Nounou.

« Y a tout un troupeau de vaches qui s'amène dans la rue », dit-elle.

Nounou retourna sa chaise.

« Sûrement cette histoire de taureaux dont parlait Magrat, fit-elle. Ça doit valoir le coup d'œil. »

Magrat leva la tête. Tout au long de la rue, des gens tendaient le cou par les fenêtres du deuxième étage. Une mêlée de cornes, de sabots et de muscles fumants s'approchait à vive allure.

« Y a des gens au-dessus qui nous regardent en rigolant », fit-elle observer d'un ton accusateur.

Sous la table, Gredin s'agita et se remit sur le ventre. Il ouvrit son œil valide, le braqua sur les taureaux qui arrivaient et s'assit sur son derrière. On allait sûrement s'amuser.

« En rigolant ? » fit Mémé. Elle leva les yeux. Les riverains postés en hauteur donnaient effectivement l'impression de s'amuser d'une bonne blague.

Ses yeux s'étrécirent.

« On va continuer comme si de rien n'était, déclara-t-elle.

— C'est quand même de gros taureaux, fit observer une Magrat nerveuse.

— Nous, ça nous regarde pas, dit Mémé. Ça nous regarde pas si une bande d'étrangers s'excite pour un oui pour un non. Passe-moi plutôt le vin d'herbes. »

Pour autant que s'en souvenait Lagro te Kabona, aubergiste, les événements avaient dû se dérouler comme suit :

C'était au moment du lâcher de taureaux. Et les folles restaient tranquillement assises à boire de l'absinthe comme si c'était de l'eau ! Il avait essayé de les ramener à l'intérieur, mais la vieille, la maigre, lui avait crié dessus. Alors il les avait abandonnées à leur sort mais avait laissé la porte ouverte – en général, on comprenait vite quand les taureaux déboulaient dans la rue poursuivis par les jeunes gens du village. Celui qui chipait la grande cocarde rouge entre les cornes du plus gros taureau y gagnait la place d'honneur à la fête du soir, sans oublier – et Lagro sourit en se revoyant quarante ans plus tôt – certaines relations aussi informelles qu'agréables avec les jeunes femmes du cru pendant les semaines qui suivaient...

Et les folles restaient tranquillement assises.

Le taureau de tête avait marqué une certaine hésitation. Devant pareille indifférence inexplicable pour son cerveau, sa nature le poussait à mugir en donnant quelques coups de sabot par terre afin de lancer les silhouettes visées dans une fuite divertissante, mais un problème autrement plus urgent se posait : vingt autres taureaux le talonnaient.

Et ce problème-là n'avait même pas été le plus urgent, car la vieille, l'affreuse tout en noir, s'était levée, lui avait marmonné quelque chose et balancé une claque entre les deux yeux. Ensuite, l'horrible boulotte dont le ventre avait l'élasticité et la contenance d'une citerne galvanisée était tombée à la renverse de sa chaise en riant aux éclats tandis que la jeune – enfin celle plus jeune que les deux autres – se mettait à taper sur les taureaux comme sur autant de canards.

Après quoi, la rue s'était emplie de bovins aussi furieux que perplexes et de jeunes gens hurlant de terreur. C'est une chose de courir après un troupeau de taureaux paniqués, une autre de s'apercevoir qu'ils veulent d'un coup rebrousser chemin au galop.

Depuis l'abri de sa fenêtre de chambre, l'aubergiste entendait les viragos échanger des braillements. La boulotte n'arrêtait pas de rire et de lancer une espèce de cri de guerre – « EssayelemotducavalierEsmé ! » – puis la plus jeune, qui se frayait un chemin au milieu des bêtes comme si mourir encorné n'arrivait qu'aux autres, avait trouvé le taureau de tête et lui avait pris sa cocarde, l'air aussi inquiète qu'une grand-mère retirant une épine de la patte d'un chat. Elle l'avait brandie comme si elle ne savait pas de quoi il s'agissait ni ce qu'elle devait en faire...

Le silence soudain avait affecté même les taureaux. Dans leurs tout petits cerveaux injectés de sang ils avaient senti une anomalie. Ils étaient gênés.

Heureusement, les horribles bonnes femmes étaient parties l'après-midi même à bord d'un bateau fluvial. Avant ça, l'une d'elles avait récupéré son chat qui venait d'acculer un taureau désorienté de deux cents kilos et cherchait à le jeter en l'air, histoire de jouer un peu avec lui.

Ce soir-là, Lagro te Kabona avait tenu à se montrer très, très gentil avec sa vieille mère.

L'année suivante, le village organisa un festival floral et personne ne parla jamais, jamais plus, de la Fête des taureaux.

Du moins pas devant les hommes.

La grande roue à aubes brassait l'épaisse soupe brune du fleuve. La force motrice était fournie par plusieurs dizaines de trolls sous un auvent qui crapahutaient sur une courroie sans fin. Des oiseaux chantaient dans les arbres sur les berges lointaines. Le parfum des hibiscus flottait au-dessus de l'eau, éclipsant presque celui du fleuve, mais pas tout à fait, hélas.

« Alors ça, fit Nounou Ogg, c'est mieux. »

Elle s'étendit sur la chaise longue et se tourna vers Mémé Ciredutemps qui fronçait les sourcils pour se concentrer à fond sur sa lecture.

Les lèvres de Nounou s'étirèrent en un sourire mauvais.

« Tu sais comment il s'appelle, ce fleuve ? demanda-t-elle.

— Non.

— S'appelle le *Old Woman.*

— Ah bon ?

— T'sais ce que ça veut dire ?

— Non.

— Le Vieille Femme.

— Ah bon ?

— Les mots changent de sexe dans les pays étrangers », expliqua Nounou d'un ton encourageant.

Mémé ne broncha pas.

« M'étonne pas », murmura-t-elle. Nounou s'affaissa.

« C'est un des livres de Desiderata, non ?

— Oui », répondit Mémé. Elle se lécha dignement le pouce et tourna la page.

« Elle est partie où, Magrat ?

— S'allonger dans la cabine, répondit Mémé sans lever les yeux.

— Mal au ventre ?

— À la tête, cette fois. Maintenant, tu te tais, Gytha. Je lis, moi.

— Ça parle de quoi ? » demanda Nounou avec entrain.

Mémé Ciredutemps soupira et posa le doigt sur la page pour marquer où elle s'arrêtait. « De la ville où on va, dit-elle. Genua. Desiderata la trouve décadente. »

Le sourire de Nounou resta figé.

« Oui ? fit-elle. C'est bien, non ? J' suis encore jamais allée dans une ville. »

Mémé Ciredutemps marqua une pause. Elle réfléchissait depuis un moment. Elle n'était pas du tout sûre du sens du mot « décadent ». Elle avait écarté celui de « qui possède dix dents » – certains, comme par exemple Nounou, étaient bien « unidents ». Quel que soit son sens, Desiderata avait jugé nécessaire de le noter par écrit. Mémé Ciredutemps ne faisait pas trop confiance aux livres comme source d'informations, mais là elle n'avait pas le choix.

Elle sentait vaguement que le mot « décadent » avait un rapport avec des rideaux qu'on n'ouvrait pas de toute la journée.

« Elle dit que c'est aussi une ville d'art, d'esprit et de culture, reprit Mémé.

— On y sera très bien alors, fit Nounou avec assurance.

— Réputée pour la beauté de ses femmes, qu'elle dit ici.

— On sera dans notre élément, pas de problème. »

Mémé tournait délicatement les pages. Desiderata s'était intéressée à des tas de sujets de tous les horizons du Disque. D'un autre côté, elle n'avait pas écrit pour d'autres lecteurs qu'elle-même, aussi ses notes tendaient-elles au laconisme et tenaient-elles du mémorandum plutôt que du compte rendu cohérent.

Mémé lut : *À prézent L. gousverne la ville comme une éminense grise, et il paraît que le baron S. a été tué, noyé dans le fleuve. C'était un homme mauvais, mais moins que L. à mon avis, car elle prétend qu'elle veut faire un Royaume Majique, un Séjour de Paix et de Bonneur, alors que tout le monde cherche des spions à chaque coin de rue et que personne ose dire ce qu'il pense, car qui oserait protester contre le Male fait au nom du Bonneur et de la Paix ? Les rues sont toutes propres et les aches asfûtées. Mais au moins B. est à l'abri, pour l'instant. L. a des progets pour elle. Et madame G., qui était le béguain du baron, se cache dans les marais et résiste avec de la magie marécagière, mais on peut pas lutter contre la majie des miroirs qui n'est que reflet.*

Les marraines fées vont par deux, Mémé le savait. Il y avait donc Desiderata et... et L. Mais qui était cette personne dans le marais ?

« Gytha ? fit Mémé.

— Q'donc ? lâcha Nounou qui s'assoupissait.

— D'après Desiderata, y a une femme qu'est l'bègue de quelqu'un.

— Sans doute une métaflore.

— Oh, fit Mémé d'un air sombre, ce genre de truc. »

Mais personne peut empécher Maredi Gras, continua-t-elle de lire. *S'il y a quelque chose à faire, c'est au moment du Samedi soir des morts, le dernier soire du carnavale, la nuit à mi-chemin entre la vie et la mort, quand la majie envahit les rues. Si L. est vilenérable, c'est à ce moment-là, car le carnavals, c'est tout ce qu'elle déteste...*

Mémé Ciredutemps se rabattit son chapeau sur les yeux afin de les protéger du soleil.

« D'après le livre, ils ont un grand carnaval tous les ans, fit-elle. Quelque chose comme mardi gras, ça s'appelle, c'est pas bien écrit.

— C'est midi gras, ça veut dire qu'on y mange beaucoup, expliqua Nounou Ogg, la linguiste internationale. Ouaitère ! Etcetra gross Mint Tulip ouize littel bol de pinutes, porc faveur ! »

Mémé Ciredutemps referma le livre.

Elle n'allait évidemment pas l'avouer à un tiers, surtout à une autre sorcière, mais plus Genua approchait, moins elle se sentait sûre d'elle.

L'autre l'attendait à Genua. Après tout ce temps ! Elle l'avait regardée depuis le miroir ! En souriant !

Le soleil cognait dur. La sorcière tenta de lui résister. Mais tôt ou tard elle devrait céder. Il allait lui falloir ôter un autre gilet.

Nounou passa un moment à dessiner des cartes pour sa famille puis bâilla. C'était une sorcière qui aimait le bruit et le monde autour d'elle. Nounou Ogg commençait à s'ennuyer. Le bateau était grand, il tenait de l'auberge flottante et elle avait la certitude qu'on devait s'amuser quelque part.

Elle posa son sac sur son siège et partit en quête d'un pas de flâneur.

Les trolls continuaient de crapahuter.

Le soleil était rouge, gras et bas sur l'horizon lorsque Mémé Ciredutemps se réveilla. Elle jeta à la ronde un regard coupable depuis l'abri de son chapeau, des fois qu'on aurait remarqué qu'elle dormait. S'assoupir dans la journée n'arrivait qu'aux vieilles femmes, et Mémé Ciredutemps était une vieille femme seulement quand ça l'arrangeait.

L'unique témoin était Gredin, en boule sur la chaise longue de Nounou. Son œil valide contemplait la sorcière mais il n'était pas aussi terrifiant que l'autre, l'aveugle, au regard figé d'un blanc laiteux.

« J'réfléchissais à la marche à suivre », marmonna-t-elle au cas où.

Elle referma le livre et s'en repartit à grands pas vers sa cabine. Pas très spacieuse, la cabine. Certaines, celles de luxe, paraissaient immenses, mais, sans doute à cause du vin d'herbes et du reste, Mémé ne s'était pas sentie d'attaque pour user de son Influence et en obtenir une.

Magrat et Nounou, assises sur une couchette, observaient un silence accablé.

« J'ai un p'tit creux, fit Mémé. J'ai senti une odeur de ragoût en cours de route, on pourrait aller voir, non ? Qu'est-ce que vous en dites ? »

Les deux autres continuaient de fixer le plancher.

« J'imagine qu'il reste de la citrouille, répondit Magrat. Et puis y a toujours le pain de nain.

— Y a toujours du pain de nain », répliqua machinalement Nounou. Elle leva les yeux, la mine honteuse.

« Euh... Esmé... Euh... tu sais, l'argent...

— L'argent qu'on t'a confié pour que tu le mettes en sûreté dans ta culotte ? » fit Mémé. Certains détails dans le tour que prenait la conversation rappelaient les premiers cailloux épars qui dégringolent avant un glissement de terrain de grande magnitude.

« C'est de cet argent-là que j'veux parler... Euh...

— L'argent dans le gros sac de cuir, celui qu'on devait dépenser en faisant très attention ?

— Tu vois... l'argent...

— Oh, cet argent-là.

— ... y en a plus..., termina Nounou.

— *Volé ?*

— Elle l'a perdu au *jeu*, dit Magrat d'un ton à la fois supérieur et horrifié. Avec des *hommes.*

— C'était pas du jeu d'argent ! cracha Nounou. Je joue jamais aux jeux d'argent ! Ils étaient pas bons aux cartes ! J'ai gagné des tas de parties !

— Mais t'as quand même perdu de l'argent », rétorqua Mémé.

Nounou Ogg baissa encore les yeux et marmonna quelque chose.

— Quoi ? fit Mémé.

— Je dis que j'les ai gagnées presque toutes, répéta Nounou. Puis je m'suis dit que ça nous ferait un peu de sous, tu vois, pour dépenser en ville, et j'ai toujours été bonne à monsieur l'oignon l'andouille...

— Alors t'as décidé de miser gros.

— Comment tu sais ?

— Une intuition, fit Mémé d'un air las. Et tout d'un coup, tous les autres ont eu de la chance, c'est ça ?

— Un truc bizarre.

— Hmm.

— Ben, c'est pas du jeu d'argent, dit Nounou. C'en était pas, d'après moi. Ils étaient nuls quand j'ai commencé à jouer. On risque rien quand on joue contre un nul. Ça tombe sous le sens.

— On avait presque quatorze piastres dans ce sac, dit Magrat, sans compter l'argent étranger.

— Hmm. »

Mémé Ciredutemps s'assit sur la couchette et tambourina des doigts sur la boiserie. Son regard se perdait dans le vague. Le terme d'« empalmeur » n'était jamais parvenu à son versant des montagnes du Bélier où les autochtones, amicaux et directs, avaient tendance à carrément clouer la main du coupable à la table sans faire d'histoire ni se soucier du nom qu'il se donnait. Mais la nature humaine est la même partout.

« T'es pas fâchée, hein, Esmé ? s'inquiéta Nounou.

— Hmm.

— J'espère que je retrouverai vite un autre balai quand on rentrera chez nous.

— Hm... *quoi ?*

— Après avoir perdu tout l'argent, elle a misé son balai, dit Magrat d'une voix triomphante.

— Est-ce qu'il nous reste quelque chose ? » demanda Mémé.

Un ratissage de poches et jambes de culottes diverses ramena quarante-sept sous.

« Bon », fit Mémé. Elle rafla le tout. « Ça devrait suffire. Pour commencer, en tout cas. Où ils sont, ces hommes ?

— Qu'est-ce que vous allez faire ? demanda Magrat.

— Je vais jouer aux cartes, répondit Mémé.

— Vous pouvez pas faire ça ! s'exclama Magrat qui venait de reconnaître la lueur dans l'œil de Mémé. Vous allez pas vous servir de la magie pour gagner ! Faut pas se servir de magie pour gagner ! Faut pas forcer les lois du hasard ! C'est *pas bien* ! »

Le bateau tenait de la ville flottante, et dans la nuit embaumée personne n'avait envie de rester enfermé. Le pont plat était parsemé de groupes de nains, de trolls et d'humains qui se prélassaient au milieu de la cargaison. Mémé se faufila entre eux et se dirigea vers le salon qui s'étirait sur presque toute la longueur du bâtiment. Des bruits de festivités en sortaient.

Les bateaux à aubes étaient le moyen de transport le plus rapide et le plus commode pour parcourir des centaines de kilomètres. À bord on trouvait de tous les genres, comme disait Mémé, et les navires qui descendaient le fleuve étaient bondés d'un certain type d'opportunistes à l'approche de midi gras.

Elle pénétra dans le salon. Un spectateur éventuel aurait pu croire la porte magique. Avant de la passer, Mémé Ciredutemps marchait comme d'habitude à grandes enjambées. Mais dès qu'elle l'eut franchie, elle se transforma soudain en une vieille femme voûtée qui se déplaçait en clopinant et dont la vue seule aurait ému tous les cœurs.

Elle s'approcha du comptoir et s'arrêta. Derrière trônait le plus grand miroir qu'elle eût jamais vu. Elle le regarda fixement, mais l'objet lui parut sans danger. Bon, il allait falloir risquer le coup.

Elle se voûta un peu plus et s'adressa au barman.

« Exquiouse mie, jeune manne », commença-t-elle [1].

Le barman lui jeta un regard indifférent sans cesser d'astiquer un verre.

« Qu'esse je peux faire pour toi, la vieille ? »

Une brève lueur éclaira fugitivement la mine d'imbécillité sénile de Mémé.

« Oh... vous me comprenez ? s'étonna-t-elle.

— On en voit de tous les genres sus l'fleuve, répondit le barman.

— Je m'demandais. si vous auriez l'amabilité de me prêter un... jeu de cartes, je crois que ça s'appelle, chevrota Mémé.

— Ça veut faire une partie de vieux garçon, hein ? »

Une autre lueur glaciale passa dans les yeux de Mémé tandis qu'elle répondait : « Non. Rien qu'une patience. J'aimerais essayer d'attraper l'coup. »

1. Un peu de Nounou Ogg avait déteint sur son entourage.

Il tendit la main sous le comptoir et jeta un paquet graisseux vers la sorcière.

Elle se confondit en remerciements et s'éloigna en trottinant vers une petite table dans l'ombre où elle étala quelques cartes au hasard sur le plateau maculé de ronds de verres avant de les regarder fixement.

C'est quelques minutes plus tard seulement qu'une main douce se posa sur son épaule. Elle leva les yeux sur un visage amical et ouvert auquel on prêterait sans hésiter ses économies. Une dent en or scintilla lorsque l'homme prit la parole.

« Excusez-moi, bonne mère, dit-il, mais mes amis et moi... (il fit un geste en direction d'autres visages accueillants autour d'une table voisine) nous nous sentirions plus rassurés si vous acceptiez de vous joindre à nous. C'est très risqué pour une femme de voyager seule. »

Mémé Ciredutemps lui adressa un gentil sourire puis fit un geste vague en direction de ses cartes.

« J'arrive jamais à me rappeler si les "uns", ça vaut plus ou moins que les images, dit-elle. Si ça continue, j'vais oublier ma tête, j' crois bien ! »

Ils éclatèrent tous de rire. Mémé clopina jusqu'à l'autre table. Elle s'installa à la place libre, ce qui lui mettait le miroir juste derrière l'épaule.

Elle sourit toute seule puis se pencha avec impatience.

« Bon, dites-moi, fit-elle, comment on joue à ce jeu, alors ? »

Toutes les sorcières ont une conscience aiguë des contes. Elles les sentent, de la même façon qu'un baigneur dans un petit étang sent une truite inopinée.

Connaître le mécanisme des contes, c'est presque avoir partie gagnée.

Par exemple, quand un pigeon indéniable s'assied en compagnie de trois tricheurs chevronnés et demande

« Comment on joue à ce jeu, alors ? », c'est que quelqu'un va bientôt y perdre jusqu'à ses dernières dents.

Magrat et Nounou Ogg étaient assises côte à côte sur la couchette étroite. Nounou chatouillait distraitement le ventre de Gredin qui ronronnait.

« Elle va se mettre dans un sale pétrin si elle se sert de la magie pour gagner, dit Magrat. Et elle aime pas perdre, vous le savez », ajouta-t-elle.

Mémé Ciredutemps n'était pas bonne perdante. Elle considérait la défaite comme un inconvénient qui n'arrivait qu'aux autres.

« C'est son négo, dit Nounou Ogg. Tout l'monde en a un. Un négo. Et elle en a un bien gros. Évidemment, c'est normal d'avoir un gros négo quand on est sorcière.

— Elle va se servir de la magie, c'est sûr, dit Magrat.

— C'est tenter le Destin d'user de magie dans un jeu de hasard. Tricher, ça va. C'est correct, comme qui dirait. Tu comprends, tout le monde peut tricher. Mais se servir de la magie... ben, c'est tenter le Destin.

— Non. Pas le Destin », rectifia mystérieusement Magrat.

Nounou Ogg frissonna.

« Allez, fit Magrat. On peut pas la laisser faire ça.

— C'est son négo, répéta Nounou d'une petite voix. C'est affreux, ça, un gros négo. »

« J'ai, fit Mémé, trois petites images de rois, des machins comme ça, et trois de ces cartes rigolotes avec un "un" marqué dessus. »

Les trois hommes, la mine épanouie, échangèrent des clins d'œil.

« Un triple oignon ! dit celui qui avait amené Mémé à la table et s'appelait, avait-elle appris, M. Lefranc.

— Et c'est bien, hein ? demanda Mémé.

— Ça veut dire que vous gagnez une fois de plus, chère madame ! » Il poussa vers elle une pile de pièces.

« Bon sang, s'exclama Mémé. Ça veut dire que j'ai... combien ça fait ?... presque cinq piastres maintenant ?

— C'est à n'y rien comprendre, dit M. Lefranc. Ça doit être la fameuse chance des débutants, non ?

— La misère nous guette si ça continue, fit un de ses compagnons.

— Elle va nous prendre jusqu'à nos chemises, c'est sûr, renchérit le troisième. Haha.

— Je crois qu'on ferait mieux d'abandonner tout de suite, dit M. Lefranc. Haha.

— Haha.

— Haha.

— Oh, j'veux continuer, moi, fit Mémé en souriant d'un air inquiet. J'commence juste à comprendre.

— Alors, autant nous donner une petite chance de regagner un peu de ce qu'on a perdu, haha, dit M. Lefranc. Haha.

— Haha.

— Haha.

— Haha. Qu'est-ce que vous dites d'un enjeu d'une demi-piastre ? Hah.

— Oh, à mon avis elle va vouloir un enjeu d'une piastre, une joueuse comme elle, fit le troisième homme.

— Haha. »

Mémé baissa les yeux sur son tas de pièces. L'espace d'un instant elle parut hésiter puis comprit visiblement qu'elle ne risquait pas de perdre grand-chose, vu la façon dont les cartes la favorisaient.

« Oui ! dit-elle. Une piastre l'enjeu ! » Elle s'empourpra. « Passionnant, hein ?

— Ouais », fit M. Lefranc. Il attira le paquet de cartes vers lui.

Il y eut un bruit horrible. Les trois hommes regardèrent fixement du côté du comptoir où des éclats de miroir pleuvaient sur le plancher.

« Qu'est-ce qui se passe ? »

Mémé lui fit un doux sourire de grand-mère. Elle ne s'était pas retournée, semblait-il.

« À mon avis, le verre qu'il nettoyait à dû lui glisser de la main et voler en plein dans le miroir, dit-elle. J'espère qu'il aura pas à le rembourser sur son salaire, le pauvre. »

Les hommes échangèrent des regards.

« Allons, dit Mémé, ma piastre attend. »

M. Lefranc contempla nerveusement l'encadrement dévasté. Puis il haussa les épaules.

Son mouvement débloqua autre chose ailleurs. On entendit un claquement assourdi, comme une souricière procédant aux derniers sacrements. M. Lefranc blêmit et s'étreignit la manche. Un petit bidule métallique composé de ressorts et de tiges tordues tomba. Un as de tasse tout chiffonné s'y trouvait emmêlé.

« Oups », fit Mémé.

Magrat observait le salon par la fenêtre.

« Qu'est-ce qu'elle fait maintenant ? souffla Nounou Ogg.

— Elle sourit encore », répondit Magrat.

Nounou Ogg secoua la tête. « Négo », dit-elle.

Mémé Ciredutemps jouait d'une manière qui met les joueurs professionnels dans une rage folle dans tout le multivers.

Elle tenait ses cartes bien serrées au creux des mains à deux doigts de sa figure et n'en laissait dépasser qu'un petit bout de chaque. Elle les fixait d'un regard noir comme pour les défier de la décevoir. Et elle ne les quittait jamais des yeux, semblait-il, sauf pour suivre la donne. Elle prenait aussi beaucoup trop son temps. Mais jamais aucun risque.

Au bout de vingt-cinq minutes elle avait perdu une piastre et M. Lefranc transpirait. À trois reprises déjà, Mémé lui avait obligeamment fait remarquer qu'il distribuait par mégarde des cartes du dessous du paquet, et elle avait demandé un autre jeu « parce que, regardez, celui-là il a plein de petites marques au dos ».

C'étaient ses yeux, voilà. Deux fois il s'était couché avec un brelan d'oignon parfaitement valable pour s'apercevoir qu'elle n'avait en main qu'un double pain minable. Puis, la troisième fois, croyant avoir compris sa tactique, il avait demandé à voir et jeté une bonne quinte droit dans la gueule d'un pentacle d'oignon que la vieille peau devait patiemment se constituer depuis une éternité. Ensuite... – ses phalanges blanchirent – ensuite l'horrible, l'abominable harpie s'était exclamée : « J'ai gagné ? Avec toutes ces petites cartes ? Ben mince... j'ai une de ces veines ! »

Elle s'était alors mise à fredonner en regardant son jeu. Normalement, les trois compères auraient dû apprécier ce genre de détail. Les tapoteurs de dents, les hausseurs de sourcils, les frotteurs d'oreilles, c'était comme la chaussette pleine d'argent sous le matelas pour qui savait déchiffrer leurs manies. Mais l'effroyable vieille bique était aussi transparente qu'un boulet de charbon. Et le fredonnement était... insistant. On se surprenait à vouloir suivre l'air. Il donnait des picotements dans les dents. Puis on la regardait d'un œil morne étaler une minable quinte intermittente devant la paire d'oignon encore plus minable qu'on lui opposait tandis qu'elle s'étonnait : « Quoi ? Encore moi ? »

M. Lefranc tâchait à toute force de se rappeler comment on jouait sans dispositif de manche, sans miroir complaisant ni jeu marqué. Contre un fredonnement qui tenait du crissement d'ongle sur un tableau noir.

En plus de ça, la terrible vieille ne savait même pas bien jouer.

Au bout d'une heure elle avait gagné quatre piastres et, lorsqu'elle lança « J'ai vraiment de la chance ! », M. Lefranc se mordit violemment la langue.

Puis il hérita d'un grand oignon d'entrée. Il n'existait aucun moyen réaliste de surpasser un grand oignon. C'était une combinaison qu'on n'avait en main qu'une ou deux fois dans toute une vie.

Elle se coucha ! La vieille salope se coucha ! Elle lâcha une seule maudite piastre et elle se coucha !

Magrat jeta un autre coup d'œil par la fenêtre.

« Qu'est-ce qui se passe ? demanda Nounou.

— Ils ont tous l'air très en colère. »

Nounou ôta son chapeau et retira sa pipe de sa bouche. Elle l'alluma et balança l'allumette par-dessus bord.

« Ah. Elle va fredonner, tu peux en être sûre. C'est très irritant quand elle fredonne, Esmé. » Nounou avait l'air satisfaite. « Est-ce qu'elle a déjà commencé à se déboucher l'oreille ?

— J'crois pas.

— Personne se débouche l'oreille comme Esmé. »

Elle se débouchait l'oreille !

C'était fait avec distinction, et cette idiote de vieille roulure ne s'en rendait sans doute même pas compte. Elle n'arrêtait pas de se fourrer le petit doigt dans l'oreille et de l'agiter. Le bruit rappelait le procédé d'une queue de billard qu'on enduit de craie.

C'était une activité de substitution, voilà. Ils finissaient tous par flancher...

Elle se coucha encore ! Et il lui avait fallu cinq putain de minutes de merde pour réunir un putain de double oignon !

« Je me souviens, dit Nounou Ogg, quand elle est venue à la maison fêter le couronnement du roi Vérence et qu'on a joué à "je poursuis le voisin dans la ruelle" avec les petits pour des demi-sous. Elle a accusé le cadet de Jason d'avoir triché et a boudé pendant une semaine.

— Il avait triché ?

— J'espère bien, répondit fièrement Nounou. L'ennui avec Esmé, c'est qu'elle sait pas perdre. Elle manque de pratique.

— Lobsang Planteur dit qu'il faut des fois perdre pour gagner, dit Magrat.

— Moi, j'trouve ça idiot, fit Nounou. C'est du bouddhisme yen, c'est ça ?

— Non. Les bouddhistes yen, c'est ceux qui disent qu'il faut plein d'argent pour gagner, expliqua Magrat [1]. Dans le Sentier du scorpion, le moyen de gagner, c'est de perdre tous les combats sauf le dernier. On se sert de la force de l'ennemi contre lui-même.

— Quoi ? On le pousse à se taper dessus tout seul, tu veux dire ? fit Nounou. J'trouve ça idiot. »

Magrat lui jeta un regard mauvais.

« Qu'est-ce que vous y connaissez ? répliqua-t-elle d'un ton brusque qui ne lui ressemblait pas.

— Quoi ?

— Ben, j'en ai marre ! Au moins, je fais des efforts pour apprendre des choses, moi ! Je m'amuse pas à persécuter les gens ni à rester tout le temps de mauvaise humeur, moi ! »

Nounou se retira la pipe de la bouche.

« J'suis pas de mauvaise humeur, dit-elle d'une voix douce.

1. Les bouddhistes yen forment la secte religieuse la plus riche de l'univers. Selon eux, l'accumulation d'argent est un grand mal et un fardeau pour l'esprit. Ils s'infligent donc, au mépris du danger qu'ils encourent personnellement, le devoir pénible d'en amasser le plus possible afin de réduire les risques auxquels s'exposent les âmes innocentes.

— Je parle pas de vous !

— Ben, Esmé est toujours de mauvaise humeur. C'est sa nature.

— Et elle fait pas vraiment de la vraie magie. À quoi ça avance d'être une sorcière si on ne fait pas de magie ? Pourquoi elle s'en sert pas pour aider les gens ? »

Nounou la dévisagea à travers la fumée de sa pipe. « Parce qu'elle sait qu'elle serait drôlement bonne, j'imagine, dit-elle. En tout cas, ça fait un bail que je la connais. Elle et toute sa famille. Tous les Ciredutemps sont doués pour la magie, même les hommes. Ils ont ça dans le sang. Une espèce de malédiction. Bref... elle croit qu'on aide pas les gens avec de la magie. On les aide pas comme il faut. Elle a raison, d'ailleurs.

— Alors, à quoi bon... ? »

Nounou tapota sa pipe avec une allumette.

« J'crois me souvenir qu'elle est venue t'aider quand y a eu cette petite épidémie dans ton village, dit-elle. Elle a travaillé sans relâche, je m'rappelle. Pour ce que j'en sais, elle a toujours soigné les malades qu'en avaient besoin, même quand ils suintaient de partout, tu vois. Et quand le grand vieux troll qui vit sous la Montagne Brisée est descendu chercher de l'aide parce que sa femme était patraque et que tout le monde lui a jeté des cailloux, c'est Mémé, je m'souviens, qu'est repartie avec lui pour mettre le bébé au monde. Hah... et puis quand le vieux Grillage Hopkins a lancé une pierre à Esmé peu de temps après, il a retrouvé toutes ses granges mystérieusement piétinées comme des crêpes durant la nuit. Elle disait toujours qu'on peut pas aider les gens d'un coup de magie, mais qu'on peut d'un coup de main. Par des moyens normaux, quoi.

— Je dis pas qu'elle a pas un bon fond..., commença Magrat.

— Ha ! Moi si. Faudrait chercher loin pour trouver un fond aussi mauvais que celui d'Esmé, ça, c'est moi qui te l'dis. Elle se connaît parfaitement. Elle est née pour être bonne, et elle aime pas ça. »

Nounou débourra sa pipe à petits coups sur le bastingage et se retourna vers le salon.

« Ce qu'il faut comprendre au sujet d'Esmé, ma fille, dit-elle, c'est qu'elle a une pyschololologie et un gros négo. J'suis vachement contente de pas être comme elle. »

Mémé gagnait de douze piastres. Toute activité avait cessé dans le salon. On entendait au loin le clapotement des aubes et les cris du chef d'équipe.

Mémé gagna cinq piastres de plus avec un brelan d'oignon.

« Comment ça, une pyschololologie ? fit Magrat. Vous lisez des livres ? »

Nounou l'ignora.

« Ce qu'il faut attendre maintenant, dit-elle, c'est le moment où elle va faire "tch, tch, tch" tout bas. C'est ce qui vient après le débouchage d'oreille. D'habitude ça veut dire qu'elle mijote un coup. »

M. Lefranc tambourina des doigts sur la table, s'en aperçut avec horreur et acheta trois nouvelles cartes pour masquer son trouble. La vieille ne s'aperçut apparemment de rien. Il étudia son nouveau jeu.

Il risqua deux piastres et acheta une carte de plus. Il étudia encore son jeu.

Quelles sont les chances, songeait-il, d'avoir un grand oignon deux fois le même jour ?

L'important, c'était d'éviter de paniquer.

« Je crois, s'entendit-il dire, que je vais risquer deux autres piastres. »

Il jeta un coup d'œil à ses compagnons. Ils se couchèrent docilement un à un.

« Ben, j'sais pas », fit Mémé, l'air de parler à ses cartes. Elle se déboucha encore l'oreille. « Tch, tch, tch. Comment vous appelez ça, vous savez, quand vous voulez mettre plus d'argent, quoi ?

— Ça s'appelle une relance, répondit M. Lefranc dont les phalanges blanchirent.

— Alors, je fais une romance, comme vous dites. Cinq piastres, je crois. »

Les genoux de M. Lefranc s'écrasèrent l'un contre l'autre. « Je vois et je relance de dix piastres, répliqua-t-il sèchement.

— Je fais pareil, dit Mémé.

— Je peux monter d'encore vingt piastres.

— Je... » Mémé baissa les yeux, soudain déconfite. « J'ai... j'ai un balai. »

Un tout petit signal d'alarme se mit à sonner quelque part au fond du crâne de M. Lefranc, mais il fonçait désormais tête baissée vers la victoire.

« D'accord ! »

Il étala ses cartes sur la table.

La foule soupira.

Il voulut ramasser le pot.

La main de Mémé se referma sur son poignet.

« J'ai pas encore posé mes cartes, moi, dit-elle avec condescendance.

— Pas la peine, fit-il avec brusquerie. Vous n'avez aucune chance de battre ça, madame.

— Je peux si je fais passer votre oignon pour une andouille, c'est pour ça que ça s'appelle "monsieur l'oignon l'andouille", non ? »

Il hésita. « Mais... mais... faudrait que vous ayez une séquence parfaite de neuf cartes », marmonna-t-il en la fixant au fond des yeux.

Mémé se renversa en arrière.

« Vous savez, dit-elle tranquillement, j'ai trouvé que j'avais beaucoup de ces petits trucs noirs pointus. C'est bien, non ? » Elle étala son jeu. La masse des spectateurs lâcha une espèce de petit hoquet en chœur.

M. Lefranc jeta autour de lui un regard affolé.

« Oh, bien joué, madame », complimenta un monsieur d'un certain âge. Une salve d'applaudissements polis monta de l'assistance. Une assistance nombreuse et importune.

« Euh... oui, fit M. Lefranc. Oui. Bravo. Vous apprenez vite, dites donc.

— Plus vite que vous. Vous me devez cinquante-cinq piastres et un balai », lui rappela Mémé.

Magrat et Nounou l'attendaient lorsqu'elle sortit en vitesse.

« Tiens, ton balai, cracha-t-elle. Et j'espère que vos affaires sont prêtes, parce qu'on s'en va.

— Pourquoi ? demanda Magrat.

— Dès que le calme sera revenu, des hommes vont venir nous chercher, voilà pourquoi. »

Elles se dépêchèrent de suivre Mémé vers leur petite cabine. « Vous vous êtes pas servie de magie ? fit Magrat.

— Non.

— Et t'as pas triché ? fit Nounou Ogg.

— Non. J'ai fait d' la têtologie, c'est tout, dit Mémé.

— Où t'as appris à jouer comme ça ? » s'étonna Nounou.

Mémé s'arrêta net. Elles lui rentrèrent dedans.

« Tu t'souviens cet hiver quand la mère Démât a été très malade et que j'y ai tenu compagnie tous les soirs pendant presque un mois ?

— Oui ?

— Quand on passe ses nuits à jouer à monsieur l'oignon l'andouille avec quelqu'un qu'a un décollement de la rétine en plus de son don de double vue, on apprend vite », répondit Mémé.

Cher Jason et les autres,

Ce qu'ils ont beaucoup plus que nous, les pays étrangers, c'est les odeurs. Je commence à m'y connaître. Esmé cri sur tout le monde. Daprès moi elle croit qu'ils sont étrangers rien que pour la contrariée. Je sais pas quand je l'ai vue s'amuser autant pour la dernière foie. Remarque, ils auraient bien besoin qu'on leur secoue les pusses, si tu veux mon avis. À midi, on s'est arrétées dans une auberge où ils faisaient du steak tard-tard et ils m'ont regardée de haut parce que je voulais le mien bien cuit. Salut à tous, MAMAN.

La lune était plus proche ici.

Son orbite faisait passer la lune du Disque-monde à grande altitude au-dessus des hautes montagnes du Bélier. Ici, plus près du Bord, elle était plus grosse. Et plus orange.

« Une vraie citrouille, dit Nounou Ogg.

— Je croyais qu'on devait plus parler de citrouilles, c'est ce qu'on a dit, fit Magrat.

— Ben, on a pas dîné », dit Nounou.

Il y avait autre chose encore. En dehors du plein été, les sorcières n'avaient pas l'habitude des nuits chaudes. Elles ne trouvaient pas normal de planer sous une grosse lune orange au-dessus d'un feuillage sombre crépitant, bourdonnant et vrombissant d'insectes.

« On est assez loin du fleuve maintenant, dit Magrat. On pourrait pas se poser, Mémé ? Personne a pu nous suivre ! »

Mémé Ciredutemps baissa le regard. Le fleuve, dans cette région, serpentait en longs méandres luisants, parcourait trente kilomètres pour en couvrir dix. Les terres entre les anneaux aqueux composaient une mosaïque de coteaux et de bois. Elle distingua une lueur au loin : peut-être Genua.

« Toute une nuit sur un balai, j'en ai plein l'dos du manche, moi, fit Nounou.

— Oh, d'accord.

— Il y a une ville là-bas, signala Magrat. Et un château.

— Oh, pas encore un....

— Un joli petit château, insista Magrat. On pourrait pas aller voir ? J'en ai soupé des auberges. »

Mémé scruta une fois de plus le paysage. Elle avait une vision nocturne excellente.

« T'es sûre que c'est un château ? fit-elle.

— Je vois les tourelles et tout, dit Magrat. Évidemment que c'est un château.

— Hmm. J'vois pas que des tourelles, fit Mémé. J'crois qu'on devrait aller jeter un coup d'œil, Gytha. »

Il n'y avait jamais le moindre bruit dans le château endormi, sauf à la fin de l'été quand les baies mûres tombaient des ronciers pour exploser mollement par terre. Et parfois des oiseaux essayaient de nicher dans les fourrés épais qui occupaient désormais la salle du trône du sol au plafond, mais ils n'allaient jamais bien loin : très vite eux aussi s'endormaient. Ceci mis à part, il fallait une ouïe particulièrement fine pour entendre pousser les scions et s'ouvrir les bourgeons.

Il en était ainsi depuis dix ans. Il n'y avait aucun bruit dans le...

« Ouvrez, là-dedans !

— Des voyageuses autant tiques voudraient agiter l'couvert ! »

... aucun bruit dans le...

« Tiens, fais-moi la courte échelle, Magrat. Voilà. Bon... »

Suivit un bruit de verre cassé.

« Vous avez cassé un carreau ! »

... *pas un bruit* dans le...

« Va falloir offrir de le rembourser, vous savez. »

La porte du château s'ouvrit lentement. Nounou Ogg passa la tête dehors vers ses deux collègues en retirant les épines et les bardanes de ses cheveux.

« C'est vachement dégoûtant là-dedans, dit-elle. Y a des gens qui dorment partout, couverts de toiles d'araignées. T'avais raison, Esmé. Y a d'la magie là-dessous. »

Les sorcières se frayèrent un chemin dans le château envahi. Les tapis disparaissaient sous la poussière et les feuilles. De jeunes sycomores fougueux s'efforçaient de prendre possession de la cour. Des plantes grimpantes tapissaient chaque mur.

Mémé Ciredutemps releva un soldat qui dormait paisiblement. Des nuages de poussière s'échappèrent de ses vêtements. « Réveille-toi, ordonna-t-elle.

— Fzhtft, fit le soldat qui retomba en arrière.

— C'est partout comme ça, dit Magrat en se taillant un chemin dans un bosquet de fougères qui se répandait depuis les abords de la cuisine. Les cuisiniers ronflent tous, et j'ai trouvé que de la moisissure dans les casseroles. Y a même des souris endormies dans le garde-manger !

— Hmm, fit Mémé. Y a sûrement un rouet derrière tout ça, c'est moi qui vous l'dis.

— Un coup d'Aliss la Noire ? demanda Nounou.

— Ça y ressemble », dit Mémé. Puis elle ajouta tranquillement : « Ou de quelqu'un dans son genre.

— Celle-là, c'était une sorcière qui savait y faire, question contes, dit Nounou. Il lui arrivait de se retrouver dans trois à la fois. »

Même Magrat connaissait le nom d'Aliss la Noire. On la tenait pour la plus grande sorcière de tous les temps, une sorcière pas franchement malfaisante mais tellement puissante qu'il était parfois difficile de voir la différence. Quand il s'agissait de plonger des palais dans le sommeil pour cent ans ou d'amener des princesses à filer de la paille qui se changeait en Nore [1], personne n'égalait Aliss la Noire.

« Je l'ai rencontrée une fois, dit Nounou tandis que le trio gravissait l'escalier d'honneur du château, véritable cascade d'herbes aux gueux. La vieille Deliria Skibbli m'a emmenée chez elle un jour, quand j'étais petite. Évidemment, elle devenait un peu... excentrique, à l'époque. Des maisons en pain d'épices, ce genre de trucs. » Nounou avait de la tristesse dans la voix, comme lorsqu'on parle d'un parent âgé qui se met à porter ses sous-vêtements par-dessus les autres.

« C'était sans doute avant cette histoire des deux gamins qui l'ont enfermée dans son four ? demanda Magrat en démêlant sa manche des ronces.

— Ouais. Désolant, ça. J'veux dire, elle a jamais mangé personne, fit Nounou. Enfin, pas souvent. J'veux dire, il courait des bruits, mais...

— Voilà ce qui arrive, la coupa Mémé. Quand on se prend trop au jeu des contes, on s'y retrouve plus. On sait plus ce qu'est vraiment réel et ce qui l'est pas. Et ils finissent par prendre le dessus. Ils mettent la tête à l'envers. Moi, j'aime pas les contes. Ils sont pas réels. J'ai horreur de ce qu'est pas réel. »

Elle poussa une porte.

« Ah, une chambre, fit-elle d'une voix aigre. On se croirait dans une tonnelle.

— Qu'est-ce que ça pousse vite ! s'étonna Magrat.

— Ça vient du sortilège temporel, dit Mémé. Ah. La voilà. J'savais bien qu'on tomberait sur quelqu'un. »

Une silhouette était allongée sur un lit au milieu d'un massif de rosiers.

« Et voilà le rouet, ajouta Nounou en montrant du doigt une forme à peine visible dans une touffe de lierre.

— Le touche pas ! fit Mémé.

1. Aliss la Noire n'était pas très bonne non plus en orthographe. Il fallut donner au Nore en question une belle somme d'argent pour qu'il accepte de s'en aller sans faire d'histoires.

— N'aie crainte, je vais le prendre par la pédale et le balancer par la fenêtre.

— Comment vous savez tout ça ? demanda Magrat.

— Parce que c'est un mythe rural, répondit Nounou. C'est arrivé des tas de fois. »

Mémé Ciredutemps et Magrat baissèrent les yeux sur la silhouette endormie d'une jeune fille de treize ans, à vue de nez, presque argentée sous la poussière et le pollen.

« Ce qu'elle est belle », soupira une Magrat au cœur sensible.

Derrière elle monta le fracas d'un rouet s'écrasant sur de lointains pavés, puis Nounou Ogg apparut en se frottant les mains.

« J'ai vu la même chose arriver des dizaines de fois, dit-elle.

— C'est pas vrai, fit Mémé.

— Une fois, en tout cas, répliqua Nounou, nullement décontenancée. Et j'en ai entendu causer des dizaines d'autres. Comme tout le monde. Un mythe rural, j'ai dit. Tout le monde a entendu parler d'une histoire de ce genre qui s'est produite dans le village du voisin de l'ami d'un cousin...

— C'est parce que ça se produit, justement », dit Mémé.

Elle prit le poignet de la jeune fille.

« Elle dort parce qu'elle a... », commença Nounou.

Mémé se retourna.

« Je sais, je sais. Je sais, vu ? Je l'sais aussi bien que toi. Tu crois que je l'sais pas ? » Elle se pencha sur la main inerte. « C'est bien un coup de marraine fée, ça, ajouta-t-elle à moitié pour elle-même. Toujours du spectaculaire. Toujours à se mêler de tout, à vouloir tout diriger ! Hah ! Une fille a reçu une petite piqûre de poison ? Aussitôt je t'envoie tout le monde dormir pendant un siècle ! La solution de facilité. Tout ça pour une malheureuse piqûre. Comme si c'était la fin du monde. » Elle marqua un temps. Nounou se tenait derrière elle. Impossible de deviner son expression. « Gytha ?

— Oui, Esmé ? fit Nounou d'un ton innocent.

— Je te sens sourire. Tu peux garder ta pyscholologie à deux ronds pour ceux que ça intéresse. »

Mémé ferma les yeux et marmonna quelques mots.

« Je me sers de ma baguette ? demanda Magrat d'une voix hésitante.

— T'en avise pas », répliqua Mémé qui reprit son marmonnement.

Nounou hocha la tête. « Elle retrouve un peu de couleurs, c'est sûr », dit-elle.

Quelques minutes plus tard, la jeune fille ouvrit les yeux et fixa Mémé d'un regard trouble.

« L'est temps de se lever, fit la sorcière d'une voix exceptionnellement enjouée, tu rates les meilleurs moments de la décennie. »

La jeune fille essaya de mettre au point sur Nounou, puis sur Magrat, avant de revenir sur Mémé Ciredutemps.

« Vous ? » fit-elle.

Mémé haussa les sourcils et se tourna vers les deux autres.

« Moi ?

— Vous êtes... encore là ?

— Encore ? fit Mémé. C'est la première fois que je viens, mademoiselle.

— Mais... » La jeune fille avait l'air déconcertée. Et craintive, nota Magrat.

« Moi aussi, j'suis comme ça le matin, chérie, dit Nounou Ogg en prenant l'autre main de l'inconnue pour la lui tapoter. Jamais bonne à rien tant que j'ai pas bu ma tasse de thé. J'imagine que tous les autres vont se réveiller d'une minute à l'autre. Évidemment, ça va leur demander un moment d'enlever les nids de rats des bouilloires... Esmé ? »

Mémé contemplait une forme couverte de poussière sur le mur.

« Fourré son nez..., murmurait-elle.

— Qu'est-ce qui se passe, Esmé ? »

Mémé Ciredutemps traversa la chambre à grandes

enjambées et nettoya la poussière d'un immense miroir décoré.

« Hah, fit-elle avant de se retourner brusquement. On s'en va tout de suite.

— Mais je croyais qu'on devait prendre du repos. J'veux dire, il fait presque nuit, objecta Magrat.

— On voudrait pas abuser de leur hospitalité, fit Mémé en quittant la chambre.

— Mais on a même pas eu... », commença Magrat. Elle jeta un coup d'œil au miroir. Un grand miroir ovale dans un encadrement doré. Il avait l'air parfaitement normal. Ça ne ressemblait pas à Mémé Ciredutemps d'avoir peur de son propre reflet.

« Elle est encore mal lunée, dit Nounou Ogg. Viens. Ça sert à rien de rester. » Elle tapota la tête de la princesse abasourdie. « À la revoyure, mademoiselle. Un bon balai, une hache, et dans une quinzaine le château sera comme neuf.

— On aurait dit qu'elle reconnaissait Mémé, fit Magrat tandis qu'elles descendaient l'escalier à la suite de la silhouette raide et pressée de leur collègue.

— Ben, on sait qu'elle se trompe, non ? fit Nounou Ogg. Mémé, elle a jamais mis les pieds de sa vie dans ce pays.

— Mais je vois toujours pas pourquoi il faut qu'on se dépêche, insista Magrat. J'imagine que les gens vont drôlement nous remercier d'avoir mis fin au sortilège et tout. »

Le reste du palais se réveillait. Elles dépassèrent à petites foulées des gardes qui contemplaient avec étonnement leurs uniformes pleins de toiles d'araignée et les buissons qui poussaient partout. Alors qu'elles traversaient la cour envahie d'arbres, un vieil homme en robe aux couleurs passées sortit en titubant par une porte, s'adossa contre le mur et tâcha de se repérer. Il aperçut alors la silhouette de Mémé Ciredutemps qui redoublait de vitesse.

« Vous ? s'écria-t-il. À la garde ! »

Nounou Ogg n'hésita pas. Elle attrapa Magrat par le

coude pour se lancer au pas de course, et elles rattrapèrent Mémé Ciredutemps au portail du château. Un garde qui émergeait plus vite le matin que ses collègues s'avança en chancelant et tenta de leur barrer la route avec sa pique, mais Mémé poussa l'arme et fit pivoter l'homme sans forcer.

Le trio se retrouva dehors et se précipita vers les balais appuyés contre un arbre. Mémé attrapa sans s'arrêter le sien qui, pour une fois, démarra quasiment au premier essai.

Une flèche passa en sifflant au ras de son chapeau et se ficha dans une branche.

« J'appelle pas ça de la gratitude, dit Magrat tandis que les balais décollaient par-dessus les arbres.

— Beaucoup de gens sont pas à prendre avec des pincettes au réveil, fit Nounou.

— Tout le monde avait l'air de vous connaître, Mémé », dit Magrat.

Le balai de Mémé cahota dans le vent. « Ils se sont trompés ! cria-t-elle. Ils m'ont jamais vue, compris ? »

Elles volèrent un moment dans un silence orageux.

Puis Magrat, à qui Nounou trouvait un talent ingénu pour s'aventurer sur un terrain glissant, reprit : « Je me demande si on a bien fait ? Je suis sûre que c'était un rôle pour un beau prince.

— Hah ! fit Mémé qui volait en tête. Et à quoi ça avancerait ? Est-ce que ça prouve qu'il fera un bon mari parce qu'il s'est taillé un chemin à travers les ronces, dis ? C'est bien des idées de fée, ça ! Infliger à tout bout de champ des dénouements heureux aux gens, que ça leur plaise ou non, hein ?

— Y a rien de mal dans les dénouements heureux, répliqua Magrat avec feu.

— Écoute, les dénouements heureux, c'est bien s'ils finissent bien, dit Mémé en jetant un regard noir au ciel Mais on peut pas les décider pour les autres. La seule façon de rendre un mariage heureux, ce serait alors de couper la tête des mariés dès qu'ils ont dit oui, pas vrai ? On peut pas décider du bonheur... »

Elle observait la ville au loin.

« Tout ce qu'on peut décider, conclut-elle, c'est d'un dénouement. »

Elles prirent leur petit déjeuner dans une clairière. De la citrouille grillée. Elles sortirent le pain de nain pour examen. Un produit miraculeux, le pain de nain. Personne n'avait jamais faim quand il fallait échapper à du pain de nain. Il suffisait de le regarder un moment et il vous venait aussitôt à l'esprit des dizaines de choses qu'on préférerait manger. Ses chaussures, par exemple. Des montagnes. Du mouton cru. Son propre pied.

Elles essayèrent ensuite de faire un somme. Du moins, Nounou et Magrat. Mais elles ne purent que rester allongées sans dormir à écouter Mémé Ciredutemps marmonner tout bas. Elles ne l'avaient jamais vue aussi bouleversée.

Puis Nounou proposa une petite balade. C'était une belle journée, dit-elle. Une forêt intéressante, dit-elle, avec des tas d'herbes nouvelles qui méritaient qu'on y regarde de plus près. Une promenade au soleil leur ferait du bien, dit-elle. Ça leur remonterait le moral.

C'était effectivement une belle forêt. Au bout d'une demi-heure, même Mémé Ciredutemps voulut bien reconnaître que par certains côtés elle ne la trouvait pas tout à fait étrangère ni minable. Magrat s'écartait de temps en temps du sentier pour cueillir des fleurs. Nounou entonna même quelques couplets du *Bourdon du mage a un nœud au bout* sans que les deux autres élèvent plus de deux ou trois protestations de pure forme.

Pourtant quelque chose clochait. Nounou Ogg et Magrat sentaient comme un obstacle entre Mémé Ciredutemps et elles, une espèce de mur mental, une affaire importante délibérément cachée, passée sous silence. Les sorcières n'avaient d'ordinaire guère de secrets les unes pour les autres ; elles étaient tellement fouinardes, il faut dire, qu'elles n'avaient pas le choix. Le cas était inquiétant.

Elles tournèrent alors à l'angle d'un bouquet de chênes gigantesques et tombèrent sur la fillette en capuchon rouge.

Elle gambadait au milieu du sentier en chantant une chanson plus simple et beaucoup plus correcte que toutes celles du répertoire de Nounou Ogg. Elle ne vit les sorcières qu'une fois sur elles. Elle s'arrêta et leur adressa un sourire innocent.

« Bonjour, vieilles femmes, dit-elle.

— Hem », fit Magrat.

Mémé Ciredutemps se pencha.

« Qu'est-ce que tu fais toute seule dans la forêt, ma jeune demoiselle ?

— Je porte ce panier de gâteries à ma mémé », répondit la fillette.

La sorcière se redressa, le regard absent.

« Esmé, fit instamment Nounou Ogg.

— Je sais. Je sais », dit Mémé.

Magrat se pencha à son tour et afficha la grimace idiote dont sont coutumiers les adultes qui voudraient savoir s'y prendre avec les enfants mais n'ont aucune chance d'y parvenir. « Euh... Dis-moi, mademoiselle... Est-ce que ta maman t'a mise en garde contre les méchants loups qui pourraient se trouver dans les parages ?

— Oui, c'est ça.

— Et ta mémé..., poursuivit Nounou Ogg, je parie qu'elle est clouée au lit en ce moment, pas vrai ?

— C'est pour ça que je lui porte ce panier de gâteries..., commença l'enfant.

— M'semblait bien.

— Vous connaissez ma mère-grand ? fit la gamine.

— Ou-ui, répondit Mémé Ciredutemps. Si on veut.

— La même chose est arrivée du côté de Skund quand j'étais petite, dit tranquillement Nounou. Même qu'on a jamais retrouvé la grand...

— Et elle est où, la chaumière de ta mère-grand,

petite ? » demanda Mémé Ciredutemps d'une voix forte en décochant un coup de coude dans les côtes de Nounou.

La fillette montra du doigt un petit chemin de traverse.

« Vous êtes pas la méchante sorcière, dites ? » demanda-t-elle.

Nounou Ogg toussa.

« Moi ? Non. On est... on est..., commença Mémé.

— Des fées », termina Magrat.

La bouche de Mémé Ciredutemps s'ouvrit toute grande. Pareille réponse ne lui serait jamais venue à l'esprit.

« C'est que ma maman m'a aussi prévenue contre la méchante sorcière », dit la fillette. Elle lança un regard pénétrant à Magrat. « Quel genre de fées ?

— Euh... Des fées des fleurs ? proposa Magrat. Regarde, j'ai une baguette...

— Lesquelles ?

— Quoi ?

— Quelles fleurs ?

— Euh..., fit Magrat. Ben... moi je suis... Fée Tulipe, et là c'est... (elle évita de regarder directement Mémé) Fée... Pâquerette... et voici...

— Fée Hérisson », dit Nounou.

Cet ajout au panthéon surnaturel plongea la gamine dans de profondes réflexions.

« Vous pouvez pas être Fée Hérisson, dit-elle au bout d'un moment. Le hérisson, c'est pas une fleur.

— Qu'est-ce que t'en sais ?

— Parce qu'il a des piquants.

— Le houx aussi. Et le chardon.

— Oh.

— Et j'ai une baguette », dit Magrat. Alors seulement elle risqua un coup d'œil en direction de Fée Pâquerette.

« Faut qu'on y aille, dit Mémé Ciredutemps. Tu vas rester ici avec Fée Tulipe, si je m'trompe pas, pendant que nous, on va s'assurer que ta mère-grand est toujours clouée au lit. D'accord ?

— J'parie que c'est pas une vraie baguette, dit la gamine qui l'ignora et s'en prit à Magrat avec le flair infaillible des enfants pour trouver le maillon faible de n'importe quelle chaîne. J'parie qu'elle peut pas changer des choses en autre chose.

— Ben..., commença Magrat.

— J'parie, fit la gamine, moi j'parie que vous pouvez pas changer cette souche d'arbre là-bas en... en... en *citrouille*. Haha, j'parie ce que vous voulez que vous pouvez pas. J'vous parie mille milliards de piastres que vous pouvez pas changer cette souche en citrouille.

— J'vois que vous allez bien vous entendre toutes les deux, dit Fée Hérisson. On sera pas longues. »

Deux balais filaient à basse altitude au-dessus du sentier forestier.

« C'est peut-être juste une coïncidence, dit Nounou Ogg.

— C'en est pas, fit Mémé. La gamine a même un capuchon rouge !

— J'en avais un moi aussi quand j'avais quinze ans.

— Oui, mais ta grand-mère vivait à côté de chez toi. T'avais pas à t'inquiéter des loups quand t'allais la voir.

— Sauf du vieux Puisardelet, le locataire.

— Oui, mais ça, c'était juste une coïncidence. »

Une traînée de fumée bleue serpentait au milieu des arbres devant les sorcières. Au loin sur un côté, elles entendirent s'abattre un arbre.

« Des bûcherons ! dit Nounou. Rien à craindre si y a des bûcherons ! Y en a un qui se rue dans la chaumière...

— Ça, c'est ce qu'on raconte aux enfants, fit Mémé tandis qu'elles fonçaient à toute allure. De toute façon, ça change rien pour la grand-mère, pas vrai ? S'est déjà fait boulotter !

— J'ai toujours eu horreur de cette histoire, dit Nounou. Tout le monde se fiche de ce qui arrive aux pauvres vieilles sans défense. »

Le sentier disparut brusquement à la lisière d'une

clairière. Cerné par les arbres, il y avait un potager en désordre où quelques tiges pathétiques luttaient pour une place au peu de soleil qui filtrait. Au milieu du potager se dressait ce qui devait être une chaumière, vu que personne n'aurait aussi mal monté une meule de foin.

Elles bondirent de leurs balais, les laissant s'arrêter tout seuls un peu plus loin dans les fourrés, et tambourinèrent à la porte de la maisonnette.

« On arrive peut-être trop tard, dit Nounou. Peut-être que le loup... »

Au bout d'un moment, elles entendirent le bruit étouffé de quelqu'un traînant des pieds à l'intérieur, puis la porte s'entrouvrit d'un poil. Elles aperçurent un œil méfiant dans la pénombre.

« Oui ? fit une petite voix chevrotante venant de quelque part sous l'œil.

— Vous êtes mère-grand ? demanda Mémé Ciredutemps.

— Vous êtes les percepteurs, mes chéries ?

— Non, m'dame, on est...

— ... des fées, répondit aussitôt Fée Hérisson.

— J'ouvre pas ma porte aux inconnus, mes chéries, dit la voix qui prit alors des accents légèrement irrités. Surtout à ceux qui font jamais la vaisselle quand je leur laisse dehors un bol de lait presque frais.

— On aimerait vous parler une minute, dit Fée Pâquerette.

— Ah bon ? Vous avez une pièce d'identité, chérie ?

— Je sais qu'on est tombées sur la bonne mère-grand, dit Fée Hérisson. Y a un air de famille. Elle a de grandes oreilles.

— Écoute, c'est pas elle qu'a les grandes oreilles, répliqua sèchement Fée Pâquerette. C'est le loup. Tout est là. Tu fais donc jamais attention ? »

La grand-mère les observait avec intérêt. Après toute une vie passée à y croire, elle voyait des fées pour la première fois et c'était une révélation. Mémé Ciredutemps surprit son air perplexe.

« Écoutez, m'dame, dit-elle d'une voix à la fois autoritaire et raisonnable, ça vous dirait qu'un loup vous mange toute crue ?

— Je crois pas que j'aimerais ça, chérie, non, répondit la grand-mère invisible.

— L'autre choix, c'est nous.

— Bon d'là. Vous êtes sûre ?

— Parole de fées, dit Fée Hérisson.

— Bon. Vraiment ? D'accord. Vous pouvez entrer. Mais pas de mauvais tours. Et pensez à faire la vaisselle. Vous avez pas un pot d'or avec vous, hein ?

— Ça, c'est les pixies, non ?

— Non, ceux-là sont dans les puits. C'est les gobelins qu'elle veut dire.

— Ce que t'es bête. Ceux-là s'trouvent sous les ponts.

— Ça, c'est les trolls. Tout le monde sait que c'est les trolls.

— Pas nous, en tout cas.

— Oh, fit la grand-mère. J'aurais dû m'en douter. »

Magrat aimait à se dire qu'elle savait s'y prendre avec les enfants et s'inquiétait de ne pas avoir vraiment le coup. Elle ne les appréciait guère, ce qui la tracassait aussi. Nounou Ogg donnait l'impression de savoir naturellement s'y prendre en leur distribuant alternativement et au petit bonheur un bonbon ou une correction, tandis que Mémé Ciredutemps les ignorait le plus souvent, ce qui semblait marcher tout aussi bien. Magrat, elle, faisait des efforts. Ça n'était pas juste.

« J'parie mille millions de milliards de piastres que vous pouvez pas changer ce buisson, là, en citrouille, dit la gamine.

— Mais, écoute, j'ai changé tout le reste en citrouille, fit remarquer Magrat.

— Ça finira forcément par rater », répliqua placidement l'enfant.

Magrat posa sur la baguette un regard désespéré. Elle

avait tout essayé sur l'ustensile : le souhait, le marmonnement et, dès qu'elle avait jugé les autres sorcières hors de portée d'oreille, les coups, voire les cris. « N'importe quoi sauf des citrouilles !

— Vous savez pas vraiment le faire, c'est ça, conclut la gamine.

— Écoute, tu m'as bien dit que ta maman est au courant pour le grand méchant loup dans la forêt, hein ?

— C'est vrai.

— Mais elle t'a quand même envoyée toute seule porter ces gâteries à ta mémé ?

— C'est vrai. Pourquoi ?

— Rien. Une idée, comme ça. Et tu me dois mille millions de trillions de milliards de piastres. »

Les grand-mères forment une espèce de franc-maçonnerie – sans l'inconvénient d'avoir à se tenir sur une jambe et de réciter des serments pour en devenir membre. Une fois dans la chaumière et tandis qu'une bouilloire chauffait, Nounou Ogg se sentit dans son élément. Gredin s'étendit devant le maigre feu et s'assoupit pendant que les sorcières s'efforçaient de s'expliquer.

« Je vois pas comment un loup pourrait entrer chez moi, chérie, fit gentiment la grand-mère. J'veux dire, c'est des loups. Ils ouvrent pas les portes. »

Mémé Ciredutemps écarta d'un coup sec un lambeau de rideau et jeta un regard noir dans la clairière.

« On sait bien », dit-elle.

Nounou Ogg désigna de la tête le petit lit dans une alcôve près de la cheminée.

« C'est là que vous dormez toujours ? demanda-t-elle.

— Quand je me sens souffrante, chérie. Sinon je dors au grenier.

— Moi, j'y monterais tout de suite, à votre place. Et emmenez donc aussi mon chat, vous voulez bien ? On voudrait pas qu'il nous gêne.

— C'est là que vous balayez la maison et que vous faites la vaisselle pour une soucoupe de lait ? demanda la grand-mère avec espoir.

— Possible. Allez savoir.

— C'est drôle, chérie. Je vous voyais d'une taille plus réduite...

— On vit beaucoup au grand air, dit Nounou. Maintenant, ouste. »

Il ne resta plus que les deux sorcières. Mémé Ciredutemps fit des yeux le tour de la pièce aux allures de caverne. Les joncs étalés par terre tenaient du compost. De la suie encroûtait les toiles d'araignée du plafond.

Pour faire le ménage dans un pareil taudis, on n'avait pas trente-six solutions : la pelle ou, mieux encore, l'allumette.

« Marrant, tout de même, dit Nounou une fois que la vieille femme eut grimpé l'escalier branlant. Elle est plus jeune que moi. Remarque, je fais de l'exercice.

— T'as jamais fait d'exercice de ta vie, répliqua Mémé Ciredutemps sans cesser de surveiller les fourrés. T'as jamais rien fait que t'avais pas envie de faire.

— C'est bien ce que je veux dire, fit joyeusement Nounou. Écoute, Mémé, je persiste à dire que c'est peut-être qu'une...

— Non ! Je *sens* le conte. Quelqu'un dans le coin donne vie aux contes, je le sais.

— Et tu sais aussi qui fait ça. Pas vrai, Esmé ? » lança sournoisement Nounou.

Elle vit Mémé passer les murs crasseux en revue d'un regard affolé.

« J'imagine qu'elle est trop pauvre pour se payer un miroir, dit Nounou. J'suis pas aveugle, Esmé. Et je sais que les miroirs et les fées, ça va ensemble. Alors qu'est-ce qui se passe ?

— J'veux rien dire. J'veux pas passer pour une imbécile si je me trompe. Je vais pas... Y a quelque chose qui rapplique ! »

Nounou Ogg se pressa le nez contre la fenêtre sale.

« J'vois rien.

— Les buissons ont bougé. Fourre-toi dans le lit !

— Moi ? Je croyais que c'était toi qui devais t'y mettre !

— Je vois pas pourquoi t'as cru ça.

— Non. À la réflexion, moi non plus », fit Nounou d'un ton las. Elle prit la charlotte à bords flottants sur la colonne de lit, se la mit sur la tête et se glissa sous la courtepointe en patchwork. « Dis, ce matelas est bourré de paille !

— Tu vas pas rester dessus longtemps.

— Ça pique ! Et j'ai l'impression qu'y a des trucs dedans. »

Quelque chose cogna contre le mur de la maison. Les sorcières se turent.

On renifla par-dessous la porte de derrière.

« Tu sais, chuchota Nounou tandis qu'elles attendaient, l'arrière-cuisine, c'est une horreur. Y a pas de bois. Et à peine de quoi manger. Et y a un cruchon de lait qui marche presque tout seul... »

Mémé fonça furtivement jusqu'à la cheminée puis revint prendre son poste près de la porte d'entrée.

Au bout d'un moment on gratta au loquet, comme si celui qui essayait de l'ouvrir ignorait l'usage des portes ou des doigts.

Le battant s'ouvrit lentement en grinçant.

Une odeur lourde de musc et de poil mouillé envahit la chaumière.

Des pas hésitants trottèrent vers la silhouette blottie sous le couchage.

Nounou souleva le volant de la charlotte juste assez pour jeter un coup d'œil.

« Salut, dit-elle avant de s'étonner : Oh, merde alors, je croyais pas que t'avais d'aussi grandes dents... »

Mémé Ciredutemps referma la porte d'une poussée et s'avança brusquement. Le loup pivota et leva une patte pour se protéger.

« Noooaaaon ! »

Mémé eut une seconde d'hésitation puis lui abattit violemment une poêle à frire en fonte sur le crâne.

Le loup s'effondra en vrac.

Nounou Ogg balança les jambes hors du lit.

« Quand c'est arrivé du côté de Skund, fit-elle, on a raconté que c'était un loup-garou, quelque chose dans ce goût-là, et moi je m'suis dit non, les loups-garous sont pas comme ça. J'ai jamais cru que c'était un vrai loup. Ça m'a fait un coup, ce truc-là.

— Les vrais loups marchent pas sur leurs pattes de derrière et ils ouvrent pas les portes, dit Mémé Ciredutemps. Viens, aide-moi donc à le sortir.

— Ça m'a ramenée carrément en arrière, de voir un grand machin plein de poils partout m'arriver dessus, fit Nounou en empoignant une extrémité de la bête assommée. T'as connu le vieux Puisardelet ? »

C'était effectivement un loup d'apparence normale, quoique beaucoup plus maigre que la moyenne. On lui voyait distinctement les côtes et il avait le pelage emmêlé. Mémé remonta un seau d'eau trouble du puits près des cabinets et le lui vida sur la tête.

Ensuite elle s'assit sur une souche d'arbre et surveilla attentivement la bête. Quelques oiseaux chantaient, très haut dans les branches.

« Il a parlé, déclara-t-elle. Il a essayé de dire non.

— Il m'a bien semblé, fit Nounou. Puis je m'suis dit que je devais imaginer des choses.

— Pas la peine d'en imaginer d'autres. Elles sont déjà assez moches comme ça. »

Le loup gémit. Mémé tendit la poêle à Nounou Ogg.

« Je crois que je vais regarder ce qu'il a dans la tête, dit-elle au bout d'un moment. »

Nounou Ogg secoua la tête.

« Je ferais pas ça si j'étais toi.

— C'est moi qui suis moi, et faut que je sache. Toi, tu restes à côté avec la poêle. »

Nounou haussa les épaules.

Mémé se concentra.

Il est très difficile de lire dans des pensées humaines. La plupart des gens pensent à tellement de choses à tout instant qu'il est presque impossible de suivre un fil dans un pareil écheveau.

Les pensées animales sont différentes. Bien moins encombrées. Celles des carnivores sont les plus simples, surtout avant les repas. Les couleurs n'existent pas dans le monde mental mais, si elles existaient, les pensées d'un carnivore affamé seraient violettes, chaudes et acérées comme une flèche. Les pensées des herbivores sont simples, elles aussi : des ressorts hélicoïdaux argentés, prêts à prendre leur essor.

Mais, dans le cas présent, il ne s'agissait pas d'un esprit ordinaire. Il y en avait deux.

Mémé avait parfois capté les pensées de chasseurs dans la forêt quand, tranquillement assise le soir, elle laissait vagabonder sa tête. De temps en temps, elles lui avaient fait la même impression, en plus vague cependant. De temps en temps, lorsque le chasseur était sur le point de tuer, les fils épars des pensées se regroupaient. Mais là, c'était différent. C'était le contraire : des tentatives craquelées et racornies de réflexion s'écaillant de la pointe de flèche luisante qu'était l'intention de tuer du prédateur. L'esprit d'un prédateur s'efforçant de penser. Pas étonnant s'il devenait fou.

Elle ouvrit les yeux.

Nounou Ogg lui tenait la poêle à frire au-dessus du crâne. Son bras tremblait.

« Bon, fit-elle, c'est qui ?

— Je boirais bien un verre d'eau », dit Mémé. Une méfiance naturelle refit surface dans son cerveau en ébullition. « Mais pas de ce puits, surtout. »

Nounou se détendit un peu. Quand une sorcière se

mettait à farfouiller dans un autre esprit, on ne savait jamais qui revenait. Mais Esmé Ciredutemps était la meilleure. Si Magrat essayait toujours de se trouver, Mémé, elle, ne concevait même pas qu'on puisse chercher. Si elle ne trouvait pas comment revenir dans sa propre tête, c'est que le chemin n'existait pas.

« Y a le lait dans la chaumière, proposa Nounou.

— Il était de quelle couleur, déjà ?

— Ben... encore à peu près blanc.

— D'accord. »

Lorsque Nounou eut tourné le dos, Mémé s'autorisa un petit frisson.

Elle contempla le loup en se demandant ce qu'elle pouvait faire pour lui. Un loup normal n'entrerait pas dans une chaumière, même s'il arrivait à ouvrir la porte. Les loups ne s'approchaient jamais des hommes, sauf en grand nombre et à la fin d'un hiver particulièrement rude. Et ce, non parce qu'ils étaient grands, méchants et malfaisants, mais parce qu'ils étaient des loups.

Ce loup-ci essayait d'être humain.

Il n'existait sans doute pas de remède.

« Tiens, ton lait », dit Nounou Ogg.

Mémé leva la main et le prit sans regarder.

« Quelqu'un a fait croire à ce loup qu'il était une personne, dit-elle. Quelqu'un lui a fait croire qu'il était une personne puis s'en est désintéressé. Ça s'est passé y a quelques années.

— Comment tu sais ça ?

— Je... j'suis tombée sur ses souvenirs », répondit Mémé. Et aussi sur ses instincts, songea-t-elle. Elle savait qu'il faudrait plusieurs jours pour que la quitte l'envie de courir après des traîneaux sur la neige.

« Oh.

— Il est coincé entre deux espèces. Dans sa tête.

— On peut l'aider ? » demanda Nounou.

Mémé fit non du geste.

« Ça dure depuis trop longtemps. C'est maintenant une habitude. Et il crève de faim. Il peut aller ni d'un côté ni de l'autre. Il peut pas se conduire en loup, et il arrive pas à devenir humain. Ça peut pas durer éternellement. »

Elle se retourna et fit face à Nounou. Laquelle recula d'un pas.

« T'imagines pas quelle impression ça fait, dit-elle. Errer pendant des années. Incapable de se conduire en humain ni d'être un loup. T'imagines pas.

— Je crois qu'si, fit Nounou. Suffit de te regarder. Je crois qu'si. Qui peut faire ça à une créature ?

— J'ai ma petite idée. »

Elles se retournèrent.

Magrat arrivait avec la gamine. Un des bûcherons les accompagnait.

« Hah, fit Mémé. Oui. Évidemment. Faut toujours qu'y ait... (elle cracha les mots) *une fin heureuse.* »

Une patte voulut lui saisir la cheville.

Mémé Ciredutemps baissa les yeux sur la figure du loup.

« Siiirvoupraîîît, gronda-t-il. Unnne fiiin ? Maiiintennnant ? » Elle s'agenouilla et prit la patte.

« Oui ? fit-elle.

— Ouiii ! »

Elle se releva, l'air autoritaire, et fit signe au trio d'approcher.

« Monsieur le bûcheron ? dit-elle. Un boulot pour vous... »

Le bûcheron ne comprit jamais pourquoi le loup posa si facilement la tête sur la souche.

Ni pourquoi la vieille femme, celle chez qui la colère s'agitait comme de l'orge perlé dans un ragoût bouillonnant, insista ensuite pour qu'on l'enterre décemment au lieu de le dépecer et de le balancer dans les buissons. Elle insista beaucoup là-dessus.

Et ce fut la fin du grand méchant loup.

Une heure plus tard. Pas mal de bûcherons avaient poussé tranquillement jusqu'à la chaumière, siège d'une grande activité qui valait le coup d'œil, à ce qu'il paraissait. L'abattage des arbres n'est pas un travail habituellement riche en distractions.

Magrat lavait le sol avec toute l'aide magique que pouvaient lui fournir un seau d'eau savonneuse et une brosse à récurer. Même Nounou Ogg, dont l'intérêt décousu pour le rôle noble de ménagère s'était complètement évanoui dès que sa fille aînée avait été en âge de tenir un chiffon, nettoyait les murs. La vieille grand-mère, un peu dépassée par les événements, les suivait toutes les deux avec inquiétude, une soucoupe de lait à la main. Des araignées qui avaient hérité du plafond des générations plus tôt se virent poussées dehors gentiment mais fermement.

Et Mémé Ciredutemps marchait autour de la clairière en compagnie du bûcheron en chef, un jeune homme au torse puissant qui devait se croire, hélas, à tort, meilleure allure avec ses bracelets de force en cuir clouté.

« Il était là depuis des années, s'pas ? dit-il. À rôder sans arrêt autour des villages, tout ça.

— Et vous avez jamais essayé de lui parler ? fit Mémé.

— Lui parler ? C'est un loup, s'pas ? On leur parle pas, aux loups. Les animaux, ça parle pas.

— Hmm. Je vois. Et la vieille femme ? Vous êtes nombreux, vous autres bûcherons. Est-ce que... vous savez, ça vous est arrivé de passer la voir ?

— Huh ! Pas de danger !

— Pourquoi ? »

Le bûcheron en chef se pencha vers Mémé avec une mine de conspirateur. « Ben, paraît que c'est une sorcière, s'pas ?

— Ah bon ? fit Mémé. Comment vous savez ça ?

— Elle en a tous les signes distinctifs, s'pas ?

— Quels signes ? »

Une vague inquiétude picota le bûcheron.

« Ben... elle... elle a le nez crochu et elle marmonne tout le temps...

— Oui... ?

— Et elle a pas de dents, s'pas ?

— Bon sang, fit Mémé. J'comprends que ça vous dise rien de fréquenter une femme pareille, s'pas ?

— S'pas ! » fit le bûcheron, soulagé.

« Pourrait bien vous changer en n'importe quoi au premier coup d'œil, s'pas ? » Mémé se colla le doigt dans l'oreille et se l'agita d'un air réfléchi.

« Elles en sont capables, vous savez.

— Sûrement. Sûrement, dit Mémé. J'suis bien contente qu'y ait des jeunes costauds comme vous dans le coin. Tch, tch. Hmm. J'peux jeter un coup d'œil à votre hache, jeune homme ? »

Il lui tendit l'instrument. Mémé s'affaissa d'un air théâtral en l'empoignant. Il restait encore des traces de sang de loup sur la lame.

« Grands dieux, elle est grosse, dit-elle. Et vous savez vous en servir, j'imagine.

— J'ai gagné la ceinture d'argent deux ans d'rang à la fête de la forêt, annonça fièrement le bûcheron.

— Deux ans d'rang ? Deux ans d'rang ? Bon sang. Ça, c'est bien. C'est drôlement bien. Et moi, j'arrive à peine à la soulever. » Mémé saisit la hache d'une main et la balança maladroitement. Le bûcheron bondit en arrière lorsque la lame lui passa en vrombissant sous le nez et s'enfonça d'un bon doigt dans un arbre.

« Vous d'mande pardon, fit Mémé Ciredutemps. J'suis qu'une vieille imbécile ! La technique, ç'a jamais été mon fort ! »

Il lui fit un sourire et voulut dégager la hache.

Il tomba à genoux, la figure soudain blême.

Mémé se pencha au niveau de son oreille.

« Tu aurais pu t'occuper de la vieille femme, dit-elle calmement. Tu aurais pu parler au loup. Mais tu l'as pas fait, s'pas ? »

Il essaya de répondre, mais ses dents refusaient de se desserrer.

« Je vois que tu regrettes beaucoup, dit-elle. Je vois que t'as conscience d'avoir mal agi. Je parie que t'es impatient d'aller lui retaper sa maison, remettre de l'ordre dans son jardin, veiller à ce qu'elle ait du lait frais tous les jours et une bonne réserve de bois, s'pas ? En fait, j'te sens assez brave pour lui bâtir une nouvelle chaumière, avec un vrai puits et tout. Pas loin du village, comme ça, elle aura pas besoin de vivre toute seule, s'pas ? Tu comprends, des fois je vois dans l'avenir et je sais que c'est exactement ce qui va se passer, s'pas ? »

La sueur coulait sur la figure du bûcheron. Et voilà que ses poumons donnaient l'impression de ne pas fonctionner non plus.

« Je sais en plus que tu vas tenir parole, et ça me fait tellement plaisir que je vais veiller à ce que la chance te protège, dit Mémé d'une voix toujours aussi agréablement monocorde. Je sais que c'est un travail dangereux, le bûcheronnage. Vous pouvez vous blesser. Les arbres peuvent vous tomber dessus, ou le fer de la hache soudain se détacher et vous ouvrir le crâne. » Le bûcheron frissonna tandis que Mémé poursuivait : « Alors, ce que je vais faire, c'est te jeter un petit sort pour que rien de tout ça t'arrive. Vu que j'suis reconnaissante. Parce que tu vas aider la vieille dame. S'pas ? T'as qu'à hocher la tête. »

Il réussit à bouger la tête d'un poil. Mémé Ciredutemps sourit. « Là ! fit-elle en se levant et en brossant un grain de terreau de sa robe. Tu vois comme la vie est belle quand on s'aide les uns les autres ? »

Les sorcières partirent vers midi. Le jardin de la vieille s'était rempli de monde et la clairière résonnait des crissements des scies et des coups de marteau. Les nouvelles comme celle de la présence d'une Mémé Ciredutemps circulent vite. Trois bûcherons bêchaient le carré de légumes, deux autres se démenaient pour ramoner la cheminée et quatre avaient déjà creusé une bonne moitié d'un nouveau puits à une vitesse étonnante.

La vieille grand-mère, du genre à s'accrocher à une idée jusqu'à ce qu'une autre la déloge de force, était à court de soucoupes pour son lait.

Les sorcières profitèrent de l'effervescence pour s'éclipser. « Vous avez vu, fit Magrat tandis qu'elles suivaient le sentier sans se presser, ça prouve que les gens sont prêts à donner un coup de main quand on leur montre l'exemple. Pas besoin de les houspiller à tout bout de champ, vous savez. »

Nounou Ogg jeta un regard à Mémé.

« Je t'ai vue causer au chef des bûcherons, dit-elle. Vous parliez de quoi ?

— De sciure, répondit Mémé.

— Ah bon ?

— À moi, un des bûcherons m'a raconté, fit Magrat, qu'il s'est passé d'autres drôles de choses dans cette forêt. Des bêtes qui se prenaient pour des hommes, il a dit. Y avait une famille d'ours qui vivait pas loin.

— Ç'a rien de drôle, une famille d'ours qu'habitent ensemble, fit Nounou. C'est des animaux très conviviaux.

— Dans une chaumière ?

— Alors, ça, c'est drôle.

— C'est bien ce que je dis, fit Magrat.

— On doit se sentir bête quand on passe leur emprunter une tasse de sucre. J'imagine que les voisins trouvaient à redire.

— Oui. Ils disaient "oink".

— Pourquoi donc ils disaient "oink" ?

— Parce qu'ils pouvaient rien dire d'autre. C'étaient des cochons.

— On avait des voisins comme ça quand on habitait à..., commença Nounou.

— Je veux dire des cochons cochons. Vous savez ? Quatre pattes. Une queue en tire-bouchon. Du rôti de porc avant qu'il soit rôti de porc. Des cochons, quoi.

— J'vois pas pourquoi on mettrait des cochons dans une chaumière, intervint Mémé.

— Personne les y avait mis, il a dit, le bûcheron. Les cochons l'avaient bâtie eux-mêmes. Ils étaient trois. Des petits cochons.

— Qu'est-ce qui leur est arrivé ?

— Le loup les a mangés. C'étaient les seuls animaux assez bêtes pour le laisser approcher, apparemment. Tout ce qu'on a retrouvé, c'est leur niveau à bulle.

— Une honte.

— D'après le bûcheron, ils ne bâtissaient pas de très bonnes maisons, remarquez.

— Ben, fallait s'y attendre. Avec les pattes qu'ils ont, du boulot cochonné, forcément, fit Nounou.

— Il dit qu'y a une fuite terrible dans le toit, juste au-dessus de son lit. »

Les sorcières poursuivirent leur route en silence.

« Je m'souviens, dit Nounou Ogg en lançant de temps en temps des coups d'œil à Mémé Ciredutemps, on m'a un jour parlé d'une vieille enchanteresse antique qui vivait sur une île et changeait les marins naufragés en cochons.

— C'est horrible de faire des choses pareilles, répliqua Magrat.

— Je suppose que ça dépend de ce qu'on est en réalité à l'intérieur, fit Nounou. J'veux dire, regardez Gredin, là. » Gredin, qui lui enveloppait les épaules comme une fourrure malodorante, se mit à ronronner. « Il est quasiment humain.

— Tu racontes vraiment des tas de foutaises, Gytha, dit Mémé Ciredutemps.

— C'est parce qu'y en a qui savent de quoi y retourne et veulent pas me mettre au courant, rétorqua Nounou Ogg d'un air mécontent.

— J'ai dit que j'étais pas sûre, fit Mémé.

— T'as regardé dans les pensées du loup.

— Oui. C'est vrai.

— Ben alors... »

Mémé soupira.

« Quelqu'un est venu par ici avant nous. N'a fait que passer. Quelqu'un qui connaît le pouvoir des contes et qui s'en sert. Et les contes, ils... ils sont restés là, des contes errants, comme qui dirait. Ils font ça quand on les nourrit...

— Pourquoi quelqu'un s'amuserait à ça ? demanda Nounou.

— Pour s'entraîner.

— S'entraîner ? Dans quel but ? s'étonna Magrat.

— Je pense qu'on va bientôt le savoir, répondit Mémé d'un air sentencieux.

— Faut me dire le fond de votre pensée. C'est moi la marraine officielle ici, vous comprenez. Faut que je sois au courant. Vous devez tout me dire. »

Nounou Ogg sentit un froid l'envahir. C'était une situation sensible dont elle avait, en tant que chef du clan Ogg, une grande habitude. Ce type de commentaire en un moment pareil équivalait au glissement imperceptible de la neige le long de la plus haute branche d'un grand arbre au sommet d'une montagne en période de dégel. C'était l'amorce d'un processus qui, à coup sûr, se terminerait par une dizaine de villages engloutis. Des lignées entières de la famille Ogg ne s'adressaient plus la parole à cause d'un « merci bien » lancé au mauvais moment sur le ton qu'il ne fallait pas, et c'était encore plus grave dans le cas présent.

« Bon, fit-elle aussitôt, et si on... ?

— J'ai rien à expliquer, dit Mémé Ciredutemps.

— Mais on est en principe trois sorcières, fit Magrat. Si c'est bien ce qu'on est, ajouta-t-elle.

— Qu'est-ce que t'entends par là, je te prie ? » dit Mémé.

« Je te prie ? » songea Nounou. On avait terminé une phrase par « je te prie ? » C'est comme lorsqu'un mécontent frappe quelqu'un de son gant, qu'il jette ensuite par terre. Il n'y a pas de retour en arrière possible quand on termine une phrase par « je te prie ? ». Mais elle fit quand même un effort.

« Qu'est-ce que vous diriez d'un... ? »

Magrat se lança, animée du courage désespéré de ceux qui dansent à la lueur de leurs ponts en flammes.

« Ben, commença-t-elle, il me semble, à moi...

— Oui ? fit Mémé.

— Il me semble, à moi, essaya de nouveau Magrat, que la seule magie qu'on fait, c'est... ben... de la têtologie. Mais pas ce que d'autres appelleraient de la magie. On regarde les gens avec de gros yeux et on les mystifie. On profite de leur crédulité. C'était pas à ça que je m'attendais quand j'ai voulu devenir sorcière, moi...

— Et qui te dit, fit lentement, posément, Mémé Ciredutemps, que t'es maintenant une sorcière ?

— Ma parole, le vent se lève, on devrait peut-être..., commença Nounou Ogg.

— Qu'est-ce que vous dites ? » fit Magrat.

Nounou Ogg se plaqua la main sur les yeux. Demander à quelqu'un de répéter une phrase que vous avez parfaitement entendue et qui vous met en outre dans tous vos états relève de l'alerte rouge dans le catalogue de la prise de bec.

« J'aurais cru m'être bien fait entendre, dit Mémé. Je suis très étonnée qu'on m'ait pas bien entendue. Moi, je me suis parfaitement entendue.

— Y a un peu de vent, j'ai l'impression. Et si on...

— Ben, moi je trouve que je peux me montrer assez m'as-tu-vu, désagréable et insensible pour faire une sorcière, répliqua Magrat. On a besoin de rien d'autre, pas vrai ?

— Insensible ? Moi ?

— Vous aimez les gens qu'ont besoin d'aide parce qu'ils sont faibles dans ces cas-là, et en les aidant vous vous sentez forte ! Quel mal ça ferait, un peu de magie ?

— Ça s'limite jamais à des petites doses, espèce d'idiote ! »

Magrat recula, la figure écarlate. Elle plongea la main dans son sac et en retira un volume mince qu'elle brandit comme une arme. « J'suis peut-être idiote, haleta-t-elle, mais, au moins, je fais l'effort de m'instruire ! Est-ce que vous savez à quoi peut servir la magie ? Pas seulement à faire des illusions ni à persécuter les autres ! Y a des gens dans ce livre qui... qui... qui marchent sur des charbons ardents, qui mettent les mains dans le feu sans se brûler !

— Des tours de pacotille ! fit Mémé.

— Non, c'est pour de vrai !

— Impossible. Personne peut faire ça !

— Ça prouve leur maîtrise ! La magie, ça se réduit pas forcément à connaître des bricoles et à manipuler les gens !

— Oh ? C'est faire des vœux aux étoiles et jeter de la poudre de fée, hein ? C'est rendre les gens plus heureux ?

— Y a sûrement un peu de ça ! Sinon, à quoi bon toutes ces histoires ? D'ailleurs... quand je suis arrivée dans la chaumière de Desiderata, vous cherchiez la baguette, non ?

— J'voulais pas qu'elle tombe entre de mauvaises mains, c'est tout !

— C'est-à-dire toutes les mains sauf les vôtres, j'imagine ! »

Elles se fusillèrent du regard.

« Y a donc aucune poésie en vous, alors ? fit Magrat d'un ton plaintif.

— Non, répondit Mémé. Y en a pas. Les étoiles se moquent des vœux, la magie arrange rien et on s'brûle quand on met les mains dans le feu. Si tu veux y arriver en tant que sorcière, Magrat Goussedail, t'as trois choses à apprendre. Ce qu'est réel, ce qui l'est pas, et la différence entre les deux...

— Et tu demandes toujours le nom et l'adresse du jeune homme, ajouta Nounou. Pour moi, ç'a marché à tous les coups. C'est pour blaguer », ajouta-t-elle alors que les deux autres lui jetaient un regard noir.

Le vent se levait à l'orée de la forêt où elles se trouvaient. Des brins d'herbe et des feuilles passaient en tourbillonnant.

« On va du bon côté, en tout cas, dit une Nounou désespérée en quête du moindre sujet susceptible de détourner la conversation. Regardez. Le panneau indique “Genua”. »

C’était vrai. Il s’agissait d’un vieux panneau vermoulu en bordure de la forêt. On en avait taillé l’extrémité en forme de doigt tendu.

« Et la route est belle », marmonna encore Nounou. La dispute se tassait un peu, pour la simple raison que les deux parties ne se parlaient plus. Entendez par là qu’elles ne se bornaient pas à cesser toute communication vocale – ce qui n’est que mutisme. L’affaire allait au-delà, elle avait atteint le stade terrible, farouche, du « on ne se parle plus ».

« Des briques jaunes, reprit Nounou. Drôle d’idée de paver une route en briques jaunes, non ? »

Magrat et Mémé Ciredutemps regardaient obstinément dans des directions opposées, les bras croisés.

« Ça met un peu de gaieté, j’imagine », fit Nounou. À l’horizon, Genua scintillait au milieu d’un autre paysage de verdure. La route qui y menait plongeait dans une large vallée parsemée de petits villages. Un fleuve serpentait entre eux avant d’arriver à la cité.

Le vent faisait claquer leurs jupes.

« On volera jamais par un temps pareil, dit Nounou qui s’efforçait vaillamment de faire la conversation pour trois.

— Alors on va marcher, hein ? » reprit-elle. Puis elle ajouta, parce qu’il reste toujours une étincelle de malveillance même dans une âme innocente comme celle de Nounou Ogg : « Et si on chantait, qu’est-ce vous en dites ?

— C’est pas à moi de juger de ce que les autres décident de faire, j’en suis sûre, répondit Mémé. Ça me concerne pas. J’imagine que certaines personnes avec des baguettes et de grandes idées doivent avoir leur mot à dire là-dessus.

— Huh ! » fit Magrat.

Elles s’élancèrent sur la route de briques jaunes vers la ville au loin, à la queue leu leu, Nounou Ogg au milieu, tel un État tampon ambulant.

« Ce qu'il faut à certaines, dit Magrat à personne de précis, c'est un peu plus de cœur.

— Ce qu'il faut à certaines, dit Mémé Ciredutemps au ciel orageux, c'est un peu plus de cervelle. »

Elle cramponna alors son chapeau pour empêcher le vent de l'emporter.

Ce qu'il me faut, à moi, songea Nounou Ogg avec ardeur, c'est un coup à boire.

Trois minutes plus tard, une ferme lui tomba sur le crâne.

À ce moment-là, les sorcières marchaient espacées. Mémé Ciredutemps arpentait la route en tête, Magrat boudait derrière et Nounou se trouvait au milieu.

Comme elle le déclara plus tard, elle aurait compris si encore elle avait chanté. Toujours est-il qu'en l'espace d'une seconde une petite sorcière rondouillarde avait cédé la place aux restes branlants d'une ferme en bois.

Mémé Ciredutemps se retourna pour se retrouver devant une porte d'entrée sans peinture qui s'écroulait. Magrat faillit percuter une porte de derrière du même bois grisâtre, délavé.

Il n'y avait d'autre bruit que le craquement des poutres qui se tassaient.

« Gytha ? fit Mémé.

— Nounou ? » fit Magrat.

Toutes deux ouvrirent leur porte.

C'était une maison de conception rudimentaire, pourvue de deux pièces au rez-de-chaussée séparées par un couloir reliant la façade à l'arrière. Au milieu du couloir, entourée de lattes de plancher en miettes et mangées aux termites, sous son chapeau pointu enfoncé jusqu'au menton, se trouvait Nounou Ogg. Aucune trace de Gredin.

« Ks' est passé ? fit-elle. Ks' est passé ?

— Une ferme vous est tombée sur la tête, répondit Magrat.

— Oh. C'est des choses qui arrivent », commenta distraitement Nounou.

Mémé la saisit par les épaules.

« Gytha ? Combien de doigts tu vois ? demanda-t-elle aussitôt.

— Quels doigts ? Fait tout noir. »

Magrat et Mémé empoignèrent le chapeau par le bord et, tantôt tirant, tantôt dévissant, libérèrent la tête de Nounou. Laquelle les regarda en clignant des yeux.

« C'est le renfort en osier », dit-elle tandis que le chapeau pointu reprenait en grinçant sa forme primitive comme un chapeau claque. Elle vacillait doucement. « Ça bloque un coup de marteau, un chapeau renforcé d'osier. Les entretoises, voyez. Ça répartit les forces. J'vais envoyer un mot à M. Vernissage. »

Magrat, ébahie, faisait des yeux le tour de la maisonnette.

« Elle est tombée du ciel, comme ça ! dit-elle.

— Y a peut-être eu une tornade, un truc de ce genre-là, quelque part, dit Nounou Ogg. Elle a soulevé la maison, voilà, puis le vent est retombé et la maison aussi. On voit de drôles de choses par grand vent. Vous vous souvenez de la bourrasque qu'on a eue l'année dernière ? J'ai une poule qu'a pondu le même œuf quatre fois.

— Elle radote.

— Pas du tout, je cause comme d'habitude », répliqua Nounou.

Mémé Ciredutemps jeta un coup d'œil dans une pièce. « J'imagine qu'y a rien à manger ni à boire dans cette baraque ? fit-elle.

— J'crois que j'boirais bien une p'tite goutte, moi », dit aussitôt Nounou.

Magrat leva la tête vers le haut des marches. « Youhou, lança-t-elle de la voix étranglée de qui veut se faire entendre sans élever la voix, ce qui serait mal élevé. Y a quelqu'un ? »

Nounou, quant à elle, regarda sous l'escalier. Gredin : une boule de fourrure tapie dans un angle. Elle le sortit par la peau du cou et lui donna une petite tape d'un air un peu hébété. Malgré le chef-d'œuvre de M. Vernissage en chapellerie féminine, malgré le plancher vermoulu et même malgré le crâne à l'épaisseur légendaire des Ogg, elle ne se sentait pas dans sa tasse de thé et sa nature d'ordinaire au beau fixe souffrait d'une vague mélancolie teintée de mal du pays. Chez elle, on ne lui tapait pas sur le crâne à coups de ferme.

« Tu sais, Gredin, dit-elle, j'crois pas qu'on soit à Lancre.

— J'ai trouvé de la confiture », annonça Mémé Ciredutemps depuis la cuisine.

Il ne fallait pas grand-chose pour remonter le moral de Nounou Ogg. « Très bien, lança-t-elle. Ça sera excellent sur le pain de nain. »

Magrat refit son apparition.

« Je sais pas si on peut se servir dans les réserves des autres, fit-elle. J'veux dire, cette maison appartient forcément à des gens.

— Oh. Quelqu'un a parlé, Gytha ? » demanda Mémé Ciredutemps d'un air condescendant.

Nounou riboula des yeux.

« Je disais seulement, Nounou, fit Magrat, que c'est pas notre propriété.

— Elle dit que c'est pas à nous, Esmé, répéta Nounou.

— Dis à qui veut le savoir, Gytha, que c'est comme de la récupération après un naufrage, fit Mémé.

— Elle dit que c'est à qui l'trouve, Magrat », transmit Nounou.

Quelque chose passa en voltigeant devant la fenêtre. Magrat s'approcha et regarda dehors par le carreau sale.

« C'est rigolo. Y a tout un tas de nains qui dansent autour de la maison.

— Ah bon ? » fit Nounou en ouvrant un placard.

Mémé se raidit. « Est-ce qu'ils... J'veux dire, demande-lui s'ils chantent, dit-elle.

— Ils chantent, Magrat ?

— J'entends quelque chose, répondit Magrat. Ça ressemble à "Ding-dong, ding-dong".

— Ça, c'est bien une chanson de nains, commenta

Nounou. Y a qu'eux pour tenir toute une journée avec "hi-ho".

— Ils ont l'air drôlement contents, poursuivit Magrat d'une voix indécise.

— C'était peut-être leur ferme, alors ils sont contents de la récupérer. »

On tambourina à la porte de derrière. Magrat l'ouvrit. Une bande de nains vêtus de couleurs vives, l'air embarrassés, reculèrent en vitesse puis l'examinèrent, la tête levée.

« Euh..., fit celui qui semblait le chef, est-ce que... est-ce que la vieille sorcière est morte ?

— Quelle vieille sorcière ? » demanda Magrat.

Le nain la fixa un moment, bouche bée. Il se retourna et consulta ses collègues à voix basse. Puis il lui refit face.

« Combien vous en avez ?

— Deux au choix », répondit Magrat. Elle ne se sentait pas de très bonne humeur ni disposée à soutenir la conversation plus que nécessaire. Une méchanceté qui ne lui ressemblait pas lui fit ajouter : « D'autres questions ?

— Oh. » Le nain réfléchit. « Ben, sur quelle vieille sorcière elle est tombée, la maison ?

— Nounou ? Non, elle est pas morte. Juste un peu étourdie. Mais merci tout de même de vous en inquiéter. C'est très gentil de votre part. »

Les nains parurent déconcertés. Ils se regroupèrent pour se lancer dans une dispute *sotto voce*.

Puis le chef des nains refit face à Magrat. Il ôta son chapeau qu'il tourna et retourna nerveusement dans ses mains.

« Euh..., dit-il, on peut avoir ses bottines ?

— Quoi ?

— Ses bottines ? répéta le nain en rougissant. On peut les avoir, s'il vous plaît ?

— Vous voulez ses bottines pour quoi faire ? »

Le nain la regarda. Puis il se retourna pour un autre conciliabule avec ses collègues. Il refit encore face à Magrat.

« On a... l'impression qu'on doit lui prendre ses bottines », dit-il.

Il l'observait en clignant des yeux.

« Bon, je vais demander, dit Magrat. Mais ça m'étonnerait qu'elle accepte. »

Alors qu'elle allait fermer la porte, le nain tortilla un peu plus son chapeau.

« Elles sont bien couleur de rubis, hein ? demanda-t-il.

— Ben, elles sont rouges, répondit Magrat. Ça va, rouge ?

— Faut qu'elles soient rouges. » Tous les autres nains opinèrent. « Ça ne colle pas si elles sont pas rouges. »

Magrat lui jeta un regard vide et referma la porte.

« Nounou, dit-elle lentement une fois de retour dans la cuisine, y a des nains dehors qui veulent vos chaussures. »

Nounou leva la tête. Elle avait trouvé une miche rassise dans un placard et mastiquait laborieusement. C'est incroyable ce qu'on accepte de manger quand on n'a d'autre choix que le pain de nain.

« Les veulent pour quoi faire ? dit-elle.

— L'ont pas dit. Seulement qu'ils avaient l'impression de vouloir vos chaussures.

— Ça me paraît sacrément louche, fit Mémé.

— Le vieux Cornet Ouistelet, du côté des Sources-Casier, était un dingue des bottines, dit Nounou qui reposa le couteau à pain. Surtout des bottines à boutons noirs. Il en faisait la collection. Dès qu'il te voyait passer avec une nouvelle paire, fallait qu'il courre s'allonger.

— Je trouve ça un peu *sophistiqué* pour des nains, dit Mémé.

— Ils veulent peut-être boire dedans, fit Nounou.

— Comment ça, boire dedans ? demanda Magrat.

— Ah, ben, c'est ce qu'ils font dans les pays étrangers, répondit Nounou. Ils boivent du vin pétillant dans des chaussures de dame. »

Toutes baissèrent les yeux sur les bottines de Nounou. Même Nounou n'arrivait pas à imaginer ce qu'on voudrait y boire, ni ce qu'on ferait après.

« Ma parole. C'est encore plus sophistiqué que le vieux Cornet Ouistelet, murmura-t-elle d'un air réfléchi.

— Ç'avait l'air de les troubler un peu, les nains, fit Magrat.

— À mon avis, y a de quoi. C'est pas tous les jours qu'on se sent poussé à s'en venir déchausser une brave sorcière. Un autre conte se balade dans le coin, on dirait. Je crois, conclut Mémé Ciredutemps, qu'il faut aller leur causer, à ces nains. »

Elle sortit à grands pas dans le couloir et ouvrit la porte.

« Oui ? » demanda-t-elle.

À sa vue, les nains reculèrent. Suivirent maints chuchotements, coups de coudes et commentaires marmonnés : « Non, *toi* », « C'est moi qu'ai demandé la dernière fois »... Enfin, un nain fut poussé en avant. C'était peut-être le même que précédemment. Difficile à dire, avec les nains.

« Euh..., fit-il. Euh... Bottines ?

— Pour quoi faire ? » répliqua Mémé.

Le nain se gratta la tête. « J'en sais fichtre rien, répondit-il. D'ailleurs, on se le demandait nous-mêmes, tout à l'heure. On s'en revenait après notre relève à la mine y a une demi-heure, on a vu la ferme atterrir sur... sur la sorcière, et... ben...

— Vous avez su tout d'un coup qu'il fallait accourir lui rafler ses chaussures ? » fit Mémé.

La figure du nain se fendit d'un sourire de soulagement.

« C'est ça ! dit-il. Et chanter la chanson *Ding-dong*. Seulement, elle devait être écrasée. Sans vouloir vous offenser, ajouta-t-il aussitôt.

— C'est le renfort en osier, expliqua une voix derrière Mémé. Un atout en nore. »

Mémé fixa un moment le nain puis sourit.

« Je crois que vous devriez entrer, les gars, dit-elle. J'ai quelques questions à vous poser. »

Les nains avaient l'air de beaucoup hésiter.

« Hum, fit le délégué.

— On a la trouille d'entrer dans une maison pleine de sorcières, hein ? » dit Mémé Ciredutemps.

Le délégué fit oui de la tête puis rougit. Magrat et Nounou Ogg échangèrent un regard dans le dos de Mémé. Quelque chose avait manifestement mal tourné quelque part. Dans les montagnes, les nains n'avaient sûrement pas peur des sorcières. On avait même du mal à les empêcher de creuser dans les planchers des maisons.

« Ça fait un bail que vous êtes descendus des montagnes, j'imagine, reprit Mémé.

— Une veine de charbon très prometteuse dans le pays, marmonna le délégué en tripotant son chapeau.

— J'parie que vous avez pas mangé de pain de nain depuis un moment, alors. »

Les yeux du délégué s'embuèrent.

« Cuit au four à partir du meilleur grès moulu à la meule, comme celui sur lequel maman sautait à pieds joints », poursuivit Mémé.

Une espèce de soupir collectif monta du groupe de nains.

« On en trouve pas par ici, dit le délégué, le nez baissé. C'est l'eau, sans doute. Il tombe en morceaux au bout de quelques années.

— Ils mettent de la farine dedans, fit avec aigreur un collègue derrière lui.

— Pire que ça, le boulanger de Genua ajoute des fruits secs, renchérit un autre.

— Bon, ben, fit Mémé en se frottant les mains, je vais peut-être pouvoir vous aider. J'ai peut-être du pain de nain en trop.

— Nan. Pas du vrai pain de nain, dit le délégué d'un air morose. Le vrai pain de nain, faut le plonger dans une rivière, le faire sécher, s'asseoir dessus, le laisser reposer, le regarder tous les jours et le ranger. Aucune chance d'en trouver par ici.

— C'est peut-être votre jour de chance, justement.

— À vrai dire, fit Nounou Ogg, je crois que le chat a un peu pissé dessus. »

Le délégué leva des yeux rayonnants.
« Bon sang de merde ! »

Chers Jason et les autres,

Quel voyage, il nous arrivent des tas de choses, des loups qui parlent et des princesses endormies dans des châteaux, j'aurai une ou deux histoires à raconter à mon retour, cent fautes. Et qu'on me parle plus de fermes, ce qui me fait penser, envoie donc s'il te plaît quelqu'un voire M. Vernissage à Tranche lui transmettre les complimants de Mme Ogg pour ses bons chapeaux, il pourra dire maintenant « approuvé par Nounou Ogg », ils arrêtent net n'importe quelle exploitation agricole, et tu sais, quand on écrit aux gens pour les félissiter de leurs produits, des fois ils en donnent gratisse, alors tu t'occupes de ça, j'y gagnerai peut-être un nouveau chapeau.

Lilith sortit de sa salle des miroirs. De vagues images d'elle-même flottèrent dans son sillage avant de s'estomper.

Une ferme qui tombe sur des sorcières devrait les écraser. Lilith le savait. Les écraser complètement ; on ne devrait plus voir que les chaussures dépasser.

Parfois elle se désespérait. Les gens avaient l'air incapables de jouer correctement leurs rôles.

Elle se demanda s'il existait le contraire d'une marraine fée. La plupart des choses avaient leur contraire, après tout. Auquel cas, ce ne serait pas une mauvaise marraine fée, laquelle n'est qu'une bonne marraine fée vue sous un autre angle.

Le contraire serait une vraie teigne pour les contes ; autant dire, songea Lilith, la créature la plus malfaisante du monde.

Enfin, ici à Genua, se réalisait un conte que personne ne pouvait arrêter. Il était bien parti, celui-là. Quiconque voudrait l'arrêter serait absorbé, participerait à l'intrigue. Elle n'avait pas besoin d'intervenir. Le conte s'en chargerait pour elle. Et elle avait le réconfort de savoir qu'elle ne pouvait pas perdre. Après tout, elle était du côté des bons.

Elle longea tranquillement les remparts et descendit l'escalier menant à sa chambre où attendaient les deux Sœurs. Elles pouvaient rester assises des heures durant sans cligner des yeux. Le grand-duc refusait même de rester en leur compagnie.

Elles tournèrent la tête à son entrée.

Elle ne leur avait jamais donné de voix. Ce n'était pas nécessaire. Il leur suffisait d'être belles et de comprendre ce qu'on leur ordonnait.

« Maintenant il faut aller à la maison, fit-elle. Et c'est très important. Écoutez-moi. Des gens vont venir voir Illon demain. Vous devez les laisser faire, vous avez compris ? »

Elles observaient ses lèvres. Elles observaient tout ce qui bougeait.

« Nous allons en avoir besoin pour le conte. Pour son bon déroulement, il faut qu'elles essayent de l'arrêter. Et après... peut-être que je vous donnerai une voix. Ça vous plairait, non ? »

Elles se regardèrent l'une l'autre, puis Lilith. Puis la cage dans l'angle de la chambre.

Lilith eut un sourire, plongea la main dans la cage et en sortit deux souris blanches.

« La jeune sorcière devrait vous plaire, dit-elle. Je vais voir ce que je peux en faire. Maintenant... ouvrez la bouche... »

Les balais filaient dans le ciel de l'après-midi.

Pour une fois, les sorcières ne se chamaillaient pas.

Les nains leur avaient rappelé le pays. N'importe qui aurait eu chaud au cœur en les voyant fixer, immobiles, le pain de nain, le dévorer des yeux, la meilleure façon de manger du pain de nain. Ce qui les avait poussés à chercher des bottines couleur de rubis s'effaçait devant son pouvoir de séduction terre à terre. Comme disait Mémé, on pouvait toujours courir avant de trouver plus réel que du pain de nain.

Puis elle était partie seule discuter avec le chef des nains.

Elle n'avait pas voulu répéter aux autres ce qu'il lui avait dit et elles ne se sentaient pas le courage de le lui demander. Pour l'heure elle volait à quelque distance devant.

De temps en temps, elle marmonnait des mots comme « marraines fées ! » ou « s'entraîner ! ».

Mais même Magrat, qui n'avait pas beaucoup de pratique, sentait à présent Genua comme un baromètre sent la pression atmosphérique. À Genua, les contes prenaient vie. À Genua, quelqu'un s'arrangeait pour que les rêves se réalisent.

Vous vous rappelez certains de vos rêves ?

Genua se blottissait dans le delta de l'Old Woman, source de sa richesse. Et Genua était riche. Genua avait autrefois régenté l'embouchure du fleuve et taxé son trafic d'une manière qu'on ne pouvait qualifier de piraterie puisque qu'on devait la mesure à la municipalité. Son économie avait donc légitimement prospéré. Quant aux marais et lacs du delta, ils fournissaient les ingrédients rampants, nageants et volants d'une cuisine dont la renommée aurait fait le tour du monde si, comme on l'a déjà mentionné, les voyages avaient été monnaie courante.

Genua était riche, indolente, rien ne la menaçait, et elle avait jadis longuement pratiqué une de ces politiques particulières qui fleurissent naturellement dans certaines cités. Par exemple, elle avait un jour trouvé les moyens de se doter de la succursale la plus importante de la Guilde des Assassins en dehors d'Ankh-Morpork, et ses membres avaient tant de commandes qu'ils mettaient parfois des mois à les satisfaire[1].

Mais les assassins étaient partis des années plus tôt. Certaines pratiques dégoûtent même les chacals.

La ville avait de quoi stupéfier. De loin, elle ressemblait à un cristal blanc tourmenté émergeant au milieu des taches vertes et brunes du marais.

De plus près, elle se divisait d'abord en un anneau extérieur de bâtiments plus petits, puis en un second de grosses maisons blanches impressionnantes au centre duquel se dressait enfin un palais. Un château élancé, magnifique, garni de nombreuses tourelles, comme un jouet ou une espèce d'extravagance pâtissière. Chacune des tours délicates avait l'air conçue pour garder une princesse captive.

Magrat frissonna. Mais elle songea à la baguette. Une marraine fée avait des responsabilités.

« Ça me rappelle une autre histoire d'Aliss la Noire, lança Mémé Ciredutemps. Je m'souviens quand elle a enfermé cette fille aux longues nattes dans une tour exactement pareille. Raiplique, un nom comme ça.

— Mais elle en est sortie, dit Magrat.

— Oui, ça fait pas de mal de se dénouer les cheveux, commenta Nounou.

— Huh. Encore un mythe rural », dit Mémé.

Elles s'approchèrent des murs de la cité. « Y a des gardes à la porte. On passe par-dessus ? »

Mémé étudia la plus haute tour, les yeux plissés. « Non, répondit-elle. On atterrit et on entre à pied. On va pas inquiéter les gens.

1. Alors qu'à Ankh-Morpork les affaires marchaient souvent si mollement que certains membres parmi les plus entreprenants de la Guilde placardaient dans les vitrines des boutiques des annonces du genre : *Pour deux poignards, un poison gratuit.*

— Y a un joli coin de verdure bien plat derrière ces arbres, là-bas », dit Magrat.

Mémé marcha d'un côté puis de l'autre à titre d'essai. Ses souliers couinèrent et glougloutèrent, manifestement gorgés d'eau.

« Écoutez, je me suis excusée, dit Magrat. Ç'avait l'air tellement plat.

— L'eau, c'est souvent comme ça, fit Nounou qui essorait sa robe, assise sur une souche.

— Mais vous non plus, vous avez pas vu que c'était de l'eau, rétorqua Magrat. Ç'a l'air tellement... herbeux, quoi, avec toutes ces plantes et ces machins qui flottent à la surface.

— Moi, j'ai l'impression que la terre et l'eau dans le coin arrivent pas à décider qui est quoi », dit Nounou. Elle fit des yeux le tour du paysage miasmatique.

Des arbres se dressaient dans le marais. Ils avaient une allure biscornue, étrangère, et donnaient l'impression de pourrir à mesure qu'ils poussaient. Là où elle apparaissait, l'eau était d'un noir d'encre. De temps en temps, des bulles venaient éructer en surface tels des fantômes de haricots le jour du bain. Et quelque part plus loin s'écoulait le fleuve, mais pouvait-on en être sûr dans ce pays d'eau grasse et de terrain qui tremblotait sous les pieds ?

Elle battit des paupières.

« C'est bizarre, dit-elle.

— Quoi ? fit Mémé.

— J'ai cru voir... quelque chose courir..., marmonna Nounou. Là-bas. Entre les arbres.

— Ça doit être un canard alors, dans un coin pareil.

— Plus gros qu'un canard. C'est drôle, ça ressemblait un peu à une petite maison.

— Ben tiens, qui courait avec de la fumée sortant de la cheminée, j'imagine », fit Mémé avec mépris.

La figure de Nounou s'éclaira.
« Tu l'as vue, toi aussi ? »
Mémé roula des yeux.
« Allez, dit-elle, on va rejoindre la route.
— Euh, fit Magrat, comment ? »

Elles examinèrent le terrain qui n'avait rien de ferme entre leur refuge à peu près au sec et la route. Il présentait un aspect jaunâtre. Des branches et des touffes d'herbe d'un vert suspect flottaient ici et là. Nounou arracha un rameau à l'arbre abattu sur lequel elle se tenait assise et le lança à quelques pas. Il heurta mollement la surface et sombra avec le bruit de qui s'efforce d'aspirer la dernière goutte de son milk-shake.

« Par la voie des airs, évidemment, répondit Nounou.
— Vous deux, d'accord, répliqua Mémé. Mais moi, j'ai nulle part où courir pour faire démarrer mon balai. »

En fin de compte, Magrat la transporta sur le sien tandis que Nounou fermait la marche, l'engin capricieux de Mémé en remorque.

« J'espère que personne nous a vues, c'est tout », dit Mémé une fois qu'elles eurent gagné la sécurité relative de la route.

D'autres routes rejoignirent la chaussée du marais à mesure qu'elles approchaient de la ville. Beaucoup de monde les empruntait, et une longue file d'attente s'étirait devant la porte.

La cité était encore plus impressionnante vue d'en bas. Sur le fond de vapeur du marais, elle brillait comme une pierre polie. Des bannières colorées flottaient au-dessus des murs.

« Ç'a l'air drôlement gai, dit Nounou.
— Très propre, ajouta Magrat.
— C'est l'impression que ça fait du dehors, dit Mémé qui avait déjà vu une ville. À l'intérieur, c'est que mendiants, boucan et caniveaux pleins de j'sais pas quoi, moi je vous l'dis.
— Ils renvoient un bon paquet de gens, fit observer Nounou.
— Ils disaient sur le bateau qu'y a beaucoup de

monde à venir pour midi gras, expliqua Mémé. Y en a sans doute pas mal qui sont pas comme il faut. »

Une demi-douzaine de gardes les regardèrent approcher.

« Sont très élégants, dit Mémé. J'aime bien ça. Pas comme chez nous. »

Il n'existait que six cottes de mailles complètes dans tout Lancre, conçues sur le principe de la taille-unique-qui-va-mal-à-tout-le-monde. Il fallait recourir à des bouts de ficelle et de fil de fer pour les ajuster aux mesures de chacun, vu qu'à Lancre le rôle de garde du palais revenait à tout citoyen disposant d'un petit moment de libre.

Ces gardes-ci mesuraient tous leur mètre quatre-vingts et, même Mémé devait le reconnaître, faisaient belle impression dans leurs joyeux uniformes rouge et bleu. Les seuls autres vrais gardes qu'elle avait jamais connus étaient ceux d'Ankh-Morpork. À la vue du Guet municipal d'Ankh-Morpork, toute personne raisonnable se demandait quels agresseurs pouvaient être pires qu'eux. Ils ne payaient vraiment pas de mine.

À sa grande surprise, deux piques lui barrèrent le chemin alors qu'elle franchissait la porte voûtée.

« On vous attaque pas, vous savez », dit-elle.

Un caporal la salua.

« Non, m'dame, fit-il. Mais nous autres, on a des ordres pour empêcher d'entrer les cas limite.

— Limite ? s'étonna Nounou. Qu'est-ce qu'on a de limite ? »

Le caporal déglutit. Difficile de soutenir le regard de Mémé.

« Ben, fit-il, vous êtes un brin... sales. »

Un silence retentissant s'ensuivit. Mémé prit une inspiration profonde.

« On a eu un petit accident dans le marais, expliqua aussitôt Magrat.

— J'gage que ça va s'arranger, dit le caporal d'un ton pitoyable. L'capitaine va pas tarder à s'en venir. Seulement, ça fait des masses de tracas si on laisse entrer les genses de la mauvaise espèce. C'est pas croyable les genses qu'on voit arriver icitte.

— Faut pas s'amuser à laisser entrer la mauvaise espèce, dit Nounou Ogg. On veut pas vous voir laisser entrer la mauvaise espèce. J' dirais même qu'on voudrait pas entrer dans une ville qui accepterait la mauvaise espèce, pas vrai, Esmé ? »

Magrat lui décocha un coup de pied dans la cheville.

« Heureusement qu'on est d'la bonne espèce, ajouta Nounou.

— Qu'est-ce qui s'brasse, caporal ? »

Le capitaine de la garde sortit d'un pas énergique par une porte sous la voûte et se dirigea vers les sorcières.

« Ces... dames, elles veulent entrer, mon capitaine, dit le caporal.

— Et alors ?

— Sont un brin... voyez, pas propres à cent pour cent, répondit le caporal qui se décomposait sous le regard de Mémé. Et y en a une qu'a les cheveux ébouriffés...

— Dites donc ! cracha Magrat.

— ... et une autre qui dit des grossièretés, j'ai idée.

— Quoi ? fit Nounou dont le sourire s'évanouit. J'vais te botter l'cul, moi, sale petit con !

— Mais, caporal, elles ont des balais, fit observer le capitaine. C'est très dur pour le personnel de nettoyage d'rester tout l'temps présentable.

— Personnel de nettoyage ? lança Mémé.

— J'suis sûr qu'elles ont autant envie que vous de s'pimper, dit le capitaine.

— Excusez-moi, dit Mémé dans la bouche de qui la formule de politesse sonnait comme “Chargez !” et “Tuez-les tous !”, excusez-moi, mais est-ce que ce chapeau pointu, là, sur ma tête, ça vous dit quelque chose ? »

Les soldats l'étudièrent poliment.

« J'ai droit à un indice ? finit par demander le capitaine.

— Ça veut dire...

— On va se dépêcher d'y aller, si ça vous fait rien,

trancha Nounou Ogg. Beaucoup de nettoyage à faire. » Elle brandit son balai. « Venez, mesdames. »

Magrat et elle empoignèrent Mémé par les coudes et la propulsèrent sous la voûte d'entrée avant que ne sautent ses plombs. Mémé Ciredutemps répétait toujours qu'il fallait compter jusqu'à dix avant de se mettre en colère. Nul ne savait pourquoi, puisque ça n'avait d'autre effet qu'augmenter la pression et aggraver considérablement l'explosion finale.

Les sorcières ne s'arrêtèrent qu'une fois hors de vue de la porte.

« Écoute, Esmé, fit Nounou d'un ton apaisant, tu devrais pas prendre ça trop à cœur. Et on est un peu crottées, faut admettre. Ils faisaient que leur boulot, d'accord ? Qu'est-ce que t'en dis ?

— Ils nous ont traitées comme si on était des gens ordinaires, répliqua Mémé d'un ton scandalisé.

— On est à l'étranger, Mémé, fit Magrat. Et puis, les hommes sur le bateau, ils ont pas remarqué le chapeau non plus, vous avez dit.

— C'est vrai, mais j'voulais pas qu'ils le remarquent. C'est pas pareil.

— C'est... c'est qu'un incident, Mémé. Des soldats bornés. Ils reconnaissent même pas une belle coiffure "flou artistique" quand ils tombent dessus. »

Nounou regarda autour d'elles. Une foule grouillante les croisait, presque en silence.

« Et faut admettre que c'est une ville rudement propre », dit-elle.

Elles passèrent les environs en revue.

C'était assurément la ville la plus propre qu'elles avaient jamais vue. Même les pavés avaient l'air astiqués.

« On pourrait manger son goûter à même la rue, dit Nounou alors qu'elles déambulaient.

— Oui, mais tu le mangerais à même la rue de toute façon, fit Mémé.

— Je mangerais pas tout. Même les caniveaux sont nettoyés. On voit pas un ronald[1], regardez.

— Gytha !

— Ben, c'est toi qu'as dit qu'à Ankh-Morpork...

— On est pas à Ankh-Morpork !

— C'est tellement impeccable, dit Magrat. On en regretterait de pas avoir nettoyé ses semelles.

— Ouais. » Nounou Ogg, les yeux plissés, regarda plus loin dans la rue. « On en regretterait de pas être une meilleure personne, c'est sûr.

— Pourquoi vous chuchotez, toutes les deux ? » demanda Mémé.

Elle suivit leur regard. Un garde se tenait posté au coin de la rue. Lorsqu'il s'aperçut qu'elles le regardaient, il se toucha le casque et leur adressa un bref sourire.

« Même les gardes sont polis, dit Magrat.

— Et puis y en a beaucoup, fit Mémé.

— C'est étonnant, je trouve, qu'on ait besoin de tous ces gardes dans une ville où les gens sont si propres et si calmes, dit Magrat.

— Peut-être qu'il y a tellement de gentillesse à distribuer qu'on a besoin de beaucoup de monde pour ça », suggéra Nounou Ogg.

Les sorcières errèrent au hasard dans les rues bondées.

« Belles maisons, en tout cas, dit Magrat. Très décoratives, très anciennes et pittoresques. »

Mémé Ciredutemps, qui vivait dans une chaumière aussi ancienne et pittoresque qu'il est possible sans s'identifier à un magma de roche métamorphique, s'abstint de tout commentaire. Les pieds de Nounou Ogg commencèrent à protester.

« Faut s'trouver un endroit pour la nuit, dit-elle. On cherchera la fille demain matin. Ça nous fera pas de mal, une bonne nuit de sommeil.

1. Ronald III de Lancre, dit « l'Étron du trône », tenu pour un monarque extrêmement puant, passa à la postérité sous ce sobriquet peu reluisant.

— Et un bain, ajouta Magrat. Avec des herbes calmantes.

— Bonne idée. J'prendrais bien un bain aussi, dit Nounou.

— Ma parole, l'automne est passé drôlement vite, lança Mémé avec aigreur.

— Ah ouais ? Et toi, c'était quand la dernière fois que t'as pris un bain, Esmé ?

— Comment ça, la dernière fois ?

— Tu vois ? C'est pas la peine de faire des commentaires sur mes ablutions.

— Le bain, c'est pas hygiénique, déclara Mémé. Tu sais bien que j'suis contre. Rester tremper comme ça dans sa propre crasse.

— Vous faites comment, alors ? demanda Magrat.

— J'fais la toilette, répondit Mémé. Partout. Tu vois bien, quoi. Un bout par-ci, un bout par-là, comme ça s'présente. »

Que ça se présente souvent ou non, et Mémé ne jugea pas utile d'entrer dans les détails, c'était certainement moins rare qu'un logement à Genua en plein midi gras.

Toutes les tavernes et auberges étaient plus que bondées. Peu à peu, sous la poussée de la foule, les trois sorcières s'écartèrent des rues principales pour se retrouver dans les quartiers moins en vogue de la cité, mais il n'y avait toujours pas de place pour elles.

Mémé Ciredutemps en eut assez.

« La prochaine auberge qu'on voit, on entre, dit-elle, la mâchoire volontaire. C'est quoi, celle-là, là-bas ? »

Nounou Ogg scruta l'enseigne.

« *Hôtel... Com... plet* », marmonna-t-elle. Puis sa figure s'éclaira. « Hôtel Com-plet, répéta-t-elle. Ça veut dire "avec... euh... plaisir" en étranger, ajouta-t-elle obligeamment.

— Ça ira », fit Mémé.

Elle poussa la porte. Un rondouillard à la face rougeaude leva les yeux de la réception. Il était nouveau dans le métier et très nerveux ; le dernier titulaire avait disparu parce qu'il n'était pas assez rondouillard et rougeaud.

Mémé ne perdit pas de temps.

« Vous voyez ce chapeau ? demanda-t-elle. Vous voyez ce balai ? »

Les yeux de l'homme passèrent de la sorcière au balai puis revinrent à la sorcière. « Oui ? fit-il. Qu'esse ça veut dire ?

— Ça veut dire qu'on veut trois chambres pour la nuit, répondit Mémé en se tournant vers ses deux collègues d'un air avantageux.

— Avec du saucisson, dit Nounou.

— Et un repas végétarien », ajouta Magrat.

L'homme regarda les trois femmes. Puis il se rendit à la porte.

« Voyez c'te porte ? Voyez cette enseigne ? dit-il.

— On se fiche des enseignes, fit Mémé.

— Bon, alors, dit l'homme, j'laisse tomber. Qu'esse ça veut dire un chapeau pointu et un balai ?

— Ça veut dire que j'suis une sorcière. »

L'homme pencha la tête de côté.

« Ouais ? fit-il. C'est un autre mot pour vieille timbrée ? »

Cher Jason et tout le monde, écrivit Nounou Ogg, *vous savez, ils conaissent pas les sorcières par ici, pour te dire comme ils sont arriérés dans les pays étrangers. Un homme a mis Esmé en boîte et elle allait piquer une colaire, alors Magrat et moi on l'a saisie et on l'a poussée dehore parce que si on fait croire aux gens qu'ils ont été changés en quelque chose ça fait toujours des histoires, tu te rapelles la dernière foie quand tu as dû creuser une mare pour que M. Villequin vive dedans...*

Elles avaient réussi à se trouver une table pour elles seules dans une taverne. Elle était pleine de gens de toute sorte. Le vacarme obligeait à crier pour se faire entendre et l'atmosphère était chargée de fumée.

« Arrête donc ton gribouillage, Gytha Ogg. Ça me porte sur le système, fit sèchement Mémé.

— Ils ont forcément des sorcières ici, dit Magrat. Y en a partout ailleurs. Doit y en avoir dans les pays étrangers. On en trouve partout, des sorcières.

— Comme les cafards, fit joyeusement Nounou Ogg.

— Vous auriez dû m'laisser lui faire croire qu'il était une grenouille, marmonna Mémé.

— Tu peux pas faire ça, Esmé. Tu peux pas t'amuser à faire croire aux gens qu'ils sont des machins uniquement parce qu'ils sont malpolis et qu'ils savent pas qui tu es, dit Gytha. Sinon, des gens qui sautent dans tous les coins, on en aurait jusque-là. »

Malgré de nombreuses menaces, Mémé Ciredutemps n'avait jamais changé personne en grenouille. De son point de vue, il y avait une solution techniquement moins cruelle mais meilleur marché et beaucoup plus satisfaisante. On pouvait les laisser sous forme humaine et leur faire croire qu'ils étaient une grenouille, ce qui offrait en outre aux passants maintes occasions de spectacles innocents.

« J'ai toujours regretté pour M. Villequin, dit Magrat en fixant d'un œil morose le dessus de la table. C'était triste de le voir essayer d'attraper des mouches avec la langue.

— Il aurait pas dû dire ce qu'il a dit, rétorqua Mémé.

— Quoi, que t'es une pinailleuse autoritaire ? fit Nounou d'un air innocent.

— La critique me gêne pas. Tu me connais. Je m'vexe jamais pour une critique. Personne peut dire que c'est mon genre, de m'vexer pour une critique...

— On te l'dit pas deux fois, en tout cas. Pas sans faire des bulles.

— Je supporte pas l'injustice, c'est tout. Et t'arrêtes

de sourire ! D'ailleurs, j'vois pas pourquoi t'en fais tout un plat. Ç'a duré que deux jours.

— D'après Mme Villequin, il va encore très souvent nager. Il s'est découvert une nouvelle passion, qu'elle a dit.

— Ils ont peut-être une autre sorte de sorcières en ville, dit Magrat en désespoir de cause. Elles portent peut-être une autre tenue.

— Y a qu'une sorte de sorcières, affirma Mémé. La nôtre. »

Elle fit du regard le tour de la salle. Évidemment, songea-t-elle, si quelqu'un interdit l'accès aux sorcières, on ne peut pas savoir qu'elles existent. Quelqu'un qui ne veut pas voir des curieuses mettre le nez dans ses affaires. Mais elle nous a laissées entrer...

« Bah, au moins, on est au sec », dit Nounou. Un consommateur debout dans un groupe voisin rejeta la tête en arrière pour éclater de rire et lui renversa de la bière dans le dos.

Elle marmonna quelque chose tout bas.

Magrat vit l'homme baisser à nouveau la tête pour boire une autre gorgée et fixer, les yeux écarquillés, le contenu de sa chope. Puis il la lâcha et se fraya un chemin jusqu'à la sortie en s'étreignant la gorge.

« Qu'est-ce que vous avez fait à sa bière ? demanda-t-elle.

— T'es trop jeune pour le savoir », répondit Nounou.

Au royaume de Lancre, quand une sorcière voulait une table pour elle toute seule, elle la trouvait... comme ça, sans rien faire. La vue d'un chapeau pointu suffisait. Les gens gardaient une distance polie, de temps en temps ils lui faisaient parvenir des boissons gratuites. Même Magrat avait droit au respect, non pas qu'on la craignît, mais parce qu'offenser une sorcière c'était les offenser toutes, et personne ne tenait à voir Mémé Ciredutemps débarquer pour mettre les points sur les *i*. Ici, on les bousculait comme les premières venues. Seule la main avisée de Nounou Ogg sur le bras de Mémé protégeait une douzaine de consommateurs joyeux d'une amphibianité contre nature, et même le caractère d'habitude très élastique de Nounou approchait du point de rupture. Elle se flattait toujours d'être aussi ordinaire que de la crotte de bique, mais il y avait ordinaire et ordinaire. C'était comme ce prince Machinchose du conte pour enfants, qui aimait se promener dans son royaume déguisé en homme du peuple ; elle avait toujours fortement soupçonné le petit pervers de s'arranger pour que ses sujets sachent à l'avance qui il était, juste au cas où certains voudraient se montrer trop familiers. C'était comme se salir. Se salir avec la perspective d'un bon bain chaud qui attend, c'est amusant ; se salir avec la perspective d'encore plus de saleté qui attend, ça n'a rien de drôle.

Elle en tira une conclusion.

« Hé, pourquoi on boirait pas un coup ? lança-t-elle gaiement. Ça nous ferait du bien.

— Oh, non, dit Mémé. Tu m'as bien eue la dernière fois avec ta boisson aux herbes. J'suis sûre qu'y avait de l'alcool dedans. Je m'suis sentie un peu éméchée après le sixième verre. J'refuse de boire d'autres saloperies étrangères.

— Faut boire quelque chose, intervint Magrat d'un ton apaisant. J'ai soif, de toute façon. » Elle regarda distraitement vers le comptoir noir de monde. « Ils font peut-être des boissons aux fruits, quelque chose comme ça.

— Sûrement », fit Nounou Ogg. Elle se leva, jeta un coup d'œil vers le comptoir et retira discrètement une aiguille de son chapeau. « Je serai pas longue. »

Elle laissa ses deux collègues à leur mélancolie. Mémé, immobile, regardait fixement droit devant elle.

« Faut pas le prendre mal si les gens vous montrent pas de respect, dit Magrat qui, ce faisant, versait de l'huile pour calmer les feux intérieurs de son aînée. Moi, on m'en montre quasiment jamais. C'est pas un problème.

— Quand on a pas le respect, on a rien, dit Mémé avec hauteur.

— Oh, j'sais pas. J'ai toujours réussi à m'en passer.

— C'est parce que t'es un bonnet d'nuit sans coiffe, Magrat Goussedail. »

Il y eut un bref silence étouffant, retentissant des paroles qui n'auraient jamais dû être prononcées, suivi de quelques grognements de surprise douloureuse en provenance du comptoir.

Je sais qu'elle l'a toujours pensé, se dit Magrat dans la prison embrasée de sa confusion. Mais je n'aurais jamais cru qu'elle le dirait. Et elle ne s'excusera jamais parce que ce n'est pas son genre. Elle préfère attendre qu'on oublie ces choses-là. Je voulais seulement qu'on redevienne amies. Si tant est qu'elle ait jamais eu d'amies.

« Et voilà, fit Nounou Ogg en émergeant de la cohue avec un plateau. Des boissons aux fruits. »

Elle s'assit et regarda tour à tour ses deux collègues.

« Faites avec des bananes, dit-elle dans l'espoir d'allumer une lueur d'intérêt chez l'une ou l'autre. Je m'souviens que mon Shane nous a une fois ramené une banane à la maison. Bon sang, ça nous a bien fait rire. J'ai demandé au serveur "Qu'est-ce que vous buvez avec des fruits dans le coin ?" et il m'a donné ça. Fait avec des bananes. Une boisson à la banane. Vous allez aimer. C'est ce que tout le monde boit par ici. Y a de la banane dedans.

— Ç'a un goût très... prononcé, c'est sûr, fit Magrat en sirotant prudemment la sienne. Est-ce qu'il y a aussi du sucre dedans ?

— Y a des chances », répondit Nounou.

Elle regarda un moment le front plissé de Mémé puis saisit son crayon et en humecta l'extrémité d'une bouche professionnelle.

En toucas, ce qu'il y a de bien ici c'est les boissons pas chaires du tout et j'en ai une là qui s'apelle un décris bananane et c'est surtout du rhume avec de la bananane[1] *dedans. Je sens que ça me fait du bien. Le pays est très humide. J'espère qu'on va trouver un endroit où*

1. Nounou Ogg savait orthographier le début du mot « banane », mais une fois lancée avait du mal à s'arrêter.

dormire ce soire, j'y compte bien parse que Mémé s'écroule toujours debout sur ses pieds ou du moins sur les pieds de quelqu'un. J'ai deçiné mon décris banananane, comme tu vois j'ai tout bu jusqu'au fond. Grosses bises. MAMAN.

En définitive, elles trouvèrent une écurie. C'était, commenta joyeusement Nounou Ogg, sûrement plus chaud et plus hygiénique que n'importe quelle auberge, et des millions d'étrangers donneraient leur bras droit pour dormir dans un coin confortable et au sec comme ça.

Sa remarque entama autant de glace qu'une scie en savon.

Les sorcières se brouillent d'un rien.

Magrat, allongée, ne dormait pas, son balluchon de vêtements en guise d'oreiller ; elle écoutait la petite pluie tiède sur le toit.

Ça tourne mal avant même qu'on ait commencé, songeait-elle. Je ne sais pas pourquoi je les ai laissées m'accompagner. Je suis parfaitement capable de faire quelque chose toute seule pour une fois, mais elles me traitent sans arrêt comme si j'étais... un bonnet de nuit sans coiffe. Je ne vois pas pourquoi je devrais supporter qu'elle me fasse la tête et m'envoie paître à tout bout de champ. Qu'est-ce qu'elle a de plus que les autres, d'ailleurs ? Elle ne fait presque jamais rien de magique, quoi qu'en dise Nounou. Tout ce qu'elle fait, c'est crier beaucoup et tyranniser les gens. Quant à Nounou, elle est pleine de bonnes intentions mais n'a aucun sens des responsabilités ; j'ai cru mourir quand elle s'est mise à chanter *la Chanson du hérisson* à l'auberge, j'espère de tout cœur que les gens ne savaient pas ce que ça voulait dire.

C'est moi la marraine fée ici. On n'est plus chez nous

maintenant. On fait forcément les choses différemment dans les pays étrangers.

Elle se leva au point du jour. Les deux autres dormaient, quoique le verbe dormir soit trop faible au niveau sonore où se tenait Mémé Ciredutemps.

Magrat revêtit sa plus belle robe, celle en soie verte qui, malheureusement, n'était désormais qu'une masse de faux plis. Elle sortit une liasse de papier mousseline et déballa lentement ses bijoux cabalistiques ; Magrat achetait des bijoux cabalistiques pour comme qui dirait changer de peau. Elle en avait trois grosses boîtes pleines et restait pourtant toujours la même.

Elle fit de son mieux pour enlever la paille dans ses cheveux. Puis elle déballa la baguette magique.

Elle regretta de ne pas avoir de miroir pour s'y examiner.

« J'ai la baguette, dit-elle tout bas. Je vois pas pourquoi j'aurais besoin qu'on m'aide. Desiderata m'a bien recommandé de leur dire qu'il fallait pas m'aider. »

La pensée lui traversa l'esprit que Desiderata avait fait preuve d'une grande négligence sur ce point. On pouvait en être sûr, quand on demandait à Mémé Ciredutemps et Nounou Ogg de ne pas intervenir, elles se précipitaient pour donner un coup de main, ne serait-ce que par dépit. Magrat était surprise qu'une femme aussi intelligente que Desiderata se soit fichue dedans sur ce détail. Elle aussi devait sûrement se coltiner une pyschologie – quel qu'en soit le sens.

Se déplaçant silencieusement afin de ne pas réveiller ses aînées, elle ouvrit la porte et sortit d'un pas léger dans l'humidité du dehors. La baguette brandie, Magrat était prête à donner au monde tout ce qu'il souhaitait.

Ça lui faciliterait les choses qu'il demande des citrouilles.

Nounou Ogg ouvrit un œil lorsque la porte se referma en grinçant.

Elle s'assit, bâilla et se gratta. Elle farfouilla dans son chapeau et récupéra sa pipe. Elle envoya un coup de coude dans les côtes de Mémé Ciredutemps.

« J'dors pas, dit Mémé.

— Magrat est partie quelque part.

— Hah !

— Et moi, j'vais aller me trouver quelque chose à manger. » Ça n'avançait à rien de parler à Mémé quand elle était d'une humeur pareille.

Au moment où elle partait, Gredin se laissa souplement tomber d'une poutre et lui atterrit sur l'épaule.

Nounou Ogg, optimiste à tout crin, sortit profiter de tout ce que l'avenir avait à lui offrir.

De préférence avec du rhum et de la banane dedans.

La maison ne fut pas difficile à trouver. Desiderata avait pris des notes précises.

Magrat embrassa du regard les hauts murs blancs et les balcons métalliques ouvragés. Elle s'efforça de redresser certains plis de sa robe, extirpa de ses cheveux quelques brins de foin récalcitrants, puis s'engagea dans l'allée d'un pas énergique et frappa à la porte.

Le heurtoir se cassa net dans sa main.

En regardant nerveusement autour d'elle, des fois qu'on aurait remarqué son acte de vandalisme, elle essaya de le recaler en place. Le heurtoir retomba et fit sauter un morceau de la marche en marbre.

Elle finit par donner un petit coup de son doigt replié. Un nuage léger de poudre de peinture s'échappa du battant et plana jusqu'au sol. Rien d'autre ne se passa.

Magrat réfléchit à la manœuvre suivante. Elle était à peu près sûre que les marraines fées ne glissaient pas un petit mot sous la porte, du genre : « Passée ce jour, suite à votre absence, veuillez contacter le dépôt pour un nouveau rendez-vous. » De toute façon, une pareille demeure ne restait normalement jamais vide ; une vingtaine de serviteurs auraient dû y grouiller.

Elle passa sur le côté de la maison en faisant crisser le gravier et jeta un coup d'œil depuis l'angle. Peut-être que la porte de derrière... Les sorcières préféraient souvent les portes de derrière....

Nounou Ogg, elle, les préférait toujours. Elle se dirigeait vers celle du palais. C'était assez facile d'y entrer, rien à voir avec les châteaux de Lancre qui professaient des idées bien arrêtées sur le dedans et le dehors et qu'on bâtissait de façon à bien séparer les deux. Celui-ci relevait, disons, du château de conte de fées tout en remparts de sucre glace et de petites tourelles démesurées. N'importe comment, personne ne prêtait beaucoup attention aux petites vieilles. Les petites vieilles étaient, par définition, inoffensives, même si le long d'un chapelet de villages, sur plusieurs milliers de kilomètres de continent, on procédait à une remise à jour de cette définition.

Les châteaux, pour Nounou, c'était comme les cygnes. Ils donnaient l'impression de glisser majestueusement sur les eaux du Temps, mais, en fait, ça débordait d'activité par en dessous. Ils recouvraient un dédale d'offices, de cuisines, de blanchisseries, de brasseries – elle aimait bien l'idée des brasseries – et on n'y remarquait jamais les allées et venues d'une bonne femme parmi tant d'autres, qui mangeait le moindre rabe à traîner.

En outre, on y entendait les potins. Nounou Ogg aimait bien ça aussi, les potins.

Mémé Ciredutemps déambulait tristement dans les rues immaculées. Elle ne cherchait pas les deux autres. Ça, elle en était à peu près sûre. Évidemment, elle pourrait leur tomber dessus accidentellement, comme par hasard, et leur jeter un regard éloquent. Mais elle ne les cherchait pas, ça non.

Il y avait un attroupement au bout de la rue. Partant de l'hypothèse plausible que Nounou Ogg en occupait peut-être le centre, Mémé Ciredutemps s'approcha.

Elle ne vit pas de Nounou mais une plate-forme surélevée. Et un petit homme dans des chaînes. Et des gardes en uniforme éclatant. L'un d'eux tenait une hache.

Pas besoin d'être un grand disque-trotter pour comprendre que l'objet de la scène n'était pas de remettre à l'homme enchaîné le fruit d'une collecte et un témoignage d'estime signé par ses collègues de bureau.

Mémé donna un coup de coude à un badaud.

« Qu'est-ce qui s'passe ? »

Le badaud la regarda du coin de l'œil.

« Les gardes l'ont pris après voler, répondit-il.

— Ah. C'est vrai qu'il m'a l'air coupable », reconnut Mémé. Les enchaînés avaient souvent cet air-là. « Qu'est-ce qu'on va lui faire, alors ?

— On va y donner une leçon.

— Et comment on procède ?

— Voyez la hache ? »

Mémé n'avait pas quitté l'outil des yeux durant tout l'échange. Elle laissa alors son esprit vagabonder au-dessus de la foule et saisir au vol quelques bribes de pensées.

Une fourmi possède un cerveau facile à lire. Il n'y circule qu'un seul grand courant de pensées simples : porter, porter, piquer, s'introduire dans les sandwichs, porter, manger. Un animal comme le chien est plus compliqué, il peut suivre plusieurs pensées en même temps. Mais un esprit humain est un gros nuage menaçant chargé d'éclairs, gonflé de pensées qui utilisent toutes un temps limité de traitement cérébral. Trouver ce que le propriétaire *croit* penser en pleine purée de pois de préjugés, de souvenirs, d'inquiétudes, d'espoirs et de craintes s'avère quasi impossible.

Sauf quand un nombre suffisant de gens pensent à peu

près la même chose, et Mémé Ciredutemps capta la peur en eux.

« Une leçon qu'il est pas près d'oublier, on dirait, murmura-t-elle.

— M'est avis qu'il va l'oublier vitement », fit le badaud qui s'éloigna en traînant les pieds comme on s'écarte d'un paratonnerre pendant un orage.

Et, à cet instant, Mémé perçut la note discordante dans l'orchestre des pensées. Il abritait en son sein deux esprits non humains.

Deux esprits à la forme aussi simple, nette et tranchante qu'une lame hors du fourreau. La sorcière avait déjà capté des esprits de ce type et trouvé l'épreuve pénible.

Elle passa la foule en revue et découvrit leurs propriétaires. Qui fixaient sans ciller les silhouettes sur la plateforme.

Il s'agissait de femmes ; du moins, elles avaient une enveloppe féminine. Plus grandes qu'elle, minces comme des échalas, coiffées de chapeaux larges dont la voilette leur masquait le visage. Leurs robes miroitaient au soleil, peut-être bleues, peut-être jaunes, peut-être vertes. Peut-être à motifs. Impossible d'être sûr. Au moindre mouvement, elles changeaient de couleur.

Elle n'arrivait pas à distinguer leurs figures.

Il y avait bel et bien des sorcières à Genua. Une, en tout cas.

Un bruit en provenance de la plate-forme la fit se retourner.

Et elle sut pourquoi les habitants de Genua étaient paisibles et gentils.

Il existait des pays étrangers, avait entendu dire Mémé, qui coupaient les mains des voleurs afin qu'ils ne récidivent pas. Cette solution l'avait toujours mise mal à l'aise.

À Genua, on ne l'appliquait pas. On leur coupait la tête pour leur ôter l'idée même de récidiver.

Mémé sut alors exactement où étaient les sorcières à Genua.

À la direction des affaires.

Magrat atteignit la porte de derrière. Elle était entrouverte.

Elle se ressaisit à nouveau.

Elle frappa d'un doigt poli, hésitant.

« Euh... », fit-elle.

Une cuvette d'eau sale l'aspergea en pleine figure. À travers le rugissement dans ses oreilles du raz de marée savonneux, elle entendit une voix : « Mince, je vous demande pardon. J'connaissais pas qu'il y avait quelqu'un. »

Magrat s'essuya les yeux et s'efforça de distinguer la vague silhouette devant elle. Une espèce de certitude narrative lui germa dans la tête. « Vous vous appelez Illon ? demanda-t-elle.

— Oui. Qui vous êtes ? »

Magrat toisa sa filleule de fraîche date. Jamais elle n'avait vu jeune femme plus séduisante : la peau aussi brune qu'une noix, les cheveux si blonds qu'ils en étaient presque blancs ; un panachage pas franchement extraordinaire dans une ville aussi insouciante que l'était autrefois Genua.

Qu'est-ce qu'il fallait dire dans un moment pareil ?

Elle chassa de son nez un bout d'épluchure de pomme de terre.

« Je suis votre marraine fée, se présenta-t-elle. C'est drôle, ça paraît idiot maintenant que je l'annonce à quelqu'un... »

Illon l'examina.

« *Vous ?*

— Hum. Oui. J'ai la baguette et tout. » Magrat agita la baguette, au cas où ça l'aiderait. En vain.

Illon pencha la tête.

« J'croyais que les marraines fées apparaissaient dedans une pluie de 'tites lumières scintillantes et de notes cristallines, dit-elle d'un ton méfiant.

— Écoutez, on nous fournit que la baguette, fit désespérément Magrat. Sans le mode d'emploi. »

Illon lui jeta un autre regard inquisiteur. « Vaudrait mieux entrer, alors, dit-elle enfin. Vous arrivez à point. J'faisais du thé, de toute manière. »

Les femmes chatoyantes montèrent à bord d'une voiture découverte. Toutes belles qu'elles étaient, nota Mémé, elles marchaient maladroitement.

Rien d'étonnant, remarquez. Elles n'avaient pas l'habitude des jambes.

Elle nota en outre que les gens évitaient de regarder la voiture. Ils la voyaient pourtant. Mais ils s'arrangeaient pour que leurs yeux ne s'attardent pas dessus, comme si le seul fait de la reconnaître risquait de leur attirer des ennuis.

Elle nota aussi les chevaux de la voiture. Ils possédaient des sens plus développés que les hommes. Ils savaient ce qu'ils véhiculaient. Et ils n'aimaient pas ça du tout.

Elle les suivit tandis qu'ils enfilaient les rues au trot, l'oreille basse et les yeux écarquillés. On finit par les diriger dans l'allée d'une grosse maison délabrée près du palais.

La sorcière se tapit contre le mur et remarqua certains détails. Le plâtre s'effritait de la façade, et même le heurtoir s'était détaché de la porte.

Mémé Ciredutemps ne croyait pas aux ambiances. Elle ne croyait pas aux atmosphères surnaturelles. Pour une sorcière, avait-elle toujours pensé, l'important était de ne pas croire. Mais elle voulait bien admettre que cette maison abritait des hôtes très désagréables. Non pas malfaisants. Les deux imitations de femmes n'étaient pas malfaisantes, au même titre qu'une dague ou une falaise à pic. La malfaisance implique des choix. Mais la main qui poignarde ou pousse un corps dans un précipice peut être malfaisante, elle, comme dans le cas présent.

Elle regretta vraiment de savoir à qui elle appartenait.

On trouve partout des personnages dans le genre de Nounou Ogg. Comme s'il existait un générateur morphique spécialisé dans la production de vieilles femmes qui aiment rire un bon coup et ne crachent pas sur une pinte par-ci par-là, surtout d'un breuvage normalement servi dans de petits verres. On les trouve partout, souvent par deux [1].

Elles ont tendance à s'attirer entre elles. Elles émettent peut-être des signaux inaudibles révélant la présence d'une âme simple qui ne demande qu'à pousser des « houuu » extasiés devant les portraits des petits-enfants d'autrui.

Nounou Ogg s'était découverte une amie. Elle s'appelait Mme Aimable, était cuisinière et la première Noire à laquelle Nounou adressait la parole [2]. En tant que cuisinière, elle appartenait à ce type supérieur qui passe le plus clair de son temps dans un fauteuil au milieu de la cuisine, entourée de sa cour, et ne prête guère attention à l'agitation environnante.

De temps en temps, elle donne un ordre. De temps en temps suffit parce qu'elle a veillé au fil des ans à ce qu'on fasse à son idée ou pas du tout. En de rares occasions, elle se lève solennellement, goûte un plat et ajoute peut-être une pincée de sel.

Les femmes de cet acabit sont toujours disposées à bavarder avec tout ce qui passe : marchands ambulants, herboristes ou petites vieilles avec un chat sur l'épaule.

1. Toujours devant soi dans une file d'attente, pour commencer.
2. Le racisme n'est pas un fléau sur le Disque-monde parce qu'entre les trolls, les nains et ainsi de suite, l'espécisme offre davantage d'intérêt. Blancs et Noirs vivent en harmonie parfaite et se liguent contre les Verts.

Gredin trônait sur l'épaule de Nounou comme s'il venait d'avaler un perroquet.

« Vous vous en venez pour midi gras, alors ? demanda Mme Aimable.

— J'aide une amie dans son travail, fit Nounou. Houlà, sont bons ces biscuits.

— J'veux dire, reprit Mme Aimable en poussant l'assiette vers son invitée, j'vois à votre œil que vous pratiquez la magie.

— Alors vous voyez beaucoup mieux que la plupart des gens du pays. V'savez, ce qui serait drôlement bien avec ces biscuits, c'est quelque chose dans quoi les tremper, trouvez pas ?

— Quèque chose à la banane, qu'esse vous en dites ?

— À la banane, ce serait parfait », répondit joyeusement Nounou. Mme Aimable agita une main péremptoire à l'adresse d'une servante qui se mit à la tâche.

Nounou, assise sur son siège, balançait ses jambes courtaudes en faisant le tour de la cuisine d'un œil intéressé. Une vingtaine de cuisiniers travaillaient avec la détermination d'une section d'artillerie effectuant un tir de barrage. On édifiait des gâteaux gigantesques. On rôtissait dans les cheminées des carcasses entières d'animaux ; des chiens galopaient dans leurs roues à cage pour faire tourner les broches. Un géant chauve à la figure traversée d'une balafre introduisait patiemment des bâtonnets dans des saucisses.

Nounou n'avait pas pris de petit déjeuner. Gredin, si, mais ça n'y changeait rien. Tous deux enduraient une espèce de délicieuse torture culinaire.

Ils se retournèrent ensemble, comme hypnotisés, pour regarder passer deux servantes qui titubaient sous un plateau de canapés.

« J'vois que vous êtes une femme très observatrice, madame Ogg, fit Mme Aimable.

— Rien qu'une tranche, dit Nounou sans réfléchir.

— J'constate aussi, reprit Mme Aimable au bout d'un moment, que vous avez un matou d'une race guère courante, là, sus vot' épaule.

— Vous l'avez dit.

— J'connais que je l'ai dit. »

On glissa sous le nez de Nounou un verre rempli à ras bord d'écume jaune. Elle le considéra d'un air pensif puis s'efforça de revenir à l'affaire qui l'amenait.

« Bon, fit-elle, où j'dois aller, à votre avis, pour savoir comment on pratique la magie chez... ?

— Vous voulez quèque chose à manger ? demanda la cuisinière.

— Quoi ? Ça oui, alors ! »

Mme Aimable roula des yeux.

« Pas d'cette affaire-là. Moi, j'en mangerais pas, d'cette affaire-là », dit-elle avec aigreur.

La figure de Nounou s'allongea.

« Mais ça sort de votre cuisine, fit-elle remarquer.

— Seulement par rapport qu'on me l'demande. L'vieux baron, lui, il connaissait ce que c'était, bien manger. Cette affaire-là ? C'est que du cochon, du bœuf, de l'agneau et des saletés pour ceux qu'ont jamais rien trouvé d'mieux. La seule bêtaille à quatre pattes qu'est vraiment goûtable, c'est le cocodrille. Ça, c'est d'la viande. »

Mme Aimable fit du regard le tour de la cuisine.

« Sara ! » cria-t-elle.

Une aide-cuisinière se retourna.

« Oui, m'am ?

— C'te dame-là et moi, on sort. Tu t'occupes de tout, okay ?

— Oui, m'am. »

Mme Aimable se mit debout et adressa un signe de tête entendu à Nounou Ogg.

« Les murs ont des oreilles, dit-elle.

— Ben ça ! Sans blague ?

— On va s'promener un brin. »

Nounou avait maintenant l'impression qu'il existait deux villes dans Genua. D'abord la blanche, toute de maisons neuves et de palais aux toits bleus, et autour d'elle, voire en dessous, l'ancienne. La nouvelle n'appréciait peut-être pas la présence de l'ancienne, mais elle ne pouvait guère s'en passer. Faut bien que quelqu'un, quelque part, fasse la cuisine.

Nounou Ogg aimait assez cuisiner, à condition d'avoir des aides sous la main pour certaines tâches comme hacher les légumes et laver les plats ensuite. Elle avait toujours cru savoir faire à un morceau de bœuf des choses auxquelles l'animal n'avait jamais songé. Mais elle comprenait aujourd'hui que ce n'était pas de la cuisine à côté de celle de Genua. Seulement un moyen de survivre aussi correctement que possible. Ailleurs qu'à Genua, la cuisine se résumait à chauffer diverses denrées comme des morceaux d'animaux, d'oiseaux, de poissons et de légumes jusqu'à ce qu'ils brunissent.

Et le plus drôle, c'est que les cuisiniers de Genua n'avaient rien de mangeable à cuisiner ; du moins rien de ce que Nounou tenait pour mangeable. De son point de vue, les aliments se promenaient à quatre pattes, voire deux pattes et deux ailes. Ou ils avaient au moins des nageoires. L'idée d'aliments pourvus de plus de quatre pattes lui donnait la chair de p... de toutes sortes de bestioles volantes.

On n'avait pas grand-chose à cuisiner à Genua. Alors on accommodait tout ce qu'on trouvait. Nounou n'avait jamais entendu parler de crevettes, d'écrevisses ni de homards ; elle avait l'impression que les habitants de Genua draguaient le fond du fleuve et mettaient à bouillir tout ce qu'ils en remontaient.

Le fait est qu'un bon cuisinier genuan pouvait prendre l'extrait d'une poignée de boue, quelques feuilles mortes, une pincée ou deux d'herbes aux noms imprononçables puis réaliser un plat à faire pleurer de gratitude un gourmet et lui faire jurer de s'amender pour le restant de ses jours contre une assiettée de plus.

Nounou Ogg marchait sans se presser tandis que Mme Aimable la conduisait à travers le marché. Elle examinait d'un air dubitatif des cages de serpents et des bacs d'herbes vrillées mystérieuses. Elle poussait du doigt des plateaux de bivalves. Elle s'arrêtait pour papoter avec les femmes bâties comme elle qui tenaient de petits étals proposant pour deux sous d'étranges soupes de palourdes et des petits pains aux fruits de mer. Elle voulut tout goûter. Elle était positivement ravie. Genua, cité de cuisiniers, avait trouvé un appétit à sa mesure.

Elle termina une assiettée de poisson avant d'échanger un signe de tête et un sourire avec la petite vieille qui tenait l'étal.

« Eh ben, tout ça, c'est... », commença-t-elle en se retournant vers Mme Aimable.

Mme Aimable avait disparu.

D'autres se seraient démenées pour la retrouver dans la foule, mais Nounou Ogg resta sur place et réfléchit.

Je l'ai questionnée sur la magie, songea-t-elle, ensuite elle m'a conduite ici et m'y a laissée. À cause de ces murs avec des oreilles, j'imagine. Alors peut-être que je dois faire le reste toute seule.

Elle regarda autour d'elle. Une tente rudimentaire se dressait un peu à l'écart des éventaires, juste au bord du fleuve. On ne voyait aucune enseigne à l'extérieur, mais une marmite bouillonnait doucement au-dessus d'un feu. Des bols d'argile grossiers étaient empilés à côté. Régulièrement, quelqu'un sortait de la cohue, se servait une bolée de ce que contenait la marmite puis jetait une poignée de pièces dans l'assiette posée devant la tente.

Nounou s'en approcha nonchalamment et jeta un coup d'œil dans la marmite. Des choses remontaient à la surface avant de sombrer à nouveau. La couleur de la mixture tirait sur le brun. Des bulles se formaient, gonflaient puis éclataient dans un *plop* organique gluant. Il pouvait se passer n'importe quoi dans cette marmite. La vie pouvait y apparaître spontanément.

Nounou Ogg essayait tout au moins une fois. Pour certaines choses, elle avait essayé plusieurs milliers de fois.

Elle décrocha la louche, saisit un bol et se servit.

Un instant plus tard elle écarta le rabat de la tente et fouilla des yeux l'obscurité intérieure.

Une silhouette assise en tailleur dans la pénombre fumait la pipe.

« J'peux entrer ? » demanda Nounou.

La silhouette accepta d'un signe de tête.

Nounou s'assit. Après un laps de temps conforme à la bienséance, elle sortit sa propre pipe.

« Mme Aimable est une amie à vous, j'suppose.

— Connèt moin.

— Ah. »

Du dehors parvenait régulièrement le tintement de clients qui se servaient.

Une fumée bleue montait en volutes de la pipe de Nounou Ogg. « J'ai pas l'impression, fit-elle, que beaucoup de gens partent sans payer.

— Non. »

Après une autre pause, Nounou reprit : « Doit bien y en avoir qui cherchent à payer avec de l'or, des bijoux, des onglands parfumés, des trucs comme ça ?

— Non.

— Étonnant. »

Nounou Ogg resta un moment silencieuse ; elle écoutait les échos lointains du marché tandis qu'elle battait le rappel de ses pouvoirs.

« Comment ça s'appelle ?

— Gombo.

— C'est bon.

— Moin sav.

— D'après moi, quand on cuisine comme ça, on peut tout faire... (Nounou Ogg se concentra), madame... Gogol. »

Elle attendit.

« Pas loin, man Ogg. »

Chacune des deux femmes fixait la silhouette indistincte de l'autre, comme des conspirateurs qui ont échangé leurs mots de passe et attendent la suite des événements.

« Là d'où j'viens, on appelle ça d'la sorcellerie, dit Nounou tout bas.

— Là d'où moin vini, on apèl ça vaudou », dit Mme Gogol.

Le front ridé de Nounou se rida encore davantage.

« C'est pas du traficotage avec des poupées, des morts et des machins ? demanda-t-elle.

— Epi sorcellerie, c'est pas gambadé tout nu épi fourré laiguilles dans les gens ? répliqua Mme Gogol d'un ton égal.

— Ah, fit Nounou. J'vois ce que vous voulez dire. »

Elle changea de position, mal à l'aise. Elle était foncièrement honnête.

« Je dois reconnaître, tout d'même..., ajouta-t-elle, comme ça en passant... une aiguille, peut-être... »

Mme Gogol opina d'un air grave. « Dacco. Comme ça en passant... un zombie pitêt, fit-elle.

— Mais seulement quand y a pas d'autre solution.

— Assirément. Quonsa pas d'autre moyen.

— Quand... vous voyez... les gens manquent de respect, quoi.

— Quonsa faut peintiré la maison. »

Nounou se fendit d'un grand sourire édenté. Mme Gogol le lui rendit, augmenté de trente dents.

« Mon nom complet, c'est Gytha Ogg, dit la sorcière. On m'appelle Nounou.

— Moin nom complé, c'é Erzulie Gogol, dit la femme vaudou. On apelé moin man Gogol.

— Je m'suis dit une chose : on est dans un pays étranger, alors peut-être que la magie est différente. Ça tient debout. Les arbres sont différents, les gens sont différents, la boisson est différente et y a d'la banane dedans, donc la magie doit être différente, elle aussi. Puis je m'suis dit... Gytha, ma fille, il est jamais trop tard pour s'instruire.

— Assirément.

— Y a quelque chose qui tourne pas rond dans cette ville. Je l'ai senti dès qu'on y a mis les pieds. »

Mme Gogol opina.

Pendant un moment il n'y eut d'autre bruit que les bouffées que chacune tirait de temps en temps de sa pipe.

Puis on entendit un tintement dehors, suivi d'une pause prudente.

« Gytha Ogg ? lança une voix. Je sais que t'es là-dedans. »

La silhouette de Mme Gogol ôta la pipe de sa bouche.

« Bien, fit-elle. Femme-là senti bien les choses. »

Le rabat de la tente s'ouvrit.

« Salut, Esmé, dit Nounou Ogg.

— Que les dieux bénissent cette... tente, fit Mémé Ciredutemps en fouillant la pénombre des yeux.

— Ça, c'est Mme Gogol, présenta Nounou. Une femme vaudou, comme qui dirait. C'est les sorcières du pays.

— Sont pas les seules sorcières dans le coin, fit Mémé.

— T'as drôlement impressionné Mme Gogol en devinant que j'étais ici.

— Élémentaire. J'ai repéré le Gredin qui faisait sa toilette dehors ; le reste, c'était que d'la déduction. »

Dans la pénombre de la tente, Nounou s'était imaginée Mme Gogol vieille. Elle ne s'attendait donc pas à voir sortir à l'air libre une jolie femme entre deux âges, plus grande que Mémé. Mme Gogol portait de lourdes boucles d'oreilles d'or, un chemisier blanc et une ample jupe rouge à volants. Nounou sentit la réprobation de Mémé Ciredutemps. Les bruits qui couraient sur les femmes à jupe rouge étaient pires que ceux qui couraient, paraît-il, sur les femmes à chaussures rouges.

Mme Gogol s'arrêta et leva le bras. Il y eut un froissement d'ailes.

Gredin, qui se frottait obséquieusement contre la jambe de Nounou, redressa la tête et feula. Le coq le plus gros et le plus noir qu'avait jamais vu Nounou s'était posé sur l'épaule de Mme Gogol. Il tourna vers elle un regard intelligent qu'elle n'avait connu chez aucun volatile.

« Ma parole, dit-elle, interloquée. Des queues de cette taille, j'en ai encore jamais vu, et j'en ai vu quelques-unes durant ma vie. »

Mme Gogol haussa un sourcil désapprobateur.

« Toute son éducation est à refaire, dit Mémé.

— Et pourtant j'ai vécu à côté d'un élevage de poulets et tout, *voilà ce que je voulais ajouter*, fit Nounou.

— Ça, c'é Legba, un lèspri des ténèb, très danjéré », expliqua Mme Gogol. Elle se pencha plus près et parla du coin de la bouche. « Ent nous, c'é ien qu'un gwo coq noir. Mé vous sav ça qui c'é.

— La publicité paye, convint Nounou. Ça, c'est Gredin. Entre nous, c'est un démon de l'enfer.

— Eh bien, c'é un chat, fit aimablement Mme Gogol. Fallé s'y attend. »

Cher Jason et tout le monde,

C'est incroyable ce qui arrive quand on s'y attend pas, par exemple on a fait la connaiçance de Mme Gogol qui travaille comme cuisiniaire le jour mais fait la sorcière vaudou la nuit, faut pas croire tout ce quon raconte sur la magie noire, exetra, c'est qun prétexe, elle est pareille que nous mais autrement. C'est quand même vrai pour les zombies mais pas comme tu crois...

Genua était une ville curieuse, conclut Nounou. On sortait des grandes artères, on suivait une petite rue transversale, on passait une petite porte et on voyait soudain partout des arbres auxquels pendaient de la mousse et des bouts de l'hyène, quelque chose comme ça, puis le terrain devenait moins solide sous les pas et de plus en plus marécageux. De chaque côté de la piste se succédaient des plans d'eau sombre où surnageaient, ici et là au milieu des nénuphars, des souches comme les sorcières n'en avaient encore jamais vu.

« De sacrés gros tritons, dit-elle.

— C'est des cocodrilles. Des alligators.

— Par tous les dieux. Ils doivent bien bouffer.

— Oui ! »

La maison de Mme Gogol avait l'air d'un assemblage de bois flotté récupéré dans le fleuve ; coiffée d'un toit de mousse, elle était bâtie directement au-dessus du marais, posée sur quatre solides pilotis. Elle se trouvait assez près du centre ville pour que Nounou entende les cris de la rue et le *clip-clop* des sabots des chevaux, mais la bicoque, dans son petit marais, baignait dans le silence.

« Personne vient vous embêter ici ? demanda Nounou.

— Sèlment les gens qui moin envie de voir. » Les feuilles de nénuphar bougèrent. Une ride en *v* traversa le plan d'eau le plus proche.

« L'indépendance, approuva Mémé. Très important, ça. Toujours. »

Nounou fixa les sauriens d'un regard intéressé. Ils essayèrent de le soutenir et abandonnèrent quand les larmes leur vinrent aux yeux.

« J'pense que je m'en prendrais bien deux à la maison, dit-elle d'un air songeur alors que les bêtes s'éclipsaient. Mon Jason pourrait creuser une autre mare, pas de problème. Ça mange quoi, vous m'avez dit ?

— Touça qu'ils veulent.

— J'connais une blague sur les alligators, fit Mémé du ton solennel de qui énonce une vérité de première importance.

— Pas possible ! s'exclama Nounou. Je t'ai jamais entendue raconter une blague dans toute ta vie !

— C'est pas parce que j'en raconte pas que j'en connais pas, répliqua Mémé avec hauteur. C'est l'histoire d'un gars...

— Quel gars ? demanda Nounou.

— *Un gars* qui entre dans une auberge. Oui. C'est ça, une auberge. Et il voit un panneau. Le panneau dit “sandwichs variés”. Alors il demande : “Donnez-moi un sandwich à l'alligator. Sinon au crocodile. Parce que l'alligator et le crocodile, c'est... presque pareil !" »

Les deux autres la regardèrent.

Nounou Ogg se tourna vers Mme Gogol.

« Donc... vous vivez ici toute seule, hein ? fit-elle d'un ton joyeux. Pas âme qui vive dans l'coin ?

— Toucom, dit Mme Gogol.

— Vous voyez, les alligators et les crocodiles... », reprit d'une voix forte Mémé qui s'arrêta soudain.

La porte de la cabane s'était ouverte.

Une autre grande cuisine [1]. Elle avait autrefois donné du travail à une demi-douzaine de cuisiniers. Aujourd'hui elle rappelait une caverne, les angles du fond baignaient dans l'ombre, la poussière ternissait les casseroles et les soupières suspendues. On avait repoussé contre un mur les grandes tables sur lesquelles de la vieille vaisselle s'entassait presque jusqu'au plafond ; les fourneaux, assez vastes pour engloutir des vaches entières et nourrir toute une armée, restaient froids.

Au milieu de cette grisaille désolée, quelqu'un avait installé une petite table près de la cheminée. Elle trônait sur un carré de tapis éclatant. Un pot à confitures contenait des fleurs disposées suivant la méthode simple qui consiste à en attraper une poignée puis à la fourrer dans un vase. Ce qui créait une petite île de couleur un peu mièvre dans l'océan de pénombre.

Illon déplaça désespérément quelques objets de-ci de-là puis s'immobilisa et regarda Magrat, une espèce de sourire timide aux lèvres, comme sur la défensive.

« J'suis une bêtasse, vraiment. M'est avis que ça vous arrive souventes fois, dit-elle.

— Hum. Oui. Oh, oui. Tout le temps, fit Magrat.

1. Comme le disait Desiderata, les marraines fées ont tendance à entretenir des rapports très étroits avec les cuisines.

— C'est seulement que j'vous voyais un brin... plus âgée ? Vous étiez à mon baptême, non ?

— Ah. Oui ? Ben, vous voyez, faut dire que...

— Mais vous pouvez vous donner l'air que vous voulez, m'est avis, conclut obligeamment Illon.

— Ah. Oui. Euh... »

Illon parut un instant intriguée, comme si elle cherchait à comprendre pourquoi, puisque Magrat pouvait se donner n'importe quelle apparence, elle avait opté pour celle-là.

« Enfin, bon, dit-elle. On fait quoi asteure ?

— Vous avez parlé de thé, répondit Magrat pour gagner du temps.

— Oh, sûr. » Elle se tourna vers la cheminée où une bouilloire noircie pendait au-dessus de ce que Mémé Ciredutemps appelait toujours un feu d'optimiste[1]. « C'est quoi, vot' nom ? demanda-t-elle par-dessus son épaule.

— Magrat, répondit la sorcière en s'asseyant.

— C'est un... joli nom, fit poliment Illon. Évidemment, vous connaissez le mien. Notez, j'passe tellement de temps asteure à faire la cuiseuse au-dessus de cette cheminée affreuse que Mme Aimable m'appelle Braise. C'est bête, hein ? »

Braisillon, songea Magrat. Je suis la marraine fée d'une fille qui rappelle une espèce de bouton qui se ferme d'un coup de pouce.

« Elle aurait pu faire mieux, concéda-t-elle.

— J'ai pas l'cœur d'y dire, elle le trouve amusant, fit la servante. Moi, il me rappelle une manière de bouton qui s'ferme d'un coup de pouce.

— Oh, je dirais pas ça. Euh... Qui c'est, Mme Aimable ?

— C'est la cuiseuse du palais. Elle s'en vient me donner du courage quand ils s'en partent... »

1. Deux bûches et de l'espoir.

Elle pivota, la bouilloire noircie brandie comme une arme.

« J'veux pas aller à ce bal ! lança-t-elle. J'vais pas marier le prince ! Vous comprenez ? »

Les mots tombaient comme des lingots d'acier.

« D'accord ! D'accord ! fit Magrat, décontenancée par tant de véhémence.

— L'a l'air gluant. Y m'donne la chair de poule, fit Illon d'une voix sinistre. On dit qu'il a des yeux drôles. Et tout l'monde connaît ce qu'il fait la nuit ! »

Tout le monde sauf une, songea Magrat. On ne me dit jamais ces choses-là, à moi. « Ben, ça doit pas être très dur d'arranger ça, fit-elle tout haut. J'veux dire, normalement, c'est d'épouser les princes qu'est difficile.

— Pas pour moi, non. Ç'a déjà été arrangé. D'après mon autre marraine, faut que j'y passe. C'est mon destin, qu'elle dit.

— Autre marraine ?

— Tout l'monde en a deux. La bonne et la mauvaise. Vous connaissez ça, quand même. Laquelle vous êtes, vous ? »

Magrat réfléchit à toute vitesse.

« Oh, la bonne, répondit-elle. Pas de doute.

— C'est drôle, fit Illon. C'est exactement ce que dit l'autre aussi. »

Mémé Ciredutemps se tenait assise dans sa position spéciale, genoux serrés et coudes rentrés, qui mettait le moins possible de sa personne en contact avec le monde extérieur.

« Bon d'là, ça c'est fameux, fit Nounou Ogg en nettoyant son assiette avec ce que Mémé espérait être du pain. Tu devrais essayer un coup, Esmé.

— Enco une portion, man Ogg, proposa Mme Gogol.

— Si ça vous ennuie pas, madame Gogol. » Nounou

envoya son coude dans les côtes de Mémé. « C'est vraiment bon, Esmé. Comme du ragoût. »

Mme Gogol regarda Mémé, la tête penchée.

« C'é pitêt pas le manjé qui anbété man Ciredutemps, moin pensé, dit-elle. C'é pitêt le service. »

Une ombre s'étendit au-dessus de Nounou Ogg. Une main grise lui prit son assiette.

Mémé Ciredutemps toussa légèrement.

« J'ai rien contre les morts, dit-elle. Certains de mes meilleurs amis le sont. Mais ça me paraît pas normal que les morts se baladent partout. »

Nounou Ogg leva les yeux sur la silhouette en train de verser à la louche dans son assiette une troisième part du liquide mystérieux.

« Et vous, qu'est-ce que vous en dites, monsieur Zombie ?

— La vie est belle, madame Ogg, répondit le zombie.

— Là. Tu vois, Esmé. Il s'en fiche. C'est mieux que rester enfermé toute la journée dans un cercueil étouffant, j'suis sûre. »

Mémé leva à son tour la tête vers le zombie. Il était – ou plus exactement avait été – un grand et bel homme. Il l'était toujours, seulement il donnait désormais l'impression d'avoir traversé une salle envahie de toiles d'araignées.

« Comment vous vous appelez, monsieur le mort ?

— Je m'appelle Saturday.

— Saturday, hein ? Ça veut dire samedi, non ? Remarquez, y en a bien d'autres qui s'appellent Vendredi.

— Peut-être. Mais moi c'est Saturday, madame Ogg. Saturday. »

Mémé Ciredutemps le regarda dans les yeux. Elle les trouva plus vifs que chez la plupart des individus techniquement vivants qu'elle connaissait.

Elle était vaguement au courant qu'un mort devait subir certains traitements pour se transformer en zombie, mais c'était une branche de la magie qu'elle n'avait jamais voulu explorer. L'opération nécessitait en tout cas davantage qu'un paquet d'entrailles de poisson bizarre et de racines exotiques : il était indispensable que le mort veuille revenir. Il lui fallait un rêve, une envie ou un but terrible qui l'aidaient à triompher de la tombe...

Les yeux de Saturday brûlaient.

Elle se décida. Elle tendit la main.

« Enchantée de vous connaître, monsieur Saturday, dit-elle. J'prendrais bien de votre bon ragoût.

— Ça s'appelle du gombo, la renseigna Nounou. Y a des doigts de dame dedans.

— Je sais parfaitement que c'est le nom qu'on donne à une plante d'ici, merci bien, fit Mémé. J'suis pas complètement ignorante.

— D'accord, mais tâche d'avoir aussi une portion de tête de serpent. C'est l'meilleur.

— C'est quoi comme plante, la tête de serpent ?

— Mange donc, ça vaut mieux, j'pense », dit Nounou.

Elles étaient assises sur la galerie de bois gauchi à l'arrière de la cabane de Mme Gogol, au-dessus du marais. Des barbes moussues pendaient aux branches des arbres. Des créatures invisibles bourdonnaient dans la verdure. Et partout des ondes en *v* fendaient délicatement la surface de l'eau.

« J'pense que ça doit être très agréable ici quand le soleil est couché », dit Nounou.

Saturday regagna la cabane en traînant les pieds et en ramena une canne à pêche de fortune. Il accrocha alors un appât au bout de la ligne qu'il lança par-dessus la balustrade. Puis il donna l'impression de couper la communication ; nul n'a plus de patience qu'un zombie.

Mme Gogol se laissa aller en arrière dans son rocking-chair et alluma sa pipe.

« C'été une gran vil dans temps lontan, dit-elle.

— Qu'est-ce qui lui est arrivé ? » demanda Nounou.

Gredin avait beaucoup de mal avec le coq Legba.

D'abord, le volatile refusait de se laisser terroriser.

Gredin pouvait flanquer la frousse à presque tout ce qui bougeait à la surface du Disque-monde, même à des êtres logiquement beaucoup plus gros et plus coriaces que lui. Pourtant, allez savoir pourquoi, aucune de ses tactiques éprouvées – le bâillement, le regard insistant et surtout le sourire qui s'étire lentement – n'avait l'air efficace. Legba se contentait de baisser les yeux sur lui le long de son bec et feignait de gratter la terre d'une manière qui mettait encore davantage en valeur ses éperons déjà impressionnants.

Ne restait donc plus que le bond avec élan. Ce coup-là marchait sur à peu près n'importe quelle créature. Très peu d'animaux gardaient leur calme face à une boule de griffes enragée qui leur vrombissait sous le nez. Dans le cas présent, se disait Gredin, c'était peut-être lui qui risquait de finir en brochette à poils. Mais il fallait régler la question. Sinon des générations de chats se moqueraient de lui.

Félin et gallinacé vadrouillaient dans le marais, chacun ne prêtant apparemment aucune attention à l'autre.

Des choses baragouinaient dans les arbres. De petits oiseaux chatoyants fendaient les airs en trombe. Gredin leur jeta des regards assassins. Il s'occuperait d'eux plus tard.

Et le coq avait disparu.

Les oreilles de Gredin se plaquèrent sur son crâne.

Il entendait toujours le chant des oiseaux et la stridulation des insectes, mais ça se passait ailleurs. Ici régnait le silence, un silence moite, obscur et oppressant, et les arbres lui paraissaient inexplicablement plus rapprochés qu'il ne se le rappelait.

Gredin regarda autour de lui.

Il se trouvait dans une clairière. Sur son pourtour, des objets étaient accrochés à des buissons ou attachés à des arbres. Des bouts de rubans. Des os blanchis. Des pots en fer-blanc. Des objets parfaitement ordinaires partout ailleurs.

Et, au centre de la clairière, une espèce d'épouvantail. Un pieu planté à la verticale avec une traverse sur laquelle on avait suspendu un manteau noir. Au-dessus du manteau, au sommet du pieu, trônait un chapeau haut de forme. Sur le chapeau, observant Gredin d'un air songeur, se tenait perché Legba.

Un petit vent se leva dans l'atmosphère étouffante, et le manteau s'agita doucement.

Gredin se rappela le jour où il avait poursuivi un rat dans le moulin du village pour découvrir soudain que la salle dont le mobilier lui avait paru curieux était en réalité une grosse machine capable, s'il s'avisait de faire un faux pas, de le broyer entièrement.

L'air grésilla doucement. Gredin sentit ses poils se dresser.

Il fit demi-tour et s'en repartit d'une allure arrogante jusqu'à ce qu'il s'estime hors de vue, puis ses pattes se mirent à mouliner si vite qu'elles patinèrent sur place.

Après quoi il alla sourire devant quelques alligators, mais le cœur n'y était pas.

Dans la clairière, le manteau s'agita encore doucement puis s'immobilisa. D'une certaine façon, c'était pire.

Legba attendait, l'œil aux aguets. L'atmosphère s'alourdit, comme avant un orage.

« C'été une gran vil dans temps lontan. Une vil bienéreuse. Pèsonne l'obigé à èt bienéreuse. Ça vini tout sèl, conm ça, dit Mme Gogol. C'été di vivant di vié baro. Mé li a été ansaziné.

— Par qui ? demanda Nounou Ogg.

— Tout monde sav c'é l'grand-duc », répondit Mme Gogol.

Les sorcières échangèrent un regard. Les intrigues royales étaient manifestement un peu différentes dans les pays étrangers.

« Tué à coups de bec, c'est ça ? fit Nounou.

— Comme par un mâle faisan ? dit Mémé.

— Grand-duc, c'é un titre, pas un zoiseau, expliqua

Mme Gogol d'un ton patient. Le baro été empoisonnen. Une nuit térib. Et lendimain matin, le grand-duc été dans le palé. Epi y a eu l'histoi di testament.

— Me dites rien, fit Mémé. J'parie qu'y avait un testament qui laissait tout à ce grand-duc. Je parie que l'encre était pas encore sèche.

— Coument vous connèt ça ? s'étonna Mme Gogol.

— Ça va de soi, répondit Mémé avec condescendance.

— Le baro avait une tifille.

— Elle vit toujours, à mon avis.

— Vous connèt beaucoup de choses, madanme. Pouquisa vous couère ça, didonc ?

— Ben... », fit Mémé. Elle allait répondre : Parce que je sais comment fonctionnent les contes. Mais Nounou l'interrompit :

« Si ce baron était aussi bien que ça, il devait avoir des tas d'amis en ville, non ? fit-elle.

— C'é vré. Lépèple l' apprécié.

— Ben, si j'étais l'grand-duc et que j'avais rien d'autre comme droit à l'héritage qu'un testament barbouillé et une petite bouteille d'encre pas encore rebouchée, je chercherais un moyen de rendre tout ça un peu plus officiel. L'idéal pour lui, ce serait d'épouser la véritable héritière. Et alors il pourrait faire un pied de nez à tout l'monde. J'parie qu'elle sait même pas qui elle est, je m'trompe ?

— Non, répondit Mme Gogol. Le grand-duc a des zanmis, li ossi. Ou des gardiens, pitêt. Pas di monde on a lenvie contrayé. Ils ont élivé la tifille et la laissé pas soti beaucoup. »

Les sorcières gardèrent un instant le silence.

Mémé songeait : Non. Ça ne colle pas. C'est ce qu'on lirait dans un livre d'histoire. Mais le conte est différent.

« Excusez-moi, madame Gogol, dit-elle alors, mais quel rôle vous jouez dans tout ça ? Sans vouloir vous offenser, j'ai l'impression qu'ici, dans le marais, que ce soit l'baron ou un autre qui dirige la ville, ça change pas grand-chose. »

Pour la première fois depuis qu'elles la connaissaient, Mme Gogol leur parut momentanément mal à l'aise.

« Le baro, c'été... un zanmi à moin, dit-elle.

— Ah, fit Mémé d'un air entendu.

— Les zombies, ça li plaisé pas beaucoup, rimarqué. Il disé les morts avé bien doit au ripos. Mé il ensisté janmen. Alos qui celui-là, le nouveau...

— L'a pas de goût pour les arts occultes ? fit Nounou.

— Oh, moi je crois qu'si, dit Mémé. Forcément. S'agit sans doute pas de votre magie, mais y en a beaucoup autour de lui.

— Pouquisa vous di ça, madanm ? demanda Mme Gogol.

— Ben, fit Nounou, vu qu'vous êtes une femme de caractère, j'imagine que vous supporteriez pas ça à moins d'être obligée. Y a des tas de moyens de régler cette affaire, à mon sens. J'pense que si vous aimiez pas quelqu'un, ses jambes pourraient se détacher toutes seules, ou il pourrait tomber sur de mystérieux serpents dans ses chaussures...

— Des alligoteurs sous son lit, suggéra Mémé.

— Oui. L'é protégé, dit Mme Gogol.

— Ah.

— Une magie puissant protégé li.

— Plus puissante que vous ? » demanda Mémé.

Un long silence pénible suivit la question.

« Oui.

— Ah.

— Pou le moment », ajouta Mme Gogol.

Suivit une autre pause. Aucune sorcière n'aimait admettre qu'elle ne possédait pas un pouvoir quasi absolu, ni même entendre parler d'une autre sorcière qui l'admettait.

« Vous attendez votre heure, j'imagine, fit aimablement Mémé.

— Vous éconefemmisez vos forces, dit Nounou.

— L'a un protègement puissant », fit Mme Gogol.

Mémé se renversa en arrière dans son fauteuil. Quand elle reprit la parole, ce fut à la façon du petit malin qui a certaines idées en tête et cherche à découvrir ce que sait la personne en face.

« De quel genre ? demanda-t-elle. Exactement ? »

Mme Gogol plongea la main dans les coussins de son rocking-chair et, après avoir farfouillé un peu, sortit une bourse de cuir et une pipe. Elle alluma la pipe et souffla une bouffée de fumée bleuâtre dans l'air du matin.

« Vous rigardé dans les mirois, aprézan, man Ciredutemps ? » lança-t-elle.

Le fauteuil de Mémé bascula en arrière et faillit l'éjecter hors de la galerie dans les eaux d'un noir d'encre. Son chapeau s'envola dans les feuilles de nénuphar.

Elle eut le temps de le voir se poser délicatement sur l'eau. Il flotta un instant...

puis...

... fut mangé. Un très gros alligator referma les mâchoires dans un claquement et fixa Mémé d'un air suffisant.

Ce fut un soulagement d'avoir une raison de rouspéter.

« Mon chapeau ! Il a boulotté mon chapeau ! Un de vos alligoteurs a boulotté mon chapeau ! C'était mon chapeau ! Forcez-le à me le rendre ! »

Elle arracha une longueur de plante grimpante à l'arbre le plus proche et en fouetta l'eau.

Nounou Ogg recula. « Tu devrais pas faire ça, Esmé ! Tu devrais pas faire ça ! » chevrota-t-elle. L'alligator nagea à culer.

« J'peux taper sur des lézards effrontés si ça m'chante !

— Oui, tu peux, tu peux, fit Nounou d'un ton apaisant, mais pas... avec un... serpent... »

Mémé leva la plante grimpante pour examen. Un coit à trois bandes de taille respectable lui jeta un regard apeuré, songea un instant à lui mordre le nez, se ravisa et referma hermétiquement la gueule dans l'espoir qu'elle comprendrait le message. Elle ouvrit la main. Le serpent tomba sur les planches et se sauva en ondulant à toute vitesse.

Mme Gogol n'avait pas bougé dans son fauteuil. Elle

se tourna alors à demi. Saturday continuait de surveiller patiemment sa ligne.

« Saturday, va chèché le chapeau di la madanm, dit-elle.

— Oui, m'am. »

Même Mémé hésita.

« Vous pouvez pas lui demander ça ! fit-elle.

— Mé l'é mort, dit Mme Gogol.

— C'est déjà pas marrant d'être mort sans en plus se faire découper en morceaux. Restez là, monsieur Saturday !

— C'été quand menm vot chapeau, man Ciredutemps.

— Oui, mais..., fit Mémé, c'est rien... un chapeau. J'vais pas envoyer des gens dans la gueule d'un alligoteur pour un chapeau. »

Nounou Ogg avait l'air horrifiée.

Nul ne connaissait mieux que Mémé Ciredutemps l'importance des chapeaux. Ce ne sont pas seulement des coiffures. Les chapeaux définissent le chef qu'ils couvrent. Ils disent qui on est. Personne n'a jamais entendu parler d'un mage sans chapeau pointu – du moins d'un mage digne de ce nom. Et on n'a jamais entendu parler non plus d'une sorcière nu-tête. Même Magrat en possédait un, mais elle le portait rarement vu qu'elle était un bonnet de nuit sans coiffe. Ça n'était pas très grave, porter le chapeau compte moins qu'en avoir un à disposition. Chaque métier, chaque profession a son couvre-chef. Voilà pourquoi les rois en ont un. Qu'on enlève sa couronne à un roi, il ne reste plus qu'un type au menton fuyant qui s'y entend pour saluer les foules. Les chapeaux ont du pouvoir. Les chapeaux sont importants. Mais les individus aussi.

Mme Gogol tira une autre bouffée de sa pipe.

« Saturday, va chèché pi bon chapeau à moin pou les vacances, dit-elle.

— Oui, madame Gogol. »

Le zombie disparut un instant dans la cabane puis ressortit avec une grosse boîte cabossée soigneusement entourée de ficelle.

« J'veux pas accepter, dit Mémé. J'peux pas prendre votre meilleur chapeau.

— Oh si, fit Mme Gogol. Moin ai un aut. Oh oui, pou ça, moin ai un aut. »

Mémé posa délicatement la boîte par terre.

« J'ai idée, madame Gogol, que vous êtes pas seulement ce que vous paraissez.

— Oh si, man Ciredutemps. Moin janmen été aut chose, tout comme vous.

— C'est vous qui nous avez fait venir ?

— Non, vous êtes vini tout sèl ici. Di vot prope volonté. Pou aidé quèqu'un, pas vré ? Vous avé décidé ça, pas vré ? Pèsonne vous a focées, pas vré ? Sauf vous-menme.

— Là, elle a raison, fit Nounou. Y aurait eu d'la magie, on l'aurait sentie.

— C'est vrai, dit Mémé. Personne nous a forcées sauf nous-mêmes. À quoi vous jouez, madame Gogol ?

— Moin joué pas, man Ciredutemps. Moin jusse envie ricupéré ça qu'é à moin. Moin envie la justice. Epi moin envie qu'on arrêté li, l'aut.

— L'autre qui ? » demanda Nounou Ogg.

Le visage de Mémé n'était plus qu'un masque figé.

« L'aut qu'é dèyè tout ça, répondit Mme Gogol. Le grand-duc a moins di cèvelle qu'une crivette, man Ogg. C'é di l'aut moin parlé. L'aut épi sa magie di mirois. L'aut quisa envie tout dirigé. L'aut, la responsab. L'aut quisa tipatouillé le destin. L'aut man Ciredutemps connèt bien. »

Nounou Ogg était perdue.

« De quoi elle cause, Esmé ? » fit-elle.

Mémé marmonna quelque chose.

« Quoi ? J'ai rien entendu. »

Mémé Ciredutemps leva la tête, la figure rouge de colère.

« Elle veut parler de ma *sœur*, Gytha ! Ça va, comme ça ? Tu comprends ? T'as entendu ? Ma sœur ! Faut que j'répète ? Tu veux savoir de qui elle parle ? Faut te l'écrire ? Ma sœur ! Voilà ! Ma *sœur* ! »

« Elles sont sœurs ? » fit Magrat.

Son thé était maintenant froid.

« J'connais pas, dit Illon. Elles ont l'air... pareilles. Elles restent la plupart du temps entre elles. Mais je les sens qui observent. Elles sont très fortes pour observer.

— Et elles vous font faire tout le travail ?

— Ben, j'dois cuisiner seulement pour moi et le personnel du dehors. Et ça m'embête pas trop de faire le ménage et la lessive.

— Elles font leur propre cuisine, alors ?

— J'crois pas. Elles se promènent dans la maison la nuit, quand j'suis couchée. Marraine Lilith dit que j'dois rester gentille avec elles et les plaindre par rapport qu'elles peuvent pas parler, et aussi que j'dois toujours garnir le gare-manger de fromage.

— Elles mangent que du fromage ?

— J'crois pas.

— J'pense que c'est les rats et les souris qu'en profitent, alors, dans une vieille maison pareille.

— Vous connaissez, c'est drôle, fit Illon, mais j'ai jamais vu une seule souris icitte. »

Magrat frissonna. Elle se sentait observée. « Pourquoi vous fichez pas le camp ? C'est ce que je ferais, moi.

— Pour aller où ? De toute manière, ils me retrouvent toujours. Ou ils envoient les cochers et les valets d'écurie m'quérir.

— C'est horrible !

— J'en suis sûre, ils croient qu'un jour ou l'autre je vais marier n'importe qui pour échapper à la lessive, dit Illon. M'est avis, pourtant, qu'on lave pas les vêtements du prince, ajouta-t-elle amèrement. M'est avis qu'on les brûle après qu'il les a portés.

— Ce qu'il vous faut, c'est mener votre vie comme vous l'entendez, dit Magrat d'un ton encourageant pour lui remonter le moral. Devenir votre propre maîtresse. Vous émanciper.

— Je crois pas que j'ai envie de ça, dit Illon d'une voix prudente au cas où ce serait un péché d'offenser une marraine fée.

— Oh si.

— Ah bon ?

— Oui.

— Ah.

— Vous êtes pas obligée d'épouser quelqu'un contre votre gré. »

Illon se carra sur sa chaise.

« Vous êtes bonne, comme fée ? demanda-t-elle.

— Euh... ben... j'imagine que...

— La robe est arrivée hier. Elle est là-haut dans la grande salle du devant, sus un portemanteau pour qu'elle se froisse pas. Comme ça elle reste irréprochable. Et ils ont spécialement astiqué le carrosse. Ils ont aussi engagé des valets de pied.

— Oui, mais peut-être...

— J'crois que j'vais devoir marier quèqu'un contre mon gré », dit Illon.

Mémé Ciredutemps arpentait le balcon de bois flotté. Toute la cabane tremblait sous son pas énergique. Des ondulations se propageaient à la surface de l'eau au rythme des secousses.

« Évidemment que tu t'souviens pas d'elle ! braillait-elle. Maman l'a fichue dehors quand elle avait treize ans ! On était petites toutes les deux à l'époque ! Mais moi, je m'souviens des prises de bec ! J'les entendais de mon lit ! C'était une dévergondée !

— T'as toujours dit que j'en étais une, dévergondée, quand on était jeunes », dit Nounou.

Mémé hésita, un instant déstabilisée. Puis elle agita une main irritée. « T'en étais une, évidemment, fit-elle d'un air dédaigneux. Mais tu te servais pas de magie pour ça, pas vrai ?

— J'en avais pas besoin, dit joyeusement Nounou. Une robe-bustier qui tombait bien faisait la plupart du temps l'affaire.

— Qui tombait même toute seule dans l'herbe, si j'ai bonne mémoire, fit Mémé. Non, elle se servait de magie, elle. Mais pas de magie ordinaire. Oh, ça, elle était têtue ! »

Nounou était sur le point de dire : Quoi ? Pas accommodante ni modeste comme toi, Esmé ? Mais elle se ravisa. On ne jongle pas avec des allumettes dans une usine de feux d'artifice.

« Les pères des jeunes gens venaient s'plaindre à la maison, fit Mémé d'un ton sinistre.

— Ils venaient jamais se plaindre de moi, dit Nounou toujours aussi joyeusement.

— Toujours à se regarder dans les miroirs. Arrogante comme un chat, qu'elle était. Elle préférait regarder dans un miroir que par la fenêtre, ça oui.

— Elle s'appelle comment ?

— Lilith.

— Un joli nom, fit Nounou.

— C'é pas celui elle se donné aprézan, dit Mme Gogol.

— M'étonne pas !

— Et c'est elle, comme qui dirait, qui dirige la ville ? demanda Nounou.

— Elle aimait mener tout l'monde à la baguette, en plus !

— Pourquoi elle voulait diriger une ville ? demanda encore Nounou.

— Elle a des pojets, répondit Mme Gogol.

— Et vaniteuse avec ça ! Franchement vaniteuse ! dit Mémé apparemment dans le vide.

— Tu savais qu'elle était là ? fit Nounou.

— Je le sentais ! Les miroirs.

— La magie des miroirs, c'est pas mal, protesta Nounou. J'ai fait des tas de trucs avec des miroirs. On peut drôlement rigoler avec un miroir.

— Elle itilisé pas qu'un sèl miroi, dit Mme Gogol.

— Oh.

— Elle itilisé deux.

— Oh. Là, c'est différent. »

Mémé fixa la surface de l'eau. Son propre visage lui rendit son regard depuis les profondeurs obscures.

Du moins, elle espéra qu'il s'agissait bien de son visage.

« Je l'ai sentie qui nous observait pendant tout notre voyage jusqu'ici, reprit-elle. C'est là qu'elle se plaît le plus, dans les miroirs. Dans les miroirs, à mettre les gens dans des contes. »

Elle donna de petits coups d'un bâton à l'image. « Elle m'a même regardée chez Desiderata, juste avant qu'arrive Magrat. C'est pas agréable de voir quelqu'un d'autre dans son reflet... »

Elle marqua un temps. « Où est Magrat, au fait ?

— Partie faire la marraine fée, je crois, répondit Nounou. Elle a dit qu'elle avait pas besoin d'aide. »

Magrat était agacée. En outre, elle avait peur, ce qui l'agaçait encore davantage. Ça n'était drôle pour personne quand Magrat était agacée. C'était comme essuyer l'attaque d'un linge humide.

« Je vous en donne ma parole, dit-elle. Vous êtes pas obligée d'aller au bal si vous voulez pas.

— Vous pourrez pas les arrêter, fit Illon d'un air sombre. J'connais comment ça se passe dedans cette ville.

— Écoutez, j'vous dis que vous êtes pas obligée ! » insista Magrat.

Elle avait l'air songeuse.

« Y aurait pas quelqu'un d'autre que vous aimeriez mieux épouser, dites ? demanda-t-elle.

— Non. Je connais pas beaucoup de monde. J'ai pas beaucoup d'occasions.

— Bien, fit Magrat. Ça facilite les choses. Je propose qu'on vous sorte d'ici et... et qu'on vous emmène ailleurs.

— Y a pas d'ailleurs. Je vous l'ai dit. Arien que des marais. J'ai essayé une fois ou deux, et ils ont envoyé les cochers m'quérir. Ils ont pas été méchants. Les cochers, j'veux dire. Ils ont peur. Tout le monde a peur. Même les sœurs ont peur, j' crois bien. »

Magrat regarda les ombres autour d'elle.

« De quoi ? fit-elle.

— On dit que des genses disparaissent. S'ils ennuient le grand-duc. Il leur arrive quèque chose. Tout l'monde est très poli à Genua, dit Illon d'un ton amer. Y a personne qui vole ni qu'élève la voix et le monde reste chez soi le soir, sauf quand c'est mardi gras. » Elle soupira. « Alors ça, j'aimerais joliment y aller. Au carnaval. Mais ils m'obligent à rester à la maison. Je l'entends quand même passer en ville et je m'dis que Genua devait ressembler à ça avant. Pas seulement quèques personnes après danser dedans un palais, mais tout le monde après danser dedans les rues. »

Magrat se secoua. Elle se sentait loin de chez elle. « Je pense que j'ai peut-être besoin d'un peu d'aide cette fois, dit-elle.

— Vous avez une baguette, fit Illon.

— Je crois qu'il y a des cas où une baguette, ça suffit pas. » Magrat se leva. « Mais je vais vous dire une bonne chose, ajouta-t-elle. J'aime pas cette maison. J'aime pas cette ville. Braisillon ?

— Oui ?

— Vous irez pas au bal. Je vous l'garantis... »

Elle se retourna.

« J'vous l'avais dit, murmura Illon en baissant les yeux. On les entend même pas. »

Une des sœurs se tenait au sommet de l'escalier descendant à la cuisine. Son regard fixe restait rivé sur Magrat.

On dit que tout le monde partage les attributs d'une espèce animale. Magrat devait entretenir une liaison mentale directe avec une petite créature à poil. Elle ressentait la terreur de tous les petits rongeurs face à la mort impassible. Par-dessus la menace du regard passaient toutes sortes de messages : l'inutilité de s'enfuir, la stupidité de résister, la certitude de l'oubli.

Elle savait qu'elle ne pouvait rien faire. Elle ne maîtrisait plus ses jambes. C'était comme si les ordres arrivaient directement de ce regard dans sa moelle épinière. Le sentiment d'impuissance était presque apaisant...

« Que les dieux bénissent cette maison. »

La sœur pivota à une vitesse logiquement inconcevable pour tout être humain.

Mémé Ciredutemps ouvrit la porte d'une poussée. « Oh, grands dieux, tonna-t-elle, et bon sang.

— Ouais, fit Nounou Ogg en forçant l'entrée derrière elle. Bon sang aussi.

— On est deux vieilles mendiantes, dit Mémé en s'avançant à grandes enjambées.

— On mendie de porte en porte, ajouta Nounou Ogg. On fait vraiment que passer. »

Toutes deux prirent Magrat par un coude et la soulevèrent.

Mémé se tourna vers Illon. « Et vous, mademoiselle ? »

La jeune fille secoua la tête sans lever les yeux.

« Non, fit-elle. J'dois pas m'en aller. »

Les yeux de Mémé s'étrécirent. « J'imagine que non, fit-elle. On a tous notre voie à suivre, c'est ce qu'on dit, enfin, les autres le disent, pas moi. Viens, Gytha.

— On y va », lança joyeusement Nounou.

Elles se retournèrent.

Une autre sœur apparut dans l'encadrement de la porte.

« Par tous les dieux, fit Nounou Ogg. Je l'ai même pas vue bouger !

— On allait partir, dit Mémé Ciredutemps d'une voix forte. Si ça vous fait rien, m'dame ? »

Elle croisa le regard fixe de plein fouet.

L'atmosphère crépita.

Puis Mémé Ciredutemps glissa entre ses dents serrées : « Quand j'te dirai de foncer, Gytha...

— Compris », fit Nounou.

Mémé tâtonna derrière elle et trouva la théière dont Magrat venait de se servir. Elle la soupesa doucement et discrètement.

« Prête, Gytha ?

— J'attends, Esmé.

— Fonce ! »

Mémé lança la théière loin en l'air. Les têtes des deux sœurs pivotèrent d'un coup.

Nounou Ogg aida une Magrat chancelante à passer la porte. Mémé la claqua alors que la sœur la plus proche se précipitait, la bouche ouverte, trop tard.

« On a laissé la fille ! cria Nounou alors qu'elles enfilaient l'allée à toutes jambes.

— Les autres la gardent, dit Mémé. Elles vont pas lui faire de mal.

— J'ai encore vu personne avec des dents pareilles !

— Forcément, c'est pas des personnes ! C'est des serpents ! »

Elles gagnèrent la sécurité relative de la route et s'adossèrent contre le mur.

« Des serpents ? » fit Nounou, la respiration sifflante. Magrat ouvrit les yeux.

« C'est un coup de Lili, dit Mémé. Elle était bonne pour ces trucs-là, je m'souviens.

— Des vrais serpents ?

— Ouais, répondit Mémé d'un air sombre. Elle se lie facilement.

— Merde alors ! J'arriverais pas à faire ça, moi.

— Elle non plus, elle y arrivait pas pendant plus de quelques secondes. C'est à ça que servent les miroirs.

— Je... Je..., bégaya Magrat.

— Ça va », la rassura Nounou. Elle leva les yeux sur Mémé Ciredutemps.

« T'as beau dire, on devrait pas laisser la fille, fit-elle. Dans une maison où se baladent des serpents qui s'croient humains.

— C'est pire que ça. Ils se baladent en se croyant des serpents, dit Mémé.

— Bon, si tu veux. Mais toi, tu fais jamais ça. Au pire, tu les embrouilles un peu sur ce qu'ils sont.

— Parce que c'est moi, la gentille », dit Mémé d'un ton amer.

Magrat frissonna.

« Alors on va la tirer de là ? demanda Nounou.

— Pas encore. On va attendre le bon moment, répondit Mémé. Est-ce que tu m'entends, Magrat Goussedail ?

— Oui, Mémé, fit Magrat.

— Faut qu'on aille quelque part causer. Au sujet des contes.

— Qu'est-ce qu'ils ont, les contes ?

— Lili se sert d'eux. Tu vois pas ? Ça se sent dans tout le pays. Les contes se concentrent dans le secteur parce qu'ils y trouvent à s'exprimer. Elle les alimente. Écoute, elle veut pas que ton Illon épouse ce grand-duc pour une histoire de politique ou d'autre chose. Ça, c'est juste une... explication. C'est pas une *raison*. Elle veut que la fille épouse le prince parce que le conte l'exige.

— Elle y gagne quoi, elle ? demanda Nounou.

— Au centre de tous les contes, la marraine fée ou la méchante sorcière... vous vous souvenez ? C'est là qu'elle se place, Lili, comme... comme... » Mémé marqua un temps, chercha le terme approprié. « Vous vous rappelez, l'année dernière, quand l'espèce de cirque est venu à Lancre ?

— Je m'rappelle, fit Nounou. Les filles en collant à paillettes et les gars qui se versaient du blanc de chaux sur le pantalon. Mais j'ai pas vu d'éléphants. Ils disaient qu'y aurait des éléphants, et y en a pas eu. Y en avait sur les affiches. Ça m'a coûté deux sous, et pas un seul élé...

— Oui, mais ce que je dis, moi, fit Mémé alors qu'elles se hâtaient dans la rue, c'est qu'y avait un homme au milieu, vous vous en souvenez sûrement. Avec la moustache et le grand chapeau ?

— Celui-là ? Mais il faisait pas grand-chose, dit Nounou. Il restait là, au milieu du chapiteau, de temps en temps, il faisait claquer son fouet et les autres enchaînaient leurs numéros autour de lui.

— Voilà pourquoi c'était lui le plus important. C'est ce qui se passait autour de lui qui le rendait important.

— Avec quoi Lili les alimente, les contes ? demanda Magrat.

— Avec des gens », répondit Mémé. Elle fronça les sourcils. « Les contes ! reprit-elle. Tiens, va falloir qu'on examine ça de plus près... »

Un crépuscule vert recouvrait Genua. Des volutes de brume montaient du marais.

Des torches brûlaient dans les rues. Dans des dizaines de cours des silhouettes indistinctes s'agitaient, débâchaient des chars. Des paillettes scintillaient et des clochettes tintaient dans l'obscurité.

Toute l'année le peuple de Genua était gentil et doux. Mais l'histoire accorde toujours aux opprimés une nuit quelque part dans le calendrier afin de rétablir momentanément l'équilibre du monde. On peut l'appeler la Fête des fous, ou le Roi du haricot. Voire le Samedi soir des morts. En ces occasions, même ceux qui exercent les responsabilités les plus hautes et les plus lourdes peuvent tout envoyer aux orties et s'amuser.

La plupart d'entre eux, en tout cas...

Les cochers et les valets de pied, assis dans leur cabane à un bout de la cour d'écurie, attaquaient leur dîner et se plaignaient de devoir travailler la Nuit des morts. Ils procédaient également au rituel consacré de circonstance, lequel consiste essentiellement à découvrir ce que leurs épouses leur ont mis cette fois dans la gamelle et à envier les collègues manifestement mieux lotis.

Le valet de pied en chef souleva prudemment une croûte.

« J'ai du cou d'poulet et des cornichons, dit-il. Quèqu'un a du fromage ? »

Le deuxième cocher examina le contenu de sa boîte. « Encore du lard bouilli, se plaignit-il. Elle me donne tout l'temps du lard bouilli. Elle connaît que j'aime pas ça. Elle ôte même pas l' gras.

— C'est du gras épais et blanc ?

— Ouais. Affreux. Vous trouvez ça normal, vous autres, pour un jour de fête ?

— J'te l'troque contre de la laitue et de la tomate.

— D'accord. T'as quoi, toi, Jacquot ? »

Le deuxième valet de pied ouvrit timidement son paquet. Il mit au jour quatre sandwichs soigneusement débarrassés de la croûte. Avec un brin de persil. Et même une serviette.

« Saumon fumé et fromage frais, fit-il.

— Et 'core une part du gâteau d'mariage, fit le premier cocher. Vous avez donc pas fini d'le consommer ?

— On y a droit tous les soirs », répondit le second valet de pied.

La cabane fut secouée des éclats de rire qui s'ensuivirent. C'est une loi universelle : dans n'importe quelle corporation, le moindre commentaire innocent d'un jeune marié – ou d'une jeune mariée – déclenche aussitôt l'hilarité graveleuse de ses collègues plus âgés et plus blagueurs. Le phénomène se produit même chez des aliens à neuf pattes au fond d'un océan d'ammoniaque sur une grosse planète glacée. C'est comme ça.

« Profites-en, dit le deuxième cocher d'un ton sinistre, une fois qu'ils se furent calmés. Ça commence par des bécots, des gâteaux, des sandwichs sans croûte, mais ça vire vite aux savons, au tchul de bois et au rouleau à pâtisserie.

— M'est avis, commença le premier cocher, qu'ça dépend de... »

On frappa à la porte.

Le second valet de pied, étant le plus jeune, se leva et l'ouvrit.

« C'est une vieille, dit-il. Qu'esse tu veux, la vieille ?

— Ça vous dit, un coup à boire ? » proposa Nounou Ogg. Elle tendit un cruchon au-dessus duquel flottait une nette vapeur d'alcool et souffla dans une langue de belle-mère.

« Quoi ? fit le valet de pied.

— C'est bête pour vous de travailler. C'est la fête ! Youpi !

— Qu'esse qui s'passe ? commença l'aîné des cochers qui pénétra alors dans le nuage d'alcool. Bons djeux ! C'est quoi, c'te goutte-là ?

— Ça sent l'rhum, monsieur Trévise. »

Le cocher hésita. De la rue parvenaient de la musique et des rires tandis que le premier défilé se mettait en branle. Des feux d'artifice éclatèrent dans le ciel. Ce n'était pas un soir à se priver d'un petit remontant.

« Ça, c'est une brave 'tite vieille », dit-il.

Nounou Ogg agita encore le cruchon. « Envoyez-vous ça dans l'cul, dit-elle. Cornet sec ! »

Ce qu'on pourrait appeler la sorcière classique se présente sous deux modèles de base, la sophistiquée et la simple, ou, si vous préférez, celle qui dispose d'une pleine chambre d'accessoires et celle qui n'en a pas. Les goûts de Magrat la classaient dans la première catégorie. Tenez, les poignards magiques, par exemple. Elle en possédait une série complète, tous pourvus de manches de la bonne couleur et couverts de runes.

Au bout de plusieurs années sous la tutelle de Mémé Ciredutemps, Magrat avait fini par comprendre que le couteau à pain ordinaire était plus efficace que le plus ouvragé des poignards magiques. Il pouvait accomplir tout le travail du poignard magique, et servait en outre à couper le pain.

Toute cuisine digne de ce nom recèle un vieux couteau au manche amenuisé par l'usage, à la lame recourbée comme une banane, et si étonnamment acéré que plonger la main dans le tiroir en pleine nuit équivaut à vouloir attraper des pommes avec les dents à la surface d'un aquarium de piranhas.

Magrat avait le sien coincé dans sa ceinture. Pour l'heure, elle flottait à une dizaine de mètres au-dessus du sol, une main accrochée à son balai, l'autre à un tuyau d'écoulement, les deux jambes pendantes. Le cambriolage devrait être facile quand on a un balai. Mais ça n'avait pas l'air d'être le cas.

Elle passa enfin les deux jambes autour du tuyau et se cramponna solidement à une gargouille placée fort à propos. Elle gigota son couteau entre les deux moitiés de la fenêtre et souleva le loquet. Après force grognements, elle fut à l'intérieur, adossée au mur, hors d'haleine. Des lumières bleues lui fusaient devant les yeux, comme en écho aux feux d'artifice qui sillonnaient le ciel au-dehors.

Mémé avait demandé avec insistance si elle était sûre de vouloir faire ça. Et elle avait découvert avec surprise qu'elle l'était effectivement. Même si les femmes serpents rôdaient déjà dans la maison. La fonction de sorcière impliquait de se rendre là où on n'avait pas envie d'aller.

Elle ouvrit les yeux.

Elle vit la robe, au milieu de la chambre, sur un mannequin de couturière.

Une chandelle klatchienne éclata au-dessus de Genua. Des étoiles vertes et rouges explosèrent dans les ténèbres veloutées ; elles allumèrent la soie et les pierres précieuses devant Magrat.

La sorcière n'avait jamais rien vu d'aussi beau.

Elle s'avança doucement, la bouche sèche.

Des vagues de brume chaude envahissaient le marais.

Mme Gogol touillait le chaudron.

« Qu'est-ce qu'elles font ? demanda Saturday.

— Arrêté le conte, répondit-elle. Ou... pitêt pas... »

Elle se leva.

« Toute mannyè, c'é à nous d'agi aprézan. On va à la clairiè. »

Elle regarda le visage de Saturday.

« T'as pè ?

— Je... connais ce qui va se passer après, dit le zombie. Même si on gagne.

— On connèt ça tous les dé. Mé on a eu douzan.

— Oui. On a eu douze ans.

— Epi Illon va condui la ville.

— Oui. »

Dans la cabane des cochers, Nounou Ogg et les valets s'entendaient, selon son expression, comme lardons en poêle.

Le second valet de pied sourit confusément au mur et s'affaissa en avant.

« Ça, c'est bien les jeunes d'achteure, commenta le cocher en chef en essayant de dégager sa perruque de sa chope. Ça tient pas la boich... la boiff... la route.

— Encore un p'tit coup, histoire de reprendre du poil de la bête, monsieur Trévise ? fit Nounou en remplissant la chope. Ou de l'écaille de l'alligator, ou ce que vous dites dans l'pays.

— M'est avis, dit le premier valet de pied, qu'on devrait apprêter l'caroche, qu'eche vous en dites ?

— M'est avis que vous avez l'temps d'en prendre encore un, fit Nounou Ogg.

— Ben aimab', dit le cocher. Ben aimab'. À vot' santé, m'dammmm Goo... »

Magrat rêvait de telles robes. Tout au fond d'elle-même, aux premières heures de la nuit, elle dansait avec des princes. Non pas des princes timides et bûcheurs comme Vérence, chez elle au royaume de Lancre, mais des vrais, aux yeux bleu cristal et aux dents blanches. Et elle portait des robes de ce modèle. Des robes qui lui allaient.

Elle contempla les manches à ruches, le corsage brodé, la fine dentelle blanche. C'était aux antipodes de son... euh... Nounou Ogg appelait ça un « magrat », mais c'était un pantalon, et c'était très pratique.

Comme si le côté pratique avait une quelconque importance.

Elle la contempla un long moment.

Puis, la figure sillonnée de larmes qui changeaient de couleur à la lumière des feux d'artifice, elle empoigna le couteau et entreprit de tailler la robe en pièces.

La tête du cocher en chef rebondit doucement sur ses casse-croûte.

Nounou Ogg se releva sur des jambes un peu flageolantes. Elle recala sa perruque sous la tête paisiblement endormie du jeune valet de pied parce qu'elle n'était pas une mauvaise femme. Puis elle sortit dans la nuit.

Une silhouette s'anima près du mur.

« Magrat ? souffla Nounou.

— Nounou ?

— T'as vu la robe ?

— Vous vous êtes occupée des valets ?

— Bon, ça va, fit Mémé Ciredutemps en surgissant de l'ombre. Reste donc plus que l'carrosse. »

Elle se rendit avec affectation sur la pointe des pieds jusqu'à la remise de la voiture et ouvrit la porte. Le battant racla bruyamment les pavés.

« Chuuut ! » fit Nounou.

Il y avait un bout de chandelle et quelques allumettes sur un rebord. À force de tâtonnements, Magrat alluma la chandelle. Le carrosse s'éclaira comme une boule de piste de danse.

Il était excessivement ouvragé, comme si on avait pris un carrosse parfaitement ordinaire puis succombé à une folie de bois découpé et de peinture dorée.

Mémé Ciredutemps en fit le tour.

« Un peu tape-à-l'œil, commenta-t-elle.

— J'trouve un peu dommage de le démolir », dit tristement Nounou. Elle se retroussa les manches puis, après réflexion, se coinça le bord de la jupe dans la culotte. « Doit bien y avoir un marteau quelque part, dit-elle en se tournant vers les établis le long du mur.

— Non ! Ça ferait trop de bruit ! souffla Magrat. Attendez... »

Elle sortit de sa ceinture la baguette méprisée, la serra fermement et l'agita en direction de la voiture.

Il y eut une brève bouffée d'air.

« J'en reviens pas, fit Nounou Ogg. J'aurais jamais pensé à ça. »

Par terre reposait une grosse citrouille orange.

« C'est rien du tout, dit Magrat en se permettant un petit accès de fierté.

— Hah ! Ça, c'est un carrosse qui roulera jamais plus, fit Nounou.

— Hé..., tu peux aussi faire ça aux chevaux ? » demanda Mémé.

Magrat répondit non d'un signe de tête. « Hum, ce serait un peu cruel, je crois.

— T'as raison. T'as raison, reconnut Mémé. La cruauté envers des animaux pas malins, c'est inexcusable. »

Les deux étalons la regardèrent ouvrir les portes de leurs stalles avec une curiosité chevaline.

« Ouste, dit-elle. Y a de grandes prairies vertes quelque part dehors. » Elle jeta un bref coup d'œil à Magrat. « Vous v'là émancipés. Vous allez trouver ça beau... de ch'val. »

La saillie tomba à plat.

Mémé soupira. Elle grimpa à la cloison de bois séparant les stalles, tendit la main, attrapa chacun des chevaux par une oreille et leur baissa doucement la tête au niveau de sa bouche.

Elle leur chuchota quelque chose.

Les chevaux tournèrent la tête et se regardèrent dans les yeux. Puis ils la baissèrent à nouveau sur Mémé.

Elle sourit et hocha du menton.

Ensuite...

Il est impossible pour un cheval de passer instantanément du départ arrêté au galop, mais ils y parvinrent presque.

« Qu'est-ce que vous avez bien pu leur dire ? demanda Magrat.

— Un mot secret de cavalier, répondit Mémé. Transmis au Jason de Gytha qui me l'a passé à son tour. Marche à tous les coups.

— Il te l'a dit ? s'étonna Nounou.

— Oui.

— Quoi ? Tout ?

— Oui », répéta Mémé d'un air suffisant.

Magrat se recoinça la baguette dans la ceinture. Ce faisant, un carré de tissu blanc tomba par terre.

Des pierres précieuses et de la soie blanches scintillèrent à la lumière de la bougie tandis qu'elle se baissait vite pour le ramasser, mais peu de choses échappaient à Mémé Ciredutemps.

Elle soupira.

« Magrat Goussedail..., commença-t-elle.

— Oui, fit Magrat d'une voix soumise. Oui. Je sais. J'suis un bonnet sans coiffe. »

Nounou lui tapota gentiment l'épaule.

« C'est pas grave, dit-elle. On a fait du bon boulot ce soir. Cette Illon, elle a autant de chances d'aller au bal que moi de... de m'faire sacrer reine.

— Pas de robe, pas de valets de pied, pas de chevaux et pas de carrosse, fit Mémé. J'aimerais voir comment elle va se sortir de ce coup-là, l'autre. Des contes ? Hah !

— Alors, on fait quoi maintenant ? demanda Magrat tandis qu'elles sortaient discrètement de la cour.

— C'est midi gras, dit Nounou. C'est l'pied ! Le

canard d'acier ! » Gredin sortit tranquillement de l'obscurité et se frotta contre ses jambes.

« Je croyais que Lili voulait empêcher la fête, fit Magrat.

— Autant vouloir empêcher une crue. On va s'en payer une tranche !

— J'trouve pas ça bien, moi, qu'on danse dans les rues, dit Mémé. T'en as bu beaucoup, de ce rhum ?

— Oh, allons, Esmé, fit Nounou. On dit que si on passe pas du bon temps à Genua, c'est qu'on doit être mort. » Elle songea à Saturday. « On peut sans doute s'amuser un peu même quand on est mort, à Genua.

— Mais on ferait pas mieux de rester ici ? demanda Magrat. Juste pour être sûres ? »

Mémé Ciredutemps hésita.

« Qu'est-ce que tu crois, Esmé ? fit Nounou Ogg. Tu crois qu'ils vont l'envoyer au bal dans une citrouille, peut-être ? Avec des souris pour la tirer, c'est ça ? Heheh ! »

L'image des femmes serpents traversa l'esprit de Mémé Ciredutemps. Elle hésita encore. Mais, après tout, la journée avait été longue. Et c'était ridicule, à bien y réfléchir...

« Bon, d'accord, dit-elle. Mais j'veux pas m'en payer une tranche, compris ?

— Y a d'la danse et tout, fit Nounou.

— Et des boissons à la banane, j'imagine, dit Magrat.

— À un contre un million, j'parie », fit Nounou d'un ton joyeux.

Lilith Weatherwax se sourit dans le double miroir.

« Oh, dieux du ciel, fit-elle. Pas de carrosse, pas de robe, pas de chevaux. Que peut faire une pauvre marraine ? Dieux du ciel. Et bon sang, sûrement. »

Elle ouvrit un petit étui de cuir du genre dans lequel un musicien transporterait son meilleur piccolo.

Il contenait une baguette, la jumelle de celle que possédait Magrat. Elle la sortit et la fit tourner deux fois, déplaçant les anneaux d'or et d'argent dans une nouvelle position.

Le cliquetis rappelait le mécanisme désagréable d'un fusil à pompe.

« Et en plus, je n'ai qu'une citrouille », dit Lilith.

Et, bien sûr, la différence entre les êtres pensants et les objets non pensants, c'est que la transformation des premiers n'est pas impossible, même si l'opération reste délicate. Ce n'est qu'une question de modification de canal mental. Alors qu'un objet non pensant tel qu'une citrouille – et difficile d'imaginer moins pensant qu'une citrouille – ne peut être changé par aucune magie en dehors de la sourcellerie.

À moins que ses molécules se souviennent d'un temps où elles n'étaient pas citrouille...

Lilith éclata de rire, et un milliard de Lilith réfléchies rirent avec elle, tout au long de l'univers courbe des miroirs.

On ne fêtait plus midi gras au centre de Genua. Mais dans le bidonville autour des bâtiments blancs, les festivités battaient leur plein d'ombres et de lumières de torches. Les feux d'artifice se succédaient. Ce n'étaient que danseurs, cracheurs de feu, plumes et paillettes. Les sorcières, pour qui le divertissement sans chichis se limitait à une danse Morris, regardaient bouche bée passer le défilé depuis le trottoir noir de monde.

« Y a des squelettes qui dansent ! s'écria Nounou alors qu'une vingtaine de silhouettes décharnées descendaient la rue en vrombissant.

— C'est pas des squelettes, rectifia Magrat. C'est des hommes en collant noir avec des os peints dessus. »

Quelqu'un donna un coup de coude à Mémé Ciredutemps. Elle leva les yeux sur la grosse figure souriante d'un Noir. Il lui tendit un cruchon de grès.

« Un 'tit filet, chère. »

Mémé le prit, hésita un instant puis but une lampée. Elle donna à son tour un coup de coude à Magrat et lui passa le cruchon.

« Frgtht ! Gizeer ! dit-elle.

— Quoi ? cria Magrat par-dessus le tintamarre de la fanfare.

— Le gars veut qu'on fasse passer », répondit Mémé.

Magrat regarda le goulot du cruchon. Elle essaya en douce de l'essuyer à sa robe, malgré l'évidence que les germes devaient être consumés depuis longtemps. Elle se risqua à une petite goutte et répercuta le coup de coude à Nounou.

« Kouizathugnaire ! » dit-elle en se tamponnant les yeux.

Nounou leva le cruchon à cul. Au bout d'un moment, Magrat lui donna un autre coup de coude.

« J'crois bien qu'y faut faire passer », hasarda-t-elle.

Nounou s'essuya les lèvres et passa au hasard le cruchon désormais plus léger à une haute silhouette sur sa gauche.

« À vous, monsieur, dit-elle.

— MERCI.

— Chouette costume que vous avez là. Les os sont drôlement bien peints. »

Nounou se désintéressa de l'inconnu pour observer une procession de jongleurs cracheurs de feu. Une connexion dut s'établir quelque part au fond de son cerveau. Elle releva la tête. L'inconnu s'était éloigné.

Elle haussa les épaules.

« On fait quoi, maintenant ? » demanda-t-elle.

Mémé Ciredutemps regardait fixement un groupe de danseurs de limbo à ras de terre. Nombre de danses de la parade avaient un point commun : elles exprimaient explicitement ce que les arbres de mai ne faisaient que suggérer. Avec les paillettes en plus.

« Plus moyen de se sentir à l'abri dans les cabinets,

hein ? » fit Nounou Ogg. Gredin, assis d'un air guindé à ses pieds, suivait des yeux certaines femmes uniquement vêtues de plumes et cherchait ce qu'il pourrait en faire.

« Non. Je pensais à autre chose. Je pensais... au fonctionnement des contes. Et maintenant... je crois que j'aimerais bien manger un morceau », dit Mémé d'une petite voix. Elle se ressaisit un peu. « Quelque chose de mangeable, j'veux dire, pas des machins raclés au fond d'un étang. Et j'veux pas non plus d'la cuisine locale.

— Vous devriez être plus audacieuse, Mémé, fit Magrat.

— J'ai rien contre un peu d'audace, répliqua Mémé, mais pas quand je mange...

— Ils vendent des sandwichs à l'alligator, là-bas, dit Nounou en se détournant du défilé. Incroyable, non ? Des alligators dans un sandwich ?

— Ça me rappelle une blague », fit Mémé Ciredutemps. Un détail la chiffonnait intérieurement. « C'est un gars qui entre dans une auberge, poursuivit-elle en s'efforçant d'ignorer son malaise grandissant. Et il voit un panneau. Le panneau dit "sandwichs variés". Alors il demande : "Donnez-moi un sandwich à l'alligator. Sinon, au crocodile. Parce que l'alligator et le crocodile, c'est... pratiquement pareil !"

— C'est pas gentil pour les alligators, je trouve, des sandwichs comme ça, lâcha Magrat dans un silence de plomb.

— Moi, j'dis toujours qu'un bon coup de rigolade, ça fait du bien », ajouta Nounou.

Lilith sourit à la vue d'Illon debout, l'air triste, entre les femmes serpents.

« Une robe en lambeaux, avec ça, fit-elle. Et la porte de la chambre verrouillée. Tut-tut. Comment la chose a-t-elle pu se produire ? »

Illon se contemplait les pieds.

Lilith sourit aux deux sœurs. « Bon, dit-elle, il va falloir faire de notre mieux avec ce que nous avons. Hmm ? Allez me chercher... Allez me chercher deux rats et deux souris. Je sais que vous arrivez toujours à trouver des rats et des souris. Et ramenez-moi la grosse citrouille. »

Un rire la secoua. Non pas le rire dément et strident de la mauvaise fée vaincue, mais celui plutôt agréable de qui vient de penser à une bonne blague.

L'air songeur, elle regarda la baguette.

« Mais d'abord, ajouta-t-elle en revenant à la figure pâle d'Illon, ramenez donc ces vilains bonshommes qui se sont permis de se soûler. Quel manque de respect ! Et quand on n'a pas de respect, on n'a rien. »

Seul le cliquetis de la baguette troubla le silence de la cuisine.

Nounou Ogg goûta du bout des lèvres au grand verre posé sous son nez.

« J'comprends pas qu'ils mettent un parapluie dedans, fit-elle en aspirant la cerise à cocktail du bâtonnet. J'veux dire, est-ce qu'ils ont peur que la boisson se mouille ou quoi ? »

Elle sourit à Magrat et Mémé qui suivaient toutes deux d'un œil morne le défilé des festivités. « Déridez-vous, dit-elle. J'ai jamais vu deux têtes d'enterrement pareilles de toute ma vie.

— C'est du rhum pur que vous buvez, fit Magrat.

— Ça, tu l'as dit, répliqua Nounou en s'en envoyant une lampée. À la vôtre !

— C'était trop facile, fit Mémé Ciredutemps.

— C'était facile parce que c'est nous qui l'avons fait, dit Nounou. Quand y a un coup à faire, c'est à nous qu'il faut demander, hein ? Citez-m'en d'autres capables de débouler ici et de remplir une mission en un rien de temps, hein ? Surtout l'coup du carrosse.

— Ça fait pas un bon conte, insista Mémé.

— Oh, fais chier avec tes contes, répliqua Nounou avec hauteur. On peut toujours changer une histoire.

— Seulement aux bons moments. Et puis pourquoi ils lui trouveraient pas une nouvelle robe, des chevaux, un carrosse et tout ?

— Où ? Quand ? fit Nounou. C'est férié, aujourd'hui. Et y a plus l'temps, de toute façon. Le bal va commencer d'un moment à l'autre. »

Mémé Ciredutemps tambourinait des doigts sur le bord de la table du café.

Nounou soupira. « Quoi encore ? demanda-t-elle.

— Ça s'passe pas comme ça, répondit Mémé.

— Écoute, Esmé, la seule magie qui pourrait marcher maintenant, c'est une magie de baguette. Et c'est Magrat qu'a la baguette. » Nounou fit un signe de tête à sa jeune collègue. « Pas vrai, Magrat ?

— Hum.

— Tu l'as pas perdue, dis ?

— Non, mais...

— Alors voilà.

— Seulement... Hum... Illon a dit qu'elle avait *deux* marraines... »

La main de Mémé Ciredutemps s'abattit avec un bruit sourd sur la table. Le verre de Nounou s'envola et se renversa.

« C'est ça ! rugit Mémé.

— L'était presque plein. Mon verre était presque plein, lui reprocha Nounou.

— Allez, viens !

— Presque tout un verre de...

— Gytha !

— Est-ce que j'ai dit que je venais pas ? Je faisais juste remarquer...

— *Tout de suite !*

— Est-ce que je peux demander au serveur de m'en apporter un aut...

— *Gytha !* »

Les sorcières avaient parcouru la moitié de la rue lorsqu'un carrosse déboucha en bringuebalant de l'allée pour s'éloigner lourdement.

« C'est pas possible ! fit Magrat. On s'en est débarrassé !

— On aurait dû la couper en morceaux, dit Nounou. C'est pas mauvais, la citr...

— On s'est fait avoir, fit Mémé qui ralentit avant de s'arrêter.

— Vous pouvez pas entrer dans l'esprit des chevaux ? » demanda Magrat.

Les sorcières se concentrèrent.

« C'est pas des chevaux, dit Nounou. On dirait...

— Des rats changés en chevaux, termina Mémé qui s'y entendait encore mieux pour entrer dans l'esprit des êtres que dans leur peau. Ils me rappellent le pauvre loup de l'autre fois. Dans leur tête, c'est comme un feu d'artifice. » Elle grimaça en éprouvant leurs sensations dans sa propre tête.

« J'parie, songea Mémé tout haut tandis que le carrosse virait à l'angle de la rue en dérapant, j'parie que je pourrais faire tomber les roues.

— C'est pas la bonne solution, dit Magrat. Et puis Illon est dedans !

— Y a peut-être un autre moyen, fit Nounou. J'connais quelqu'un qui pourrait entrer dans leur esprit sans problème.

— Qui ça ? demanda Magrat.

— Bon, on a toujours nos balais, répondit Nounou. Ça devrait être facile de le rattraper, non ? »

Les sorcières atterrirent dans une ruelle avec quelques minutes d'avance sur le carrosse.

« J'suis pas d'accord avec ça, dit Mémé. C'est le genre

de truc que fait Lilith. Vous attendez pas à ce que j'approuve. Pensez au pauvre loup ! »

Nounou souleva Gredin de son nid dans les brins du balai.

« Mais Gredin est presque humain, de toute manière, dit-elle.

— Hah !

— Et c'est que temporaire, même si on s'y met toutes les trois. N'importe comment, ce sera intéressant de voir si ça marche.

— Oui, mais c'est mal, fit Mémé.

— Pas dans ce pays, on dirait.

— D'ailleurs, intervint Magrat d'un ton vertueux, ça peut pas être mal si ça vient de nous. On est du côté des bons.

— Ah oui, bien sûr, fit Mémé, ça m'était un moment sorti de l'idée. »

Nounou recula. Gredin, sentant qu'on attendait quelque chose de lui, s'assit sur son derrière.

« Vous devez reconnaître qu'on a rien trouvé de mieux, Mémé », dit Magrat.

Mémé hésita. Mais sous la répugnance pointait la petite flamme perfide de la fascination que l'idée exerçait sur elle. Et puis Gredin et elle se détestaient cordialement depuis des années. Presque humain, hein ? Qu'on lui donne un aperçu, alors, et on verra si ça lui plaît... Elle se sentit un peu honteuse de telles pensées. Mais pas trop.

« Oh, d'accord. »

Elles se concentrèrent.

Comme le savait Lili, changer la forme d'un objet exige une des magies les plus ardues qui soient. Mais c'est plus facile avec un être vivant. Après tout, un être vivant connaît déjà sa forme. Tout ce qu'il faut, c'est lui changer l'esprit.

Gredin bâilla et s'étira. À sa grande surprise, il continua de s'étirer.

Dans les méandres de son cerveau félin déferla une conviction, comme une marée. La conviction soudaine qu'il était humain. Davantage qu'une impression, une conviction sans réserve. La force brute de cette conviction inébranlable submergea son champ morphique, balaya les objections, redessina le schéma directeur de sa personnalité.

De nouvelles instructions refluèrent.

S'il était humain, il n'avait pas besoin de tout ce pelage. Et il devrait être plus grand...

Les sorcières le regardaient, fascinées.

« J'aurais jamais cru qu'on y arriverait », dit Mémé

... pas d'oreilles pointues, les moustaches trop longues...

... lui fallait davantage de muscle, tous ces os n'avaient pas la bonne forme, les jambes devaient être plus longues...

Puis ce fut terminé.

Gredin se déplia et se leva, mal assuré sur ses jambes.

Nounou le regardait fixement, bouche bée.

Puis ses yeux descendirent plus bas.

« Bon d'là, lâcha-t-elle.

— Je crois, fit Mémé Ciredutemps, qu'on ferait bien de trouver des vêtements à lui enfiler tout d'suite. »

Ce fut assez facile. Une fois Gredin vêtu comme elle l'entendait, Mémé hocha la tête et recula.

« Tu peux ouvrir les yeux, Magrat, dit-elle.

— Je les ai pas fermés.

— Ben, t'aurais dû. »

Gredin tourna lentement sur lui-même, sa figure balafrée fendue d'un petit sourire nonchalant. Sous son apparence humaine, il avait le nez cassé et un cache noir couvrait son mauvais œil. Mais l'autre luisait d'un éclat à pousser un ange au péché, et son sourire aurait fait damner un saint. Une sainte, en tout cas.

Peut-être étaient-ce les phéromones, ou la façon dont ses muscles jouaient sous sa chemise de cuir noir, Gredin dégageait une espèce de lascivité diabolique graisseuse de l'ordre du mégawatt. À sa seule vue, les femmes se sentaient palpiter des ailes sombres dans leur nuit cramoisie.

« Euh... Gredin », fit Nounou.

Il ouvrit la bouche. Des incisives étincelèrent.

« Wrowwwwl, fit-il.

— Tu me comprends ?

— Ouiiii, Nounouuu. »

Nounou Ogg s'adossa au mur pour ne pas tomber.

Des sabots de chevaux se firent entendre. Le carrosse avait tourné dans la rue.

« Vas-y, arrête ce carrosse ! »

Gredin sourit encore et fonça hors de l'allée.

Nounou s'éventa de son chapeau.

« Hou-là, fit-elle. Quand j'pense que je lui chatouillais le ventre... Pas étonnant que toutes les chattes braillent la nuit.

— Gytha !

— Ben, t'es toute rouge, Esmé.

— J'suis essoufflée, c'est tout.

— Marrant, ça. Si encore t'avais couru. »

Le carrosse descendait la rue en ferraillant.

Les cochers et valets de pied hésitaient sur leur identité. Leurs cerveaux tanguaient follement. Tantôt ils se sentaient des hommes avec des rêves, des idées de fromage et de couenne de lard. Tantôt des souris qui se demandaient pourquoi elles portaient des pantalons.

Quant aux chevaux... Les chevaux sont de toute façon un peu tarés ; qu'ils soient en outre des rats n'arrangeait rien.

Aucun n'avait donc l'esprit clair lorsque Gredin surgit de l'ombre et leur sourit.

« Wrowwwl », dit-il.

Les chevaux voulurent s'arrêter, ce qui est pratiquement impossible quand un carrosse continue de pousser par-derrière. Les cochers se pétrifièrent de terreur.

« Wrowwwl ? »

Le carrosse dérapa en crabe, percuta un mur par le travers et projeta les cochers par terre. Gredin en saisit un par le col et le secoua de haut en bas pendant que les chevaux affolés se démenaient pour se dégager de leurs brancards.

« Tu te sssauves, joujou à poils ? » suggéra-t-il.

Derrière les yeux épouvantés, homme et rongeur luttèrent pour prendre le commandement. Mais c'était se donner du mal pour rien. Dans les deux cas, la partie était perdue d'avance. La conscience qui oscillait d'un état à l'autre voyait tantôt un chat souriant, tantôt un costaud borgne d'un mètre quatre-vingts, tout en muscles et tout aussi souriant.

Le cocher rongeur s'évanouit. Gredin lui donna quelques tapes, des fois qu'il bougerait...

« Rrréveille-toi, petite souriiis... »

... puis s'en désintéressa.

La portière du carrosse trembla, se coinça et finit par s'ouvrir.

« Qu'est-ce qui se passe ? demanda Illon.

— Wrow*wwwl* ! »

La bottine de Nounou Ogg percuta la nuque de Gredin.

« Ah non, pas de ça, mon gars, dit-elle.

— Envie, bouda Gredin.

— T'as toujours envie, c'est ça l'ennui. » Nounou sourit à Illon. « Venez donc, ma chère. »

Gredin haussa les épaules puis s'éloigna d'un air honteux en traînant derrière lui le cocher étourdi.

« Mais qu'est-ce qui se passe, dites ? gémit Illon. Oh. Magrat. C'est vous qu'avez fait ça ? »

Magrat se permit une pointe hésitante de fierté.

« J'ai bien dit que vous étiez pas obligée d'aller au bal, non ? »

Illon se retourna vers le carrosse hors d'état puis revint aux sorcières.

« Vous avez pas de femmes serpents avec vous, dites ? » demanda Mémé. Magrat serra la baguette.

« Elles s'en sont parties devant », répondit Illon. Elle se rappela quelque chose et son visage s'assombrit.

« Lilith a viré les vrais cochers en scarabées, murmura-t-elle. Tout de même, ils étaient pas si mauvais ! Elle s'est fait apporter des souris, elle les a changées en hommes, et puis elle a dit qu'il fallait rétablir l'équilibre, alors les sœurs ont amené les cochers, elle les a virés en scarabées et après... elle leur a marché dessus... »

Elle s'arrêta, horrifiée.

Un feu d'artifice explosa dans le ciel, mais dans la rue flottait une bulle de silence épouvanté.

« Les sorcières tuent pas les gens, dit Magrat.

— On est dans un pays étranger, marmonna Nounou en regardant ailleurs.

— Je crois, fit Mémé Ciredutemps, que vous devriez vous sauver d'ici, ma petite.

— Ç'a fait *crac*...

— On a les balais, dit Magrat. On pourrait toutes s'en aller.

— Elle a envoyé quèque chose après vous, fit mystérieusement Illon. Je la connais. Quèque chose qui vient d'un miroir.

— Alors, on se battra, dit Magrat.

— Non, fit Mémé. Je sais pas ce qui va se passer, mais ça se passera ici. On va envoyer la jeune demoiselle à l'abri quelque part et après... on verra.

— Mais si j'pars, elle le connaîtra, dit Illon. Elle s'attend à me voir au bal tout de suite ! Et elle va venir me chercher !

— Ça me paraît juste, Esmé, fit observer Nounou Ogg. Vaut mieux l'affronter sur le terrain de notre choix. J'ai pas envie qu'elle nous cherche par une nuit pareille. Je veux la voir arriver. »

Un battement d'ailes tomba des ténèbres au-dessus de la rue. Une petite forme sombre descendit en planant et se posa sur les pavés. Même dans l'obscurité ses yeux luisaient. L'air d'attendre, l'animal fixa les sorcières d'un regard bien trop intelligent pour un vulgaire volatile.

« C'est le coq de Mme Gogol, non ? fit Nounou.

— Jamais je saurai vraiment ce que c'est, dit Mémé. Mais j'aimerais bien savoir de quel côté se tient sa maîtresse.

— Si c'est une bonne ou une méchante, vous voulez dire ? fit Magrat.

— C'est une bonne cuisinière, dit Nounou. J'crois que personne peut cuisiner aussi bien avec un vrai fond de méchanceté.

— Est-ce que c'est la femme qui reste dedans le marais ? demanda Illon. J'ai entendu des tas d'histoires sus elle.

— Elle a un peu trop la manie de changer les morts en zombies, dit Mémé. Et c'est pas bien.

— Et alors, nous on vient de changer un chat en une personne, une personne humaine, j'veux dire, rectifia Nounou en amoureuse des chats qu'elle était. C'est pas franchement bien non plus. C'est sûrement loin d'être franchement bien.

— Oui, mais on l'a fait pour de bonnes raisons.

— On connaît pas les raisons de Mme Gogol... »

Un grognement s'échappa de la ruelle. Nounou s'y précipita, et on entendit bientôt ses réprimandes.

« Non ! Pose-le tout de suite !

— À moi ! À moi ! »

Legba fit quelques pas dans la rue en se pavanant, puis il se retourna et les regarda, toujours l'air d'attendre.

Mémé se gratta le menton, s'écarta un peu de Magrat et d'Illon et les jaugea. Puis elle pivota pour regarder autour d'elle. « Hmm, fit-elle. Lili s'attend à te voir, hein ?

— Elle peut regarder dedans les reflets, répondit nerveusement Illon.

— Hmm », fit à nouveau Mémé. Elle se fourra le doigt dans l'oreille et l'agita un instant. « Bon, Magrat, c'est toi la marraine du coin. C'est quoi, la chose la plus importante qu'on doit faire ? »

Magrat n'avait jamais joué à un jeu de cartes de sa vie.

« Assurer la sécurité d'Illon », répondit-elle aussitôt, étonnée que Mémé reconnaisse que c'était elle, après tout, qui avait hérité de la baguette. « C'est ça, le travail d'une marraine fée.

— Ah oui ? »

Mémé Ciredutemps fronça les sourcils.

« Tu sais, dit-elle, vous êtes à peu près de la même taille, vous deux... »

L'expression de perplexité de Magrat dura une demi-seconde avant qu'une autre d'horreur soudaine la remplace.

Elle recula.

« Faut que quelqu'un le fasse, dit Mémé.

— Oh, non ! Non ! Ça marcherait pas ! Ça marcherait sûrement pas ! Non !

— Magrat Goussedail, fit Mémé Ciredutemps d'un ton triomphant, tu vas aller au bal ! »

Le carrosse prit un virage sur deux roues. Debout sur le siège du cocher, Gredin tanguait, souriait comme un dément et faisait claquer son fouet. C'était encore mieux que sa balle en peluche avec une clochette dedans...

À l'intérieur du carrosse, Magrat était coincée entre ses deux aînées, la tête dans les mains.

« Mais Illon risque de se perdre dans le marais !

— Pas avec le coq qui lui montre le chemin. Elle sera plus en sécurité dans le marais de Mme Gogol qu'au bal, ça me paraît évident, dit Nounou.

— Merci bien !

— Pas de quoi, fit Mémé.

— Tout le monde verra bien que c'est pas elle !

— Pas avec ton masque.

— Mais j'ai pas la même couleur de cheveux !

— J'peux te les teinter du tonnerre, pas de problème, dit Nounou.

— J'ai pas la bonne silhouette !

— On peut... » Nounou hésita. « Est-ce que tu peux, tu sais, bomber un peu plus la poitrine ?

— Non !

— Est-ce que t'as un mouchoir en trop, Gytha ?

— J'pense que je peux déchirer un bout de mon jupon, Esmé.

— Ouch !

— Là !

— Et ces pantoufles de verre me vont pas !

— À moi, elles me vont très bien, dit Nounou. J'les ai essayées.

— Oui, mais je chausse plus petit que vous.

— Ça ira, fit Mémé. T'auras qu'à passer une paire de mes chaussettes et elles t'iront comme un gant. »

À court d'excuses, Magrat en chercha désespérément une autre au hasard.

« Mais je sais pas comment faut se conduire dans les bals ! »

Mémé Ciredutemps dut reconnaître qu'elle n'en savait rien non plus. Elle haussa les sourcils en direction de Nounou.

« T'allais danser quand t'étais jeune, dit-elle.

— Ben, fit une Nounou Ogg promue professeur en mondanités, ce qu'il faut, c'est taper sur l'épaule des hommes avec ton éventail – tu l'as, ton éventail ? – et leur sortir des trucs comme “Fi, monsieur !” Faut aussi glousser, ça aide. Et battre un peu des cils. Et faire la moue.

— Comment je fais la moue ? »

Nounou Ogg lui montra.

« Beurk !

— T'inquiète pas. On sera là nous aussi.

— Et c'est censé me rassurer, c'est ça ? »

Nounou tendit le bras par-derrière Magrat et saisit l'épaule de Mémé. Ses lèvres formèrent les mots : Marchera pas. Dans tous ses états. Manque de confiance.

Mémé hocha la tête.

« C'est peut-être moi qui devrais le faire, dit Nounou d'une voix forte. Je suis déjà allée à des bals. J'parie que si je portais les cheveux longs, le masque, ces chaussures brillantes et qu'on raccourcissait un peu la robe, personne se rendrait compte de rien, qu'est-ce que vous en dites ? »

Magrat était tellement interloquée à la seule idée d'un

tableau aussi fascinant qu'elle obéit sans réfléchir lorsque Mémé Ciredutemps lui ordonna : « *Regarde-moi, Magrat Goussedail.* »

Le carrosse-citrouille enfila l'allée du palais à toute allure, dispersant chevaux et piétons, puis freina devant l'escalier dans une gerbe de graviers.

« C'était drrrôlement amusant », dit Gredin. Dont l'intérêt passa à autre chose.

Deux laquais s'empressèrent de venir ouvrir la portière et furent presque projetés en arrière par la seule force de l'arrogance qui s'échappa de l'habitacle.

« Pressez-vous, paysans ! »

Magrat sortit majestueusement en écartant le majordome. Elle rassembla ses jupes et gravit en courant l'escalier revêtu d'un tapis rouge. Au sommet, un valet de pied eut la mauvaise idée de lui demander son billet.

« Espèce de larbin impertinent ! »

Reconnaissant instantanément le manque total de savoir-vivre des gens de bonne famille, le valet se dépêcha de reculer.

Près du carrosse, au bas des marches Nounou Ogg demanda : « Tu crois pas que t'as peut-être un brin forcé la dose ?

— Fallait ça, répondit Mémé. Tu la connais.

— On va entrer comment, nous ? On a pas de billets. Et on est pas habillées comme il faut non plus.

— Descends les balais de la galerie. On va directement en haut. »

Elles se posèrent sur les remparts d'une tour qui dominait le parc du palais. D'en dessous montaient les accents d'une musique raffinée que ponctuait régulièrement, depuis le fleuve, l'éclat sonore et lumineux des feux d'artifice.

Mémé ouvrit une porte engageante et descendit l'escalier en colimaçon qui débouchait sur un palier.

« Des tapis cossus par terre, commenta Nounou. Pourquoi y en a aussi sur les murs ?

— Ça, c'est des tapisseries, fit Mémé.

— Bon sang. On en apprend tous les jours. Enfin, moi, en tout cas. »

Mémé s'arrêta, la main sur un bouton de porte.

« Qu'est-ce que tu veux dire par là ? demanda-t-elle.

— Ben, j'ai jamais su que t'avais une sœur.

— On en a jamais parlé.

— C'est triste, des familles qui se brisent comme ça, fit Nounou.

— Huh ! T'as toi-même dit que ta sœur Béryl était une ingrate cupide avec autant de conscience qu'une huître.

— Ben, oui, mais c'est ma sœur. »

Mémé ouvrit la porte.

« Ouais, ouais, dit-elle.

— Qu'est-ce qu'y a ? Qu'est-ce qu'y a ? Reste pas là. » Nounou passa la tête et jeta un coup d'œil dans la salle.

« Ça alors », fit-elle.

Magrat s'arrêta un instant dans la grande antichambre tendue de velours rouge. Des pensées étranges lui pétaradaient dans la tête, elle ne s'était pas sentie comme ça depuis le vin aux herbes. Mais une petite voix se débattait parmi ces pensées comme une minuscule pomme de terre prosaïque au milieu d'une gerbe de chrysanthèmes psychédéliques, et hurlait qu'elle ne savait même pas danser. En dehors des rondes.

Mais ça ne devait pas être difficile si des gens ordinaires y arrivaient.

La toute petite Magrat intérieure qui se démenait pour garder son équilibre sur la vague de confiance en soi se demanda si c'était la sensation qu'éprouvait en permanence Mémé Ciredutemps.

Elle souleva légèrement le bas de sa robe et regarda ses chaussures.

Ça ne pouvait pas être du vrai verre, sinon elle clopinerait déjà vers des soins d'urgence. Ça n'était pas transparent non plus. Le pied humain, organe utile au demeurant, ne présente aucun attrait particulier, sauf pour certains amateurs aux goûts très spéciaux.

Les chaussures étaient des miroirs. Des dizaines de facettes réfléchissaient la lumière.

Deux miroirs sur ses pieds. Magrat se souvint vaguement d'un détail à propos des sorcières qui devaient... qui devaient éviter de passer entre deux miroirs, non ? Ou alors qu'il ne fallait jamais faire confiance à un homme aux sourcils orange. Un conseil qu'on lui avait donné du temps où elle était une personne ordinaire. Un conseil... du genre... une sorcière ne doit jamais se tenir entre deux miroirs parce que... parce que... parce que la personne qui s'en repart risque de ne pas être la même. Quelque chose comme ça. Du genre... elle se disperse parmi toutes les images, son âme se délaye, et de quelque part au milieu de ces images une partie maléfique d'elle-même s'en revient la chercher, si elle ne fait pas attention. Une histoire dans ce goût-là.

Elle rejeta cette pensée. Sans importance.

Elle s'avança jusqu'à un petit noyau d'autres invités qui attendaient de faire leur entrée.

« Lord Henri Glitte et Lady Glitte ! »

La salle de bal n'était pas du tout une salle mais une cour ouverte aux douceurs de la nuit. Un escalier y descendait. À l'autre bout, un autre escalier encore plus large, bordé de torches dansantes, montait au palais proprement dit. Sur le mur d'en face, immense et visible comme le nez au milieu de la figure, il y avait une pendule.

« L'honorable Douglas Incessant ! »

Il était huit heures moins le quart. Magrat se rappela confusément une vieille femme qui lui criait quelque chose au sujet de l'heure, mais... sans importance, ça aussi.

« Lady Volentia d'Arrangement ! »

Elle atteignit le haut des marches. Le maître d'hôtel qui annonçait les invités la toisa puis, comme si on l'avait soigneusement préparé tout l'après-midi pour cet instant, beugla :

« Euh... Belle et mystérieuse inconnue ! »

Le silence se propagea depuis le pied de l'escalier comme de la peinture renversée du pot. Cinq cents têtes pivotèrent vers Magrat.

La veille, la simple idée de cinq cents paires d'yeux fixés sur elle aurait fait fondre Magrat comme beurre au fourneau. Mais aujourd'hui elle leur rendait leur regard, souriait et redressait un menton arrogant.

Son éventail s'ouvrit sèchement comme un coup de revolver.

La belle et mystérieuse inconnue, fille de Simplicité Goussedail, petite-fille d'Araminta Goussedail, dont l'aplomb bouillonnait si fort qu'il se cristallisait sur les bords de sa personnalité...

... s'avança.

Un instant plus tard, un autre invité passa dignement devant le maître d'hôtel.

Le maître d'hôtel hésita. Quelque chose dans la silhouette le troublait. Elle n'arrêtait pas de passer du flou au net. Il se demandait même s'il y avait vraiment quelqu'un.

Puis son bon sens, provisoirement parti se cacher dans un coin, reprit le dessus. Après tout, on était le Samedi soir des morts, les gens étaient censés se déguiser et paraître bizarres. Parfaitement normal de voir des gens comme ça. « Excusez-moi, euh..., monsieur, dit-il. Qui dois-je annoncer ?

— JE SUIS ICI INCOGNITO. »

Le maître d'hôtel était certain qu'aucun mot n'avait été prononcé, mais l'était tout autant de les avoir entendus.

« Euh... très bien..., marmonna-t-il. Entrez, alors... hum. » Sa figure s'éclaira. « Sacré bon masque, monsieur. »

Il regarda la silhouette sombre descendre les marches et s'adossa contre un pilier.

Voilà, fini. Il sortit un mouchoir de sa poche, ôta sa perruque poudrée et s'épongea le front. Il avait l'impression de s'en être tiré de justesse. Pire, il ne savait pas de quoi.

Il jeta un coup d'œil prudent à la ronde, se glissa dans l'antichambre et prit position derrière un rideau de velours où il put s'en griller tranquillement une petite.

Il faillit l'avaler lorsqu'une autre silhouette gravit le tapis rouge en bondissant. Une silhouette vêtue comme un pirate qui vient d'arraisonner un navire transportant des articles de cuir noir pour amateur éclairé. Un œil portait un cache. L'autre luisait comme une émeraude maléfique. Et personne d'aussi grand n'aurait dû pouvoir se déplacer aussi silencieusement.

Le maître d'hôtel se colla son mégot derrière l'oreille.

« Excusez-moi, monseigneur, dit-il en courant derrière l'homme et en lui touchant fermement mais respectueusement le bras. J'ai besoin de voir votre bi... votre bibi... »

Le regard de l'homme s'abaissa vers la main sur son bras. Le maître d'hôtel la retira illico.

« Wrowwwl ?

— Votre... billet... »

L'homme ouvrit la bouche et feula.

« Évidemment, fit le maître d'hôtel en reculant avec la vitesse efficace d'un employé sûrement sous-payé pour affronter un maniaque en cuir noir armé de dents comme des aiguilles, j'imagine que vous êtes un ami du grand-duc, c'est ça ?

— Wrowwl.

— Pas de problème... Pas de problème... Mais monsieur a oublié le masque de monsieur...

— Wrowwl ? »

Le maître d'hôtel agita une main frénétique en direction d'une desserte qui disparaissait sous un tas de masques.

« Le grand-duc a demandé que tout le monde vienne masqué, expliqua le maître d'hôtel. Euh... je me demande si monsieur trouvera ici quelque chose à sa convenance ? »

On n'y échappe pas, songea-t-il. L'invitation précise « masqué » en grosses lettres tarabiscotées, dorées même, mais il y a toujours des couillons pour s'imaginer que c'est le bal qui est masqué, qu'on le donne dans un petit coin discret, sans doute. Celui-ci devait sûrement mettre des villes à sac au lieu d'apprendre à lire.

L'inconnu graisseux passa les masques en revue. Les premiers arrivants avaient pris les meilleurs, mais il n'eut pas l'air démonté pour autant.

Il tendit le doigt.

« Veux celui-là, dit-il.

— Euh... un... très bon choix, monseigneur. Permettez que je vous aide à...

— Wrowwl ! »

Le maître d'hôtel recula en se serrant le bras.

L'inconnu lui jeta un regard mauvais, puis se laissa tomber le masque sur la tête et s'étudia dans un miroir par les trous des yeux.

Merde, c'est bizarre, songea le maître d'hôtel. Enfin, ce n'est pas le genre de masque que choisissent les hommes. Ils préfèrent les crânes, les oiseaux, les taureaux, ces machins-là. Pas les chats.

Le plus étrange, c'est que le masque lui avait paru une belle tête de chat roux sur la table. Sur celui qui le portait il restait... une tête de chat, mais en plus accentué, et d'une certaine façon légèrement plus félin et beaucoup plus menaçant qu'il n'aurait dû.

« Touuujouuurrrs voulu êêêtre rouuux, dit l'homme.

— Il vous va à ravir », roucoula le maître d'hôtel.

L'homme à figure de chat tournait la tête de gauche et de droite, visiblement comblé par le spectacle.

Gredin miaula doucement, joyeusement pour lui seul et pénétra sans se presser dans le bal. Il voulait trouver à manger, à se battre, et ensuite... bah, il verrait bien.

Pour les loups, les cochons et les ours, penser qu'il sont humains est une tragédie. Pour un chat, c'est une expérience.

Et puis cette nouvelle identité était beaucoup plus amusante. Personne ne lui avait jeté de vieille godasse depuis plus de dix minutes.

Les deux sorcières firent du regard le tour de la chambre.

« Curieux, dit Nounou Ogg. C'est pas ce que je m'attendais à trouver dans... tu sais, une chambre à coucher royale.

— C'est une chambre à coucher royale ?

— Y a une couronne sur la porte.

— Oh. »

Mémé Ciredutemps examina le décor.

« Qu'est-ce que t'y connais en chambres à coucher royales ? lança-t-elle, surtout histoire de causer. T'as jamais mis les pieds dans une chambre à coucher royale.

— Peut-être que si, fit Nounou.

— C'est pas vrai !

— Tu t'souviens du couronnement du roi Vérence ? On a toutes été invitées au palais. Quand j'suis allée pi... me poudrer le nez, j'ai vu la porte ouverte, alors j'suis entrée et j'ai un peu sauté sur le lit.

— C'est de la trahison. On peut se faire jeter en prison pour ça, fit Mémé d'un ton sévère avant d'ajouter : Comment c'était ?

— Très confortable. La p'tite Magrat sait pas ce

qu'elle perd. Et c'était beaucoup mieux que ça, là, j'ai pas peur de l'dire. »

La couleur dominante était le vert. Murs verts, plancher vert. Il y avait une armoire et une table de chevet. Même une descente de lit, verte elle aussi. La lumière extérieure filtrait par une fenêtre aux carreaux verdâtres.

« On se croirait au fond d'une mare », dit Mémé. Elle écrasa quelque chose d'une tape. Et y a des mouches partout ! » Elle marqua un temps, l'air de réfléchir très fort. « Hmm..., fit-elle.

— On pourrait l'appeler duc-à-la-mare », dit Nounou.

Il y avait vraiment des mouches partout. Elles bourdonnaient à la fenêtre et zigzaguaient au hasard sous le plafond.

« Duc-à-la-mare, répéta Nounou car les rigolos qui commettent ce genre de blague enfoncent toujours le clou. Comme du calam...

— J'ai entendu », la coupa Mémé. Elle battit l'air en direction d'une grosse mouche à viande.

« En tout cas, on s'attend pas à trouver des mouches dans une chambre royale, marmonna Nounou.

— On s'attendrait à trouver un lit, pour tout dire », fit Mémé.

Le lit brillait en effet par son absence. À la place, un gros couvercle rond de bois était posé par terre, ce qui intrigua les sorcières. Il faisait pas loin de deux mètres de diamètre. Il était judicieusement pourvu de poignées.

Elles en firent le tour. Des mouches s'élevèrent et s'éloignèrent en vrombissant.

« Ça me rappelle une histoire, dit Mémé.

— Moi aussi, fit Nounou Ogg d'une voix plus criarde qu'à son ordinaire. L'histoire d'une fille qu'a épousé un type, et le type lui dit qu'elle peut se promener partout où ça lui chante dans le palais mais qu'elle doit surtout pas ouvrir une certaine porte, alors elle l'ouvre et découvre qu'il a assassiné toutes ses autres... »

Sa voix mourut.

Mémé regardait fixement le couvercle et se grattait le menton.

« Parlons peu mais parlons bien, dit Nounou dans un effort pour être rationnelle malgré tout. Qu'est-ce qu'on risque de trouver en dessous qui serait pire que ce qu'on imagine ? »

Elles se saisirent chacune d'une poignée.

Cinq minutes plus tard, Mémé Ciredutemps et Nounou Ogg sortirent de la chambre du grand-duc. Mémé ferma tout doucement la porte.

Elles échangèrent un regard.

« Bon sang, fit Nounou, la figure encore blême.

— Ouais, dit Mémé. Les contes !

— J'avais entendu causer... tu sais, de gens comme lui, mais j'y croyais pas. Beurk. Je m'demande à quoi il ressemble.

— On peut pas savoir en le voyant.

— Ça explique les mouches, en tout cas. »

Nounou se porta une main horrifiée à la bouche.

« Et notre Magrat qu'est dans la cour avec lui ! Et tu sais ce qui va se passer. Ils vont se rencontrer et...

— Mais il y a des centaines d'autres gens, fit Mémé. On peut guère parler d'intimité.

— Oui... mais rien qu'à l'idée, tu sais, qu'il puisse la toucher... J'veux dire, ce serait comme tenir une...

— Est-ce qu'il faut considérer Illon comme une princesse, à ton avis ? demanda Mémé.

— Quoi ? Oh. Ouais. Sûrement. Pour un pays étranger. Pourquoi ?

— Alors ça veut dire qu'il y a pas qu'un seul conte en jeu. Lili en a mis plusieurs en chantier en même temps. Réfléchis. Toucher le grand-duc, ça compte pas. Magrat doit l'embrasser.

— Faut qu'on y aille ! dit Nounou. Faut qu'on arrête ça ! J'veux dire, tu me connais, j'suis pas bégueule, mais... beurk...

— Dites ! La vieille ! »

Elles se retournèrent. Une petite grosse en robe rouge et perruque blanche imposante les toisait d'un air hautain de derrière un masque de renard.

« Oui ? fit sèchement Mémé.

— Oui, *milady*, rectifia la petite grosse. Et vos bonnes manières, alors ? J'exige que vous me conduisiez aux toilettes sur-le-champ ! *Et à quoi croyez-vous jouer, vous ?* »

Cette dernière question s'adressait à Nounou Ogg qui lui tournait autour en examinant sa robe d'un œil critique.

— Vous faites du 48, ou peut-être du 50 ? demanda Nounou.

— Quoi ? Quelle impertinence ! »

Nounou Ogg se frotta le menton d'un air songeur. « Ben, j'sais pas, dit-elle, les robes rouges, ça m'va pas. Vous auriez rien en bleu, des fois ? »

La femme colérique se retourna pour donner un coup d'éventail à Nounou, mais une main maigrelette lui tapota l'épaule.

Elle leva les yeux sur la figure de Mémé Ciredutemps.

Tandis qu'elle s'évanouissait en douceur, elle eut conscience d'une voix au loin qui disait : « Ma foi, ça m'va. Mais elle fait sûrement pas du 48. Et moi, avec une tête pareille, j'porterais pas du rouge... »

Lady Volentia d'Arrangement se détendait dans le saint des saints des toilettes pour dames. Elle ôta son masque et pêcha une mouche dans les profondeurs de son décolleté. Puis elle se passa la main dans le bas du dos et s'efforça de rajuster sa tournure, un exercice garanti déclencher la gymnastique féminine la plus ridicule sur tous les mondes sauf ceux où l'on a inventé la gaine-culotte.

Parasite aussi bien adapté que le polypore du bouleau, Lady Volentia d'Arrangement restait dans l'ensemble sans reproche. Elle assistait toujours à des manifestations pour les bonnes œuvres de grand standing et mettait un point d'honneur à connaître les prénoms de presque tous ses serviteurs – les plus propres en tout cas. Et elle se montrait en général aimable avec les animaux, voire avec les enfants à condition qu'on les ait lavés et qu'ils ne fassent pas trop de bruit. L'un dans l'autre, elle ne méritait pas le sort qui l'attendait, celui que dame Nature réservait à la première femme qui passerait ce soir-là aux toilettes et présenterait en gros les mêmes mensurations que Mémé Ciredutemps.

Elle eut conscience qu'on s'approchait d'elle.

« 'scusez, m'dame. »

Elle découvrit une petite femme repoussante de basse condition, à la figure fendue d'un sourire cauteleux.

« Que voulez-vous, vieille femme ? demanda Lady Volentia.

— 'scusez, répéta Nounou Ogg. Mon amie, là-bas, voudrait vous dire un mot. »

Lady Volentia tourna une tête arrogante et plongea le regard dans...

... l'oubli hypnotique, glacé, de deux yeux bleus.

« C'est quoi ce machin comme un deuxième c... une deuxième croupe ?

— Une tournure, Mémé.

— C'est sacrément inconfortable, oui. J'ai sans arrêt l'impression qu'on me suit partout.

— Le blanc te va bien, en tout cas.

— Non. Le noir, y a que ça de vrai pour une sorcière digne de ce nom. Et cette perruque tient trop chaud. Quelle idée de se coller une épaisseur pareille de cheveux sur le crâne ! »

Mémé mit son masque. Une tête d'aigle à paillettes et plumes blanches.

Nounou procéda à quelque étayage inavouable quelque part sous sa crinoline et se redressa.

« Bon sang, regarde-nous, dit-elle. Ces plumes dans tes cheveux, ç'a vraiment de l'allure.

— J'ai jamais été une m'as-tu-vu, fit Mémé Ciredutemps. Tu le sais, Gytha. On peut pas dire que moi, j'suis une m'as-tu-vu.

— Non, Esmé », reconnut Nounou Ogg.

Mémé tourna un peu sur elle-même.

« Êtes-vous prête, alors, dame Ogg ? fit-elle.

— Oui. On y va, Lady Ciredutemps. »

La piste de danse grouillait de monde. Des décorations pendaient à chaque pilier, mais dans les tons noir et argent, couleur de la fête du Samedi soir des morts. Un orchestre jouait à un balcon. Des danseurs virevoltaient. Le vacarme était infernal.

Un serveur chargé d'un plateau de boissons se retrouva soudain serveur sans plateau de boissons. Il regarda autour de lui puis baissa les yeux sur un petit renard sous une perruque blanche monstrueuse.

« Fous l'camp nous en chercher d'autres, fit aimablement Nounou. Vous la voyez, Votre Seigneurie ?

— Y a trop de gens.

— Est-ce que tu vois l'grand-duc, alors ?

— Comment j'saurais ? Tout le monde porte un masque !

— Hé, y a de quoi manger là-bas ? »

Nombre de membres moins vigoureux ou plus affamés de la noblesse de Genua s'entassaient autour du long buffet. Tout ce qu'ils remarquèrent, en dehors des méchants coups de deux coudes diligents, ce fut une voix aimable et monocorde à hauteur de poitrine débitant des bouts de phrase du genre « ... Attention le dos... Écartez-vous... Je passe. »

Nounou se fraya un chemin jusqu'à la table et dégagea, toujours à coups de coude, un espace pour Mémé Ciredutemps.

« Bon sang, un vrai festin, hein ? fit-elle. Dis donc, ils ont des tout petits poulets dans l'pays. » Elle attrapa une assiette.

« C'est des cailles.

— J'en prends trois. Hé, Charlie Chan ! »

Un laquais les regarda fixement.

« Z'avez des cornichons ?

— J'ai peur que non, m'dame. »

Nounou Ogg passa en revue la table chargée de mets : cygnes rôtis, un paon également rôti que ça n'aurait sûrement pas réconforté de savoir qu'on allait lui replanter les plumes de la queue après coup, et plus de fruits, homards bouillis, noix de toute sorte, gâteaux, crèmes et diplomates que dans un rêve d'ermite.

« Ben, vous avez des achards ?

— Non, m' dame.

— D'la sauce tomate ?

— *Non*, m' dame.

— Et ils appellent ça un paradis des gastéronomes », marmonna Nounou alors que l'orchestre attaquait la danse suivante. Elle flanqua un coup de coude à une haute silhouette qui se servait en homard. « Pas mal, hein ?

— TRÈS BIEN.

— Chouette, votre masque.

— MERCI. »

Nounou pivota sous la traction de la main de Mémé Ciredutemps sur son épaule.

« Là, Magrat !

— Où ça ? Où ça ? fit Nounou.

— Là-bas... assise à côté des plantes en pot.

— Oh, oui. Sur l'érottomane, dit Nounou. Ça veut dire "canapé" en étranger, tu sais, ajouta-t-elle.

— Qu'est-ce qu'elle fait ?

— Elle séduit les hommes, je pense.

— Quoi ? Magrat ?

— Ouais. Tu deviens drôlement bonne en hypnotisme, dis donc. »

Magrat joua de son éventail et leva les yeux sur le comte de Yoyo.

« Fi, monsieur, dit-elle. Je vous autorise à me ramener une autre assiette d'œufs d'alouette si vous y tenez vraiment.

— Sur-le-champ, chère madame ! » Le vieil homme fila en direction du buffet.

Magrat passa en revue son parterre d'admirateurs puis tendit une main langoureuse vers le capitaine de Vere, de la garde du palais. Il se mit au garde-à-vous.

« Cher capitaine, dit-elle, je vous accorde le plaisir de la prochaine danse. »

« S'conduit comme une catin », commenta Mémé d'un ton désapprobateur.

Nounou lui jeta un drôle de regard.

« Pas vraiment, dit-elle. Et puis un peu de catinage, ç'a jamais fait de mal à personne. En tout cas, aucun de ces bonshommes ressemble au grand-duc. Hé, à quoi vous jouez, vous ? » Cette dernière question s'adressait à un chauve courtaud qui essayait en douce d'installer un petit chevalet devant les deux sorcières.

« Euh... Si vous vouliez bien, mesdames, ne plus bouger pendant quelques minutes, dit-il timidement. Pour l'estampe ?

— Quelle estampe ? lança Mémé Ciredutemps.

— Vous savez bien, répondit l'homme en ouvrant un petit canif. Tout le monde aime voir son estampe dans les journaux après un bal comme celui-ci. “Lady Machin plaisante en compagnie de Lord Trucmuche”, ces choses-là ? »

Mémé Ciredutemps ouvrit la bouche pour répliquer, mais Nounou Ogg lui posa doucement la main sur le bras. Elle se détendit un peu et chercha quelque chose de plus approprié à répondre.

« J'connais une blague sur les sandwichs à l'alligator, proposa-t-elle en rejetant d'une secousse la main de Nounou. C'est un gars, il entre dans une auberge et il demande : “Est-ce que vous vendez des sandwichs à l'alligator, ou même au crocodile ?” L'autre répond oui. Alors le client dit : “Servez-moi l'un ou l'autre, parce que c'est quasiment pareil !” »

Mémé lança au graveur un regard triomphant.

« Oui ? fit l'homme qui taillait à toute vitesse dans le bois, et après, il s'est passé quoi ? »

Nounou Ogg entraîna Mémé en vitesse plus loin, histoire de changer de sujet.

« Y en a qui comprennent rien aux blagues », dit Mémé.

Tandis que l'orchestre attaquait le morceau suivant, Nounou fouilla dans une poche et tomba sur le carnet de bal dont la propriétaire dormait désormais paisiblement dans un local plus loin.

« Ça, c'est... (elle retourna la carte et remua des lèvres étonnées) sire de Framboisy ?

— M'dame ? »

Mémé Ciredutemps se retourna. Un militaire grassouillet à gros favoris la saluait. Il donnait l'impression d'avoir aimé la rigolade en son temps.

« Oui ?

— Vous m'avez promis l'honneur de cette danse, m'lady ?

— Sûrement pas. »

L'homme parut surpris. « Mais je vous assure, Lady d'Arrangement... Votre carnet... Je suis le colonel Moutarde... »

Mémé lui jeta un regard extrêmement méfiant puis lut le carnet attaché à son éventail.

« Oh.

— Tu sais danser, toi ? souffla Nounou.

— Évidemment.

— T'ai jamais vue danser. »

Mémé Ciredutemps avait été sur le point de signifier

au colonel le refus le plus poli à sa disposition. Du coup, elle redressa les épaules d'un air de défi.

« Une sorcière peut tout faire si elle s'applique, Gytha Ogg. Venez, monsieur le colonel. »

Nounou regarda le couple disparaître dans la cohue.

« Hello, belle goupille », fit une voix dans son dos. Elle se retourna. Personne.

« En dessous. »

Elle baissa la tête.

Un tout petit être arborant une tenue de capitaine de la garde du palais, une perruque poudrée et un sourire patelin levait vers elle une figure rayonnante.

« Je m'appelle Casanabo, fit-il. J'ai la réputation de plus grand amant du monde. Qu'en dites-vous ? »

Nounou Ogg le toisa de haut en bas, ou plus exactement de bas en encore plus bas.

« Vous êtes un nain, dit-elle.

— Ce n'est pas la taille qui compte. »

Nounou Ogg réfléchit à sa situation. Une de ses collègues notoirement timide et réservée se conduisait pour l'heure comme une machinchose, là, cette reine païenne qui passait son temps à asticoter les mâles, à prendre des bains de lait d'ânesse et tout ; quant à l'autre, elle réagissait curieusement et dansait avec un *homme* alors qu'elle ne distinguait pas son pied droit du gauche. Nounou Ogg se dit qu'elle aussi méritait bien de vivre un peu sa vie.

« Et vous dansez ? demanda-t-elle d'un ton las.

— Oh oui. On peut se revoir, si vous voulez. On prend une date ?

— Quel âge vous me donnez ? » fit Nounou.

Casanabo réfléchit. « Bon, d'accord. Un pruneau, alors ? »

Nounou soupira et baissa le bras pour lui attraper la main. « Venez. »

Lady Volentia d'Arrangement titubait mollement le long d'un couloir, petite silhouette pitoyable dans ses corsets alambiqués et sa lingerie lui tombant sur les chevilles.

Elle ne comprenait pas très bien ce qui lui était arrivé. Il y avait eu cette femme effrayante, puis l'impression d'une félicité absolue, et ensuite... elle s'était retrouvée assise sur le tapis sans sa robe. Lady Volentia avait fréquenté assez de bals au cours de sa vie insignifiante pour savoir qu'on pouvait parfois se réveiller sans robe dans les lieux les plus inattendus, mais ça se passait en général plus tard dans la soirée et on avait au moins une petite idée de ce qu'on faisait là...

Elle marchait lentement en se tenant au mur. On allait avoir de ses nouvelles pour lui avoir fait subir pareil traitement.

Un homme déboucha d'un détour du couloir ; d'une main il jetait nonchalamment en l'air une cuisse de dinde et la rattrapait de l'autre.

« Dites, fit Lady Volentia, je me demandais si vous auriez l'amabilité de... Oh... »

Elle leva les yeux sur un inconnu vêtu de cuir noir, aux bandeau et grand sourire de flibustier.

« Wroowwwwl !

— Oh. Dites donc ! »

... tout un plat, mais c'est de la bricole, se dit Mémé Ciredutemps. La danse, suffit de bouger au rythme de la musique.

Ça aidait de lire dans les pensées du cavalier. La danse devient instinctive, une fois dépassé le stade des yeux fixés sur les pieds, et les sorcières s'y entendent à capter les instincts en résonance. Une brève lutte s'engagea lorsque le colonel voulut mener, mais il renonça bien vite, d'abord devant le refus catégorique de Mémé Ciredutemps de transiger, mais surtout à cause des bottines de la sorcière.

Les chaussures de Lady d'Arrangement n'étaient pas de la bonne pointure. Et puis Mémé tenait beaucoup à ses bottines. Elles avaient de savantes attaches en fer et des bouts renforcés comme des béliers. Question danse, les bottines de Mémé allaient exactement où elles voulaient.

Elle dirigea son cavalier impuissant et un brin estropié vers Nounou Ogg, laquelle avait déjà dégagé un bel espace autour d'elle. Ce que Mémé obtenait avec deux livres de chaussures à clous syncopées, Nounou le réalisait avec sa seule poitrine.

Il s'agissait d'un buste volumineux, chevronné, étranger à toute retenue. Quand Nounou Ogg retombait, il s'élevait ; quand elle virait sur la droite, lui n'avait pas fini de pivoter à gauche. Par-dessus le marché, les pieds de Nounou se trémoussaient selon un pas de gigue compliqué sans se soucier du tempo de l'orchestre, aussi, tandis que son corps évoluait au rythme d'une valse, ses jambes tricotaient une espèce de gavotte. En fin de compte, son cavalier était obligé de se tenir à distance respectueuse et plusieurs couples voisins de s'immobiliser pour suivre le spectacle d'un œil fasciné, au cas où l'accumulation de vibrations harmoniques l'enverrait dans les lustres.

Mémé et son partenaire impotent passèrent en tourbillonnant. « Arrête de faire ton intéressante, souffla-t-elle avant de disparaître à nouveau dans la foule.

— Qui est votre amie ? demanda Casanabo.

— C'est... », commença Nounou.

Une fanfare de trompettes retentit.

« Ça joue pas très en rythme, dit-elle.

— Non, ça, c'est pour annoncer l'arrivée du grand-duc », la renseigna Casanabo.

L'orchestre se tut. Les danseurs, comme un seul couple, se tournèrent face au grand escalier.

Deux silhouettes le descendirent majestueusement.

Ma parole, c'est un beau gars, les jambes fuselées, se

dit Nounou. Ce qui prouve bien... Elle a raison, Esmé. Faut pas se fier aux apparences.

Et elle...

... c'est Lili Ciredutemps ?

La femme n'était pas masquée.

À quelques rides d'expression et ridules près, c'était Mémé toute crachée.

Presque...

Nounou se sentit se retourner afin de trouver la tête d'aigle. Tous les regards étaient braqués sur l'escalier, mais un seul était aussi fixe qu'une barre d'acier.

Lili Ciredutemps était vêtue de blanc. Jusqu'à cet instant, Nounou Ogg n'avait jamais cru qu'il puisse exister différentes nuances de blanc. Elle comprenait maintenant son erreur. Le blanc que portait Lili Ciredutemps donnait l'impression de rayonner ; elle était sûre que si toutes les lumières s'éteignaient, la robe luirait. Elle était chic. Elle resplendissait, avec ses manches bouffantes et ses festons de dentelle.

Et Lili Ciredutemps paraissait – Nounou Ogg dut le reconnaître – plus jeune. Elle avait la même ossature et le même teint délicat des Ciredutemps, mais... en moins abîmé, aurait-on dit.

Si c'est ce qu'on gagne à être méchant, se dit Nounou, j'aurais pu m'y mettre il y a des années. La mort est le salaire du péché, mais aussi le prix de la vertu, seulement le pécheur bénéficie au moins de la couverture sociale.

Les yeux étaient les mêmes, cependant. Il y avait une parcelle de saphir quelque part dans les gènes des Ciredutemps. Peut-être des générations entières.

Le grand-duc était incroyablement beau. Mais ça se comprenait. Il était habillé de noir. Ses yeux aussi.

Nounou refit surface et se fraya un chemin à travers la foule jusqu'à Mémé Ciredutemps.

« Esmé ? »

Elle saisit le bras de sa collègue.

« Esmé ?

— Hmm ? »

Nounou s'aperçut que la foule se déplaçait, qu'elle

s'ouvrait comme une mer entre l'escalier et le canapé à l'autre bout de la salle.

Les phalanges de Mémé Ciredutemps étaient aussi blanches que sa robe.

« Esmé ? Qu'est-ce qui s' passe ? Qu'est-ce que tu fais ? demanda Nounou.

— J'essaye... d'ar... rêter... l'conte, répondit Mémé.

— Qu'est-ce qu'elle fait, elle, alors ?

— Pousse... le conte... à... s'réaliser ! »

La foule refluait à côté d'elles. Un mouvement apparemment inconscient. Une espèce de couloir se formait tout seul, comme ça.

Le prince le suivait à pas lents. Des images indistinctes flottaient derrière Lili, si bien qu'elle donnait l'impression de marcher à la tête d'une colonne de fantômes délavés.

Magrat se mit debout.

Nounou eut conscience de couleurs d'arc-en-ciel dans l'air ambiant. Voire d'un gazouillis d'oiseaux bleus.

Le prince prit Magrat par la main.

Nounou jeta un coup d'œil à Mémé Ciredutemps, restée au bas des marches, un sourire bienveillant aux lèvres.

Elle voulut alors se concentrer sur l'avenir.

C'était horriblement facile.

Normalement, l'avenir diverge à chaque bifurcation et on n'obtient qu'une très vague idée de ce qui peut se produire, même quand on jouit de la sensibilité temporelle d'une sorcière. Mais dans le cas présent, des contes enserraient de leurs anneaux l'arbre du cours des événements, le pliaient et lui imposaient une nouvelle forme.

Mémé Ciredutemps n'aurait pas su reconnaître un schéma d'inéluctabilité quantique si elle en avait trouvé un en train de lui boulotter son dîner. Si on lui avait parlé de « paradigmes d'espace-temps », elle aurait répliqué : « Quoi ? » Mais elle n'était pas ignare pour autant. Le vocabulaire ne l'intéressait pas, voilà tout, surtout le charabia. Elle savait seulement que certains événements se répètent continuellement dans l'histoire de l'humanité, comme des clichés à trois dimensions. Des contes.

« Et maintenant on en fait partie ! Et j'peux pas l'arrêter, dit-elle. Y a forcément un point précis où je peux l'arrêter, et je l'trouve pas ! »

L'orchestre se mit à jouer. Une valse.

Magrat et le prince tourbillonnèrent une fois autour de la piste sans se quitter des yeux. Puis quelques couples osèrent les rejoindre. Après quoi, comme si l'ensemble du bal était une machine dont on venait de remonter le ressort, la piste se couvrit de danseurs et le bruit des conversations remplit à nouveau le silence.

« Allez-vous me présenter à votre amie ? » demanda Casanabo de quelque part près du coude de Nounou. Des valseurs les frôlaient lestement.

« Tout va se réaliser, dit Mémé, ignorant l'interruption de l'étage du dessous. Tout. Le baiser, les douze coups de minuit, la fuite, la pantoufle de verre à la traîne, tout.

— Aah, beurk, fit Nounou en s'appuyant sur la tête de son cavalier. J'aimerais encore mieux lécher des crapauds.

— Tout à fait mon type, poursuivit la voix légèrement assourdie de Casanabo. Les femmes dominatrices m'ont toujours beaucoup attiré. »

Les sorcières regardèrent le couple qui continuait de tourbillonner les yeux dans les yeux.

« J'pourrais leur faire un croche-patte, facile, dit Nounou.

— Non. Ça peut pas arriver, cette chose-là.

— Ben, Magrat a d'la sensibilité... Enfin, un peu, quoi. Elle va peut-être remarquer que quelque chose cloche.

— Je m'y connais, Gytha Ogg, dit Mémé. Elle remarquera rien jusqu'au moment où l'horloge sonnera minuit. »

Elles se retournèrent toutes deux et levèrent la tête. Il était à peine neuf heures.

« T'sais, fit Nounou Ogg. Les horloges sonnent pas

minuit. Moi, j'ai l'impression qu'elles sonnent seulement midi. C'est une question de nombre de coups. »

Les deux sorcières levèrent à nouveau la tête vers l'horloge.

Dans le marais, Legba le coq noir chanta. Il chantait toujours au coucher du soleil.

Nounou Ogg gravit bruyamment quatre à quatre une autre volée de marches et s'appuya contre le mur pour reprendre son souffle.

C'était sûrement quelque part par là.

« Ça t'apprendra ; une autre fois tu la fermeras, Gytha Ogg, marmonna-t-elle.

— Je pense que nous fuyons le tumulte du bal pour un tête-à-tête dans un coin tranquille ? » fit d'une voix pleine d'espoir Casanabo qui trottinait à sa suite.

Nounou s'efforça de l'ignorer et enfila un couloir poussiéreux au pas de course. Une rampe de balcon le bordait d'un côté, qui surplombait la salle de bal. Et là...

... une petite porte de bois.

Elle l'ouvrit d'un coup de coude. À l'intérieur, des rouages ronronnaient en contrepoint aux silhouettes qui dansaient en dessous comme mues par l'horloge, ce qui était métaphoriquement le cas.

La mécanique, songea Nounou. Une fois qu'on connaît la mécanique, on connaît tout.

Merde, je regrette de ne pas m'y connaître en mécanique.

« Très douillet », fit Casanabo.

Elle se faufila par l'ouverture et entra dans le local de l'horloge. Des roues dentées lui cliquetèrent sous le nez.

Elle les regarda un moment.

Bon sang. Tout ça rien que pour découper le temps en rondelles.

« Nous risquons d'être un tout petit peu à l'étroit, dit Casanabo du côté de son aisselle. Mais nécessité fait loi, madame. Je me souviens, une fois à Quirm, il y avait une chaise à porteurs et... »

Voyons voir, songea Nounou. Cette pièce-ci est reliée à cette pièce-là, celle-ci tourne, celle-là aussi mais plus vite, cette pièce hérissée de pointes gigote d'avant en arrière...

Oh, bah. Suffit de tordre le premier machin qui tombe sous la main, comme disait le grand prêtre à la vestale [1].

Nounou Ogg se cracha dans les paumes, empoigna la plus grosse roue dentée et la tordit.

La roue continua de tourner et l'entraîna à sa suite.

Merde alors. Oh, bon...

Elle fit alors ce que ni Mémé Ciredutemps ni Magrat n'auraient rêvé de faire en pareilles circonstances. Mais les périples de Nounou Ogg sur l'océan du badinage entre sexes opposés l'avaient entraînée plus loin qu'une virée au phare aller-retour, et elle ne vit rien d'avilissant à demander à un homme de l'aider.

Elle minauda à l'intention de Casanabo.

« Ce serait beaucoup plus confortable dans notre petit pied-par-terre si vous pouviez pousser un peu cette petite roue, dit-elle. Je suis sûre que vous pouvez y arriver, vous, ajouta-t-elle.

— Oh, pas de problème, petite madame », fit Casanabo. Il leva une main. Les nains sont extrêmement forts pour leur taille. La roue n'eut pas l'air de lui opposer la moindre résistance.

Dans un recoin du mécanisme quelque chose se rebiffa un instant avant de lâcher un *clonk*. Les grandes roues tournèrent à contrecœur. Les autres hurlèrent sur leurs axes. Une petite pièce importante fusa et rebondit dans un bruit métallique sur la tête ronde de Casanabo.

1. Chute d'une blague du Disque-monde hélas perdue pour la postérité.

Et, beaucoup plus vite que ne l'avait jamais voulu dame Nature, les aiguilles tournèrent à toute allure sur le cadran.

Un nouveau bruit juste au-dessus des deux saboteurs poussa Nounou à lever la tête.

Son expression satisfaite s'évanouit. Le marteau qui sonnait les heures se relevait lentement en arrière. L'idée la frappa soudain qu'elle se trouvait pile sous la cloche à l'instant même où la cloche était à son tour frappée.

Bong...

« Oh, merde ! »

... bong...

... bong...

... bong...

La brume déroulait ses volutes dans le marais. Et des ombres l'accompagnaient, formes indistinctes en une telle nuit où la différence entre les vivants et les morts n'était qu'une question de temps.

Mme Gogol les sentait parmi les arbres. Les sans-abri. Les affamés. Les silencieux. Les abandonnés des hommes et des dieux. Le peuple de la brume et de la boue, dont la seule force résidait quelque part au-delà de la faiblesse, dont les croyances étaient aussi branlantes et informelles que leurs habitations. Et le peuple de la ville, non pas celui qui vivait dans les grandes maisons blanches et se rendait au bal dans de beaux carrosses, mais l'autre. Celui dont ne parlent jamais les contes. Les contes, dans l'ensemble, ne s'intéressent pas aux porchers qui restent porchers ni aux pauvres et humbles cordonniers dont le destin est de mourir légèrement plus pauvres et beaucoup plus humbles.

C'étaient ces gens-là qui faisaient marcher le royaume magique, qui lui préparaient ses repas, balayaient ses planchers, charroyaient ses vidanges, donnaient un visage à sa population, dont les désirs et les rêves peu exigeants ne tiraient pas à conséquence. Les invisibles.

Et moi qui suis là, songeait-elle. À tendre des pièges aux dieux.

Il existe diverses formes de vaudou dans le multivers, car c'est une religion qu'on peut concocter à partir de tous les ingrédients qui traînent alentour. Et toutes essayent, d'une certaine façon, d'appeler un dieu dans le corps d'un être humain.

C'était idiot, se disait Mme Gogol. C'était dangereux.

Le vaudou de Mme Gogol fonctionnait dans l'autre sens. C'est quoi, un dieu ? Un foyer de croyance. Dès que des gens croient, un dieu commence à se développer. D'abord timidement, mais s'il est une chose que le marais enseigne, c'est bien la patience. N'importe quoi peut devenir le siège d'une divinité. Une poignée de plumes entourée d'un ruban rouge, un chapeau et un manteau sur deux bouts de bois... n'importe quoi. Car lorsqu'on n'a pratiquement rien, n'importe quoi représente presque tout. Ensuite on le nourrit, on le met en confiance, comme une oie au destin de foie gras, on laisse son pouvoir grossir tout doucement et, le moment venu, on ouvre la voie... à l'envers. Un être humain pouvait dominer le dieu plutôt que le contraire. Il y avait un prix à payer par la suite, mais c'était toujours le cas. Pour ce qu'en savait Mme Gogol, on finissait tous par mourir.

Elle but une gorgée de rhum et tendit le cruchon à Saturday.

Saturday en avala une lampée avant de passer le cruchon à ce qui avait peut-être été une main.

« On va koumansé », dit Mme Gogol.

Le mort ramassa trois petits tambours et se mit à battre un rythme à la vitesse d'une pulsation cardiaque.

Au bout d'un moment, quelque chose tapota l'épaule de Mame Gogol et lui tendit le cruchon. Il était vide.

Autant se lancer...

« Madamn Bon Anna souri moin. Mysié Auchamp garanti moin. Bonlonm Gran Pa guidé moin. Hotaloga André trapé moin.

» Moin sé entre limyère é nuit, mé ça fié ayen, passe que moin sé entre eux.

» Mi rhum pou vous. Tabak pou vous. Manjé pou vous. Maison pou vous.

» Aprézan kouté moin bien... »

... *bong*.

Pour Magrat, ce fut comme sortir d'un songe pour entrer dans un autre. Elle avait paresseusement rêvé qu'elle dansait avec le plus bel homme de l'assemblée, et... elle dansait avec le plus bel homme de l'assemblée.

Sauf qu'il portait deux ronds de verre fumé sur les yeux.

Magrat était peut-être un cœur tendre, une rêveuse invétérée et, comme disait Mémé Ciredutemps, un bonnet de nuit sans coiffe, mais elle n'aurait pas été sorcière sans certains instincts ni l'intelligence de leur faire confiance. Elle leva le bras et, avant que les mains de son cavalier aient le temps de réagir, arracha les morceaux de verre.

Elle avait déjà vu des yeux de ce genre, mais jamais chez un être vertical.

Ses pieds qui, la seconde d'avant, évoluaient avec grâce sur le parquet s'emmêlèrent brusquement.

« Euh... », commença-t-elle.

Et elle s'aperçut que les mains de l'homme, roses et parfaitement manucurées, étaient également froides et humides.

Magrat pivota et prit la fuite, bousculant les couples dans sa rage à se sauver. Ses jambes s'entortillèrent dans la robe. Les chaussures ridicules patinèrent sur la piste.

Deux valets de pied bloquaient l'escalier vers la sortie.

Les yeux de Magrat s'étrécirent. Il lui fallait quitter les lieux.

« Aïe !

— Ouille ! »

Puis elle repartit en courant et dérapa en haut des marches. Une pantoufle de verre glissa sur le marbre.

« Comment est-ce qu'on peut bouger dans ces machins-là ? » cria-t-elle au reste du monde. Sautillant frénétiquement sur un pied, elle retira sèchement l'autre chaussure et s'enfonça dans la nuit à toute allure.

Le prince gagna lentement le haut de l'escalier et ramassa la pantoufle abandonnée.

Il la tint dans ses mains. La lumière se réfléchissait sur les facettes.

Mémé Ciredutemps s'appuya dans l'ombre contre le mur. Toute histoire avait un tournant, et ce tournant était forcément proche.

Elle s'y entendait pour lire les pensées d'autrui, mais il lui fallait maintenant pénétrer dans les siennes propres. Elle se concentra. Plongea en elle-même... traversa les pensées ordinaires et soucis mineurs, *plus vite*, *plus vite*... franchit les couches de réflexion profonde... plus loin encore... passa des souvenirs scellés et encroûtés, des culpabilités anciennes et des regrets congelés, mais pas le temps de s'en occuper... plus profond... et là... le fil d'argent de l'histoire. Elle avait participé au conte, elle y participait, donc le conte devait être une partie d'elle-même.

Il afflua autour d'elle. Elle tendit la main.

Elle détestait tout ce qui prédestinait les gens, les dupait, les rendait un peu moins qu'humains.

Le conte filait comme une haussière d'acier. Elle l'empoigna.

Sous le coup, elle ouvrit les yeux. Puis elle s'avança.

« Excusez-moi, Votre Altesse. »

Elle arracha la chaussure des mains du duc et la brandit au-dessus de sa tête.

Son expression de satisfaction maléfique était horrible à voir.

Elle laissa alors tomber la chaussure.

Laquelle s'écrasa sur les marches.

Un milliers d'éclats miroitants s'éparpillèrent sur le marbre.

Enroulé sur la longueur de l'espace-temps en forme de tortue connu sous le nom de Disque-monde, le conte subit une secousse. Une extrémité se détacha en gigotant et s'enfonça dans la nuit, à la recherche d'un bout d'histoire auquel se nourrir...

Dans la clairière, les arbres s'agitèrent. Les ombres aussi. En principe, les ombres ne bougent pas à moins que la lumière ne bouge d'abord. Celles-là, si.

Les battements de tambour s'arrêtèrent.

Dans le silence retentirent des grésillements réguliers à mesure que de l'énergie parcourait le manteau suspendu.

Saturday s'avança. Des étincelles vertes lui volèrent des mains lorsqu'il prit le vêtement et l'enfila.

Son corps eut un soubresaut.

Erzulie Gogol lâcha un soupir.

« Vous là, dit-elle. Vous toujou vous-menm. Vous exactiment vous-menm. »

Saturday leva les mains, les poings serrés. Parfois un bras ou une jambe sursautait lorsque le pouvoir en lui tournait comme un écureuil en cage dans sa quête de liberté, mais elle constata qu'il le maîtrisait.

« Ça va vini pli facile », dit-elle plus gentiment à présent.

Saturday hocha la tête.

Le pouvoir qui l'habitait, songea-t-elle, lui donnait l'ardeur dont il avait manqué de son vivant. Il n'avait pas été un homme particulièrement bon, elle le savait. Genua n'avait pas été un modèle de vertu municipale. Mais au moins il n'avait jamais dit aux gens qu'ils voulaient qu'il les opprime et que tout ce qu'il accomplissait, c'était pour leur bien.

Autour du cercle, la population de la Nouvelle-Genua – l'ancienne Nouvelle-Genua – s'agenouilla ou s'inclina.

Il n'avait pas été un gouvernant facile. Mais il remplissait son rôle. Et quand il était despotique ou arrogant, ou franchement injuste, jamais il n'avait tenté de donner d'autre justification que celle d'être plus gros, plus fort et parfois plus méchant que les autres. Il n'avait jamais prétendu qu'il agissait ainsi parce qu'il était meilleur. Et il n'avait jamais dit aux gens qu'ils devaient être heureux, ne leur avait jamais imposé aucune espèce de bonheur. Le peuple des invisibles savait que le bonheur n'est pas la condition naturelle de l'humanité, et qu'il ne vient jamais de l'extérieur.

Saturday hocha encore la tête, de satisfaction cette fois. Lorsqu'il ouvrit la bouche, des étincelles lui fulgurèrent entre les dents. Et lorsqu'il pataugea dans le marais, les alligators se battirent pour s'écarter de son chemin.

Le calme était maintenant revenu dans les cuisines du palais. On avait depuis longtemps monté les immenses plateaux de viande rôtie, les têtes de porc avec des pommes dans la gueule, les diplomates à couches multiples. Un cliquetis de plats et de couverts entrechoqués parvenait des éviers géants à l'autre bout du local, où quelques servantes attaquaient la vaisselle.

Mme Aimable, la cuisinière, s'était préparé une assiettée de poisson-zèbre rouge avec une sauce à l'écrevisse. Elle n'était pas la meilleure cuisinière de Genua – rien ne valait le gombo de Mme Gogol, on serait presque revenu de parmi les morts pour y goûter – mais la différence était aussi minime qu'entre, disons, le diamant et le saphir. Elle avait fait de son mieux pour préparer un bon banquet, parce qu'elle avait sa fierté professionnelle, mais elle ne se sentait pas capable de réaliser grand-chose avec des monceaux de viande.

La cuisine genuane, comme toutes les grandes cuisines du multivers, avait progressé grâce à des gens qui s'étaient décarcassés pour utiliser les ingrédients dont leurs maîtres ne voulaient pas. Personne n'aurait l'idée de manger un nid d'oiseau à moins d'y être obligé. Seule la faim pousserait un homme à goûter son premier alligator. On ne se rabattrait pas sur l'aileron si on avait la possibilité de manger le reste du requin.

Elle se versa un rhum, et elle prenait la cuiller lorsqu'elle se sentit observée.

Un costaud en pourpoint de cuir noir la regardait depuis la porte, un masque de chat roux pendu à la main.

C'était un regard sans détour. Mme Aimable se surprit à regretter de n'avoir pas arrangé ses cheveux et de ne pas porter une plus belle robe.

« Oui ? fit-elle. Qu'esse vous voulez ?

— Veux maaanger, madaaame Aimiaouable », répondit Gredin.

Elle le détailla de la tête aux pieds. On voyait de drôles de types à Genua ces temps-ci. Celui-ci devait être un invité du bal, mais elle lui trouvait un air très... familier.

Gredin n'était pas un chat heureux. On lui avait fait tout un plat parce qu'il avait fauché une dinde rôtie sur la table. Puis la femelle maigrichonne avec les dents en avant n'avait pas arrêté de minauder et de lui dire qu'elle le retrouverait plus tard dans la roseraie, ce qui n'était pas du tout la façon de procéder des chats, et ça l'avait déconcerté. Sans parler qu'il ne reconnaissait pas son corps et que la femelle non plus n'avait pas le physique adéquat. Et il y avait trop de mâles dans les parages.

Puis il avait flairé la cuisine. Les chats sont attirés par les cuisines comme les cailloux par la gravité.

« J'vous ai déjà vu quèque part ? » demanda Mme Aimable.

Gredin ne répondit pas. Il suivait son nez vers une jatte posée sur une des grandes tables.

« Veuuux, fit-il.

— Des têtes de poisson ? » s'étonna Mme Aimable. C'étaient en principe des déchets, même si son idée d'y ajouter du riz et quelques sauces spéciales en ferait un plat que les rois se disputeraient.

« Veuuux », répéta Gredin.

Mme Aimable haussa les épaules.

« Si vous voulez des têtes de poisson crues, mon vieux, prenez-les donc », dit-elle.

Gredin souleva la jatte d'un geste mal assuré. Il n'était pas très adroit de ses doigts. Puis il jeta un regard circulaire de conspirateur et se baissa sous la table.

On entendit des bruits d'ingurgitation enthousiaste et de jatte raclant le sol.

Gredin réapparut.

« Laiiit ? » suggéra-t-il.

Fascinée, Mme Aimable tendit la main vers la cruche de lait et une tasse...

« Soucouuupe », fit Gredin.

... et une soucoupe.

Gredin prit la soucoupe, la fixa longuement et la posa par terre.

Mme Aimable le regarda d'un œil rond.

Gredin termina le lait et lécha ce qui lui restait dans la barbe. Il se sentait beaucoup mieux désormais. Et il y avait un grand feu, là-bas. Il s'y rendit à pas feutrés, s'assit, se cracha dans la patte et tenta de se laver les oreilles – en vain car, inexplicablement, ni ses oreilles ni sa patte n'avaient la bonne conformation –, puis il se roula en boule du mieux qu'il put. Pour un résultat peu concluant, vu qu'il semblait aussi affligé d'une colonne vertébrale inadéquate.

Au bout d'un moment, Mme Aimable entendit un grondement grave et asthmatique.

Gredin essayait de ronronner.

Il avait le mauvais modèle de gorge.

Sous peu il allait se réveiller de mauvais poil et vouloir se battre.

Mme Aimable se remit à son dîner. Un grand costaud venait de manger une jatte de têtes de poisson, de laper une soucoupe de lait sous son nez et se reposait maintenant dans une position inconfortable devant le feu, mais elle s'aperçut qu'elle n'éprouvait aucune crainte. À vrai dire, elle résistait à une furieuse envie de lui gratter le ventre.

Magrat arracha l'autre pantoufle tandis qu'elle dévalait le long tapis rouge vers l'entrée du palais et la liberté. Partir, c'était ce qui comptait. Quitter les lieux pressait davantage qu'arriver quelque part.

Puis deux silhouettes émergèrent lentement de l'obscurité. Elle brandit la pantoufle d'un geste pathétique alors qu'elles approchaient dans un silence absolu, mais elle sentit leur regard même dans la pénombre.

La foule s'écarta. Lili Ciredutemps la fendit avec grâce dans un froufroutement de soie.

Elle toisa Mémé sans la moindre expression de surprise.

« Et tout en blanc, en plus, dit-elle d'un ton sec. Ma parole, ce que tu es chic.

— Mais je t'ai arrêtée, fit Mémé, encore essoufflée par l'effort. J'ai détruit la chaussure. »

Lili Ciredutemps regarda plus loin derrière la sorcière. Les sœurs serpents montaient les marches, soutenant entre elles une Magrat toute flasque.

« Ah, ces gens qui ne voient pas plus loin que le bout de leur nez ! dit Lili. Ces saletés-là se font par paires, tu sais. »

Elle se rendit auprès de Magrat et lui arracha la deuxième pantoufle de la main.

« Intéressant, le coup de l'horloge, dit-elle en se retournant vers Mémé. Il m'a impressionnée. Mais ça ne sert à rien, tu sais. Une entreprise de ce genre ne s'arrête pas comme ça. L'histoire continue sur sa lancée, c'est inéluctable. On ne gâche pas une bonne histoire. Je le saurais. »

Elle tendit la pantoufle au prince, mais sans quitter Mémé des yeux.

« Elle lui ira », dit-elle.

Deux courtisans tinrent la jambe de Magrat pendant que le prince enfonçait avec peine la chaussure sur ses orteils récalcitrants.

« Là, fit Lili toujours sans baisser les yeux. Et arrête donc de chercher à m'infliger ton hypnotisme de sorcière à la mie de pain, Esmé.

— Elle lui va, dit le prince mais sans grande conviction.

— Oui, tout va, lança une voix joyeuse quelque part à l'arrière de la foule, quand on s'enfile deux paires de grosses chaussettes d'abord. »

Lili baissa la tête. Puis elle regarda le masque de Magrat. Elle avança la main et le lui arracha.

« Aïe !

— Pas la bonne fille, fit Lili. Mais ça n'a quand même pas d'importance, Esmé, parce que c'est la bonne pantoufle. Alors, tout ce qu'il nous reste à faire, c'est trouver la fille qui a la bonne pointure... »

Il y eut de l'agitation aux derniers rangs de la foule. Des courtisans s'écartèrent pour laisser apparaître Nounou Ogg, couverte d'huile et de toiles d'araignée.

« Si c'est du trente-neuf étroit, j'suis votre homme, dit-elle. Attendez que j'enlève ces bottines...

— Je ne parlais pas pour vous, vieille femme, fit Lili d'une voix glaciale.

— Oh, si. On connaît la chanson, voyez. Le prince fait le tour de la ville avec la pantoufle pour trouver la fille à qui elle va. C'est ce que vous comptiez faire. Alors je vous évite pas mal de tracas, qu'est-ce que vous en dites ? »

Une ombre d'indécision passa sur la figure de Lili.

« Une fille, précisa-t-elle, en âge de se marier.

— Pas de problème de ce côté-là », riposta gaiement Nounou.

Le nain Casanabo donna fièrement un coup de coude dans les genoux d'un courtisan.

« C'est une amie très intime », plastronna-t-il.

Lili regarda sa sœur. « C'est toi qui fais ça. Ne va pas croire que je ne le sais pas, dit-elle.

— Moi, j'fais rien, répliqua Mémé. C'est la vie réelle qui suit toute seule son cours. »

Nounou prit la pantoufle des mains du prince et, sans que personne ait le temps de réagir, se l'enfila sur le pied.

Puis elle gigota son pied en l'air.

La chaussure lui allait comme un gant.

« Tenez ! fit-elle. Vous voyez ? Vous auriez pu y passer la journée.

— Surtout parce qu'il doit y avoir des centaines de trente-neuf...

— ... étroit...

— ... de trente-neuf étroit dans une ville de cette importance, poursuivit Mémé. Mais peut-être, évidemment, que tu serais allée du premier coup à la bonne adresse. T'aurais eu comme une intuition, tu vois ?

— Mais ça serait de la triche, ça », fit Nounou.

Elle donna un coup de coude au prince.

« J'voudrais juste ajouter, reprit-elle, que ça me gêne pas d'saluer la foule de la main, d'inaugurer des machins et de faire tout le bazar royal, mais pas question de dormir dans le même lit que Coco Bel-Œil, là.

— Parce qu'il dort pas dans un lit, fit Mémé.

— Non, il dort dans une mare, précisa Nounou. On est allées voir. Une grande mare d'intérieur.

— Parce que c'est une grenouille, expliqua Mémé.

— Avec des mouches partout, des fois qu'il se réveillerait la nuit et qu'il aurait un p'tit creux.

— Je m'en doutais ! s'exclama Magrat en s'arrachant à l'étreinte des gardes. Il avait les mains moites !

— Des tas d'hommes ont les mains moites, dit Nounou. Mais lui, c'est parce qu'il est une grenouille.

— Je suis un prince de sang royal ! protesta le prince.

— Et une grenouille, dit Mémé.

— Moi, je m'en fiche, fit Casanabo de quelque part

en dessous. J'aime bien les relations multiples. Si vous avez envie de sortir avec une grenouille, ça me va... »

Lili passa la foule en revue. Puis elle claqua des doigts.

Mémé Ciredutemps prit conscience d'un silence soudain.

Nounou leva les yeux sur les badauds qui l'entouraient. Elle agita la main devant la figure d'un garde.

« Ça alors, fit-elle.

— Tu peux pas faire ça longtemps, dit Mémé. Tu peux pas retenir mille personnes longtemps. »

Lili haussa les épaules. « Les gens ne sont pas importants. Qui va se rappeler qui était au bal ? Ils vont seulement se souvenir de la fuite, de la pantoufle et de la fin heureuse.

— Je te l'ai dit. Tu peux pas relancer l'histoire. Et c'est une grenouille. Même toi, tu peux pas le garder sous forme humaine toute une journée. Il reprend sa forme normale la nuit. Il a une chambre avec une mare dedans. C'est une grenouille, dit Mémé tout net.

— Mais seulement à l'intérieur.

— C'est l'intérieur qui compte.

— L'extérieur, c'est quand même important, remarque, intervint Nounou.

— Des tas de gens sont des animaux à l'intérieur. Des tas d'animaux sont humains à l'intérieur, dit Lili. Où est le mal ?

— C'est une grenouille.

— Surtout la nuit », fit Nounou. L'idée d'un mari qui serait homme la nuit et grenouille le jour ne lui déplaisait pas ; évidemment, il ne ramènerait pas de paye à la maison, mais d'un autre côté il userait moins le mobilier. Elle ne pouvait pas non plus s'empêcher de se perdre intérieurement en conjectures sur la longueur de sa langue.

« Et vous avez tué le baron, dit Magrat.

— Croyez-vous que c'était un homme particulièrement agréable ? fit Lili. Et puis il n'avait aucun respect pour moi. Quand on n'a pas le respect, on n'a rien. »

Nounou et Magrat se surprirent à regarder Mémé.

« C'est une grenouille.

— Je l'ai déniché dans le marais, dit Lili. J'ai tout de suite vu qu'il était intelligent. J'avais besoin de quelqu'un... facile à convaincre. Pourquoi les grenouilles n'auraient-elles pas leur chance ? Il ne fera pas un mari pire que beaucoup autres. Un seul baiser d'une princesse suffit pour sceller le sortilège.

— Beaucoup d'hommes sont des bêtes, fit Magrat qui avait trouvé cette idée quelque part.

— Oui. Mais c'est une grenouille, insista Mémé.

— Comprends-moi, fit Lili. Tu vois ce pays ? Que des marais et du brouillard. Sans personne pour le diriger. Mais moi, je peux en faire une grande ville. Pas une ville tentaculaire comme Ankh-Morpork, mais une ville qui fonctionne.

— La fille veut pas se marier avec une grenouille.

— Quelle importance ça aura dans cent ans ?

— Ç'en a maintenant. »

Lili leva les bras. « Qu'est-ce que tu veux, alors ? Tu n'as qu'à choisir. Il y a moi... ou la bonne femme du marais. La lumière ou les ténèbres. Le chaos obscur ou les dénouements heureux.

— C'est une grenouille et t'as tué le vieux baron, répéta Mémé.

— Tu aurais fait la même chose.

— Non. J'aurais pensé la même chose, mais je l'aurais pas faite.

— Quelle différence, au fond ?

— Vous voulez dire que vous l'savez pas ? » demanda Nounou Ogg.

Lili éclata de rire.

« Regardez-vous toutes les trois, fit-elle. Bouffies de bonnes intentions stériles. La pucelle, la mère et la vieille bique.

— Qui ça, la pucelle ? fit Nounou Ogg.

— Qui ça, la mère ? » fit Magrat.

Une lueur mauvaise fulgura dans l'œil de Mémé Ciredutemps, et elle ressembla un instant à la personne qui découvre qu'il ne reste plus qu'une paille quand tous les autres en ont tiré une longue.

« Qu'est-ce que je vais faire de vous, maintenant ? dit Lili. Je répugne vraiment à tuer les gens sauf en cas de nécessité, mais je ne peux pas vous laisser courir partout à faire des âneries... »

Elle se regarda les ongles.

« Alors je crois je vais vous boucler quelque part jusqu'à ce que cette histoire soit terminée. Et ensuite... est-ce que vous devinez ce que je vais faire ensuite ? Je vais espérer que vous vous échappiez. Après tout, je suis la bonne fée. »

Illon marchait prudemment dans le marais au clair de lune derrière la forme arrogante de Legba. Elle devinait des mouvements dans l'eau, mais rien n'en émergea – les mauvaises nouvelles dans le genre de Legba circulent vite, même parmi les alligators.

Une lumière orange apparut au loin : la cabane de Mme Gogol, ou son bateau, ou ce qu'on veut. Dans le marais, la différence entre l'eau et la terre ferme n'était guère qu'affaire de choix du terme.

« Hello ? Y a quelqu'un ?

— Entré donc, pitite. Pran un siège. Riposé-toi un peu. »

Illon grimpa avec précaution sur la galerie branlante. Mme Gogol était assise dans son fauteuil, une poupée déguenillée blanche sur les genoux.

« Magrat a dit...

— Erzulie sav tout ça. Approché-toi.

— Vous êtes qui ?

— Sé ton... zanmie, tifille. »

Illon se déplaça, prête à fuir s'il le fallait.

« Vous n'êtes pas une espèce de marraine fée, dites ?

— Non. Non, bondyés, pas marraine. Jisse une zanmie. Pèsonn t'a sivie ?

— Je... je ne crois pas.

— Pas grave si on t'a sivie, tifille. Pas grave. Pitêt faut quand menm allé un moment dans la rivyè. On sera pli tranquilles épi de l'eau autour. »

La cabane tangua.

« Vaut mié t'assise. Les pieds, ça va secoué jisquatan on entré dans de l'eau pwofond. »

Illon risqua quand même un coup d'œil.

La cabane de Mme Gogol se déplaçait sur quatre pattes de canard géantes qui s'extirpaient pour l'instant du marais. Elles pataugèrent sur les hauts-fonds puis, en douceur, nagèrent jusque dans le fleuve.

Gredin se réveilla et s'étira.

Et ni les bons bras ni les bonnes pattes non plus !

Mme Aimable, qui était restée assise à le regarder, posa son verre.

« Qu'esse vous voulez faire asteure, monsieur l'matou ? »

Gredin se rendit à pas feutrés à la porte donnant sur le monde extérieur et la gratta.

« Veux sooortirrr, madaaame Aimiaouaable, dit-il.

— T'as jusse à tourner la poignée, là », fit-elle.

Gredin fixa la poignée de la porte comme quelqu'un qui cherche à pactiser avec un appareil de haute technologie, puis lança un regard implorant à la cuisinière.

Elle lui ouvrit la porte, s'écarta pour le laisser sortir furtivement, la referma, la verrouilla et s'adossa contre le battant.

« Illon sera à l'abri chez Mme Gogol, dit Magrat.

— Hah ! lâcha Mémé.

— Moi, elle m'a bien plu, dit Nounou Ogg.

— J'fais pas confiance à ceux qui boivent du rhum et fument la pipe, cracha Mémé.

— Nounou Ogg fume la pipe et boit n'importe quoi, fit remarquer Magrat.

— Oui, mais c'est parce qu'elle est une vieille traînée dégoûtante », répliqua Mémé sans lever la tête.

Nounou Ogg s'ôta la pipe de la bouche.

« C'est vrai, dit-elle d'un ton aimable. On est rien si on entretient pas son image. »

Mémé leva les yeux de la serrure.

« Peux pas la bouger, dit-elle. En plus, c'est de l'octefer. Peux pas l'ouvrir par la magie.

— C'est idiot de nous avoir enfermées, fit Nounou. Moi, je nous aurais fait tuer.

— C'est parce que vous avez un bon fond, dit Magrat. Les bons sont innocents et créent la justice. Les méchants sont coupables, et c'est pour ça qu'ils inventent la pitié.

— Non, je comprends pourquoi elle a fait ça, dit Mémé d'un air sinistre. Pour qu'on sache qu'on a perdu.

— Mais elle a dit qu'on s'échapperait, fit Magrat. Je ne comprends pas. Elle doit savoir que les bons gagnent toujours à la fin !

— Seulement dans les contes, dit Mémé en examinant les gonds de la porte. Et elle se figure en avoir la charge, des contes. Elle les plie à sa volonté. Elle se croit la bonne fée.

— Remarquez, fit Magrat, moi, j'aime pas les marais. Sans le coup de la grenouille, tout ça, je comprendrais le point de vue de Lili...

— Alors, t'es rien qu'une imbécile de marraine fée, dit sèchement Mémé sans cesser de tripoter la serrure. On peut pas s'amuser à bâtir un monde meilleur pour les gens. Seuls les gens eux-mêmes peuvent se faire ça. Sinon, c'est qu'une cage. Et puis on bâtit pas un monde meilleur en coupant des têtes et en livrant d'honnêtes filles à des grenouilles.

— Mais le progrès..., commença Magrat.

— Me parle pas de progrès. Le progrès, ça veut seulement dire que les mauvaises choses arrivent plus vite.

Quelqu'un aurait une autre épingle à chapeau ? Celle-là est fichue. »

Nounou, qui avait la faculté de Gredin de se sentir immédiatement à l'aise partout où elle se trouvait, s'assit dans un angle de la cellule. « Un jour, dit-elle, j'ai entendu l'histoire d'un type enfermé pendant des années et des années qu'apprend des trucs incroyables sur l'univers et tout avec un autre prisonnier vachement intelligent, et après il s'échappe et il se venge.

— Quels trucs vachement intelligents est-ce que toi, tu connais sur l'univers, Gytha Ogg ? demanda Mémé.

— Que dalle, répondit joyeusement Nounou.

— Alors, on ferait bien de foutre le camp tout d'suite. »

Nounou sortit un morceau de carton de son chapeau, y trouva aussi un bout de crayon dont elle lécha la pointe et réfléchit un moment. Puis elle écrivit :

Cher Jason ound zo vaiter (comme ils disent dans les pays étrangers),

Alors voilà votre pauvre maire qui fait encore de la prizon, je suis une vieille récidivisse, va falloire menvoyer un gatau avec une queue-de-rat dedans et j'aurai des vêtements rayés, mais je blague. Voici un dessin de la prison. Je mets une croit où on est, mais c'est à l'intérieur. Je montre Magrat qui porte une robe chique, elle a joué une courgette, une dame de la cour. Et aussi Mémé qui en a mare parce qu'elle n'arrive pas à faire marcher la serrure, mais je pense que tout se passera bien vu que les bons gagnent à la faim, et les bons c'est nous. Et tout ça parce qu'une fille refuse d'épouser un prince qu'est un grand-duc mais en réalité une grenouille, et je dois dire que je la comprends, personne ne veut de descendants farcis de mauvais gênes, qui commencent leur vie dans des pots de confiture, qui sautent partout et se font crabouiller...

Elle fut interrompue par le son d'une mandoline, jouée avec un certain talent, directement de l'autre côté du mur, et une petite voix décidée entonna une chanson.

« ... *si consuenti d'amoure, ventre dimo tondreturo-ooo...*

— J'ai faim mon amour de la salle à manger de ta chaude macération, dit Nounou sans lever la tête.

— ... *della della t'ozentro, audri t'dren vonta-rieeeeee...*

— La boutique, la boutique, j'ai une pastille, le ciel est rose », poursuivit Nounou.

Magrat et Mémé échangèrent un regard.

« ... *guaranto del tari, bella pore di larientos...*

— Réjouis-toi, beau chandelier, t'as une bien grosse...

— Je crois rien de tout ça, fit Mémé. T'inventes.

— Traduction mot à mot, dit Nounou. Je parle l'étranger comme une étrangère du cru, tu l'sais.

— Madame Ogg ? Est-ce vous, mon amour ? »

Toutes trois levèrent les yeux vers la fenêtre munie de barreaux. Une petite figure fouillait du regard l'intérieur du cachot.

« Casanabo ? fit Nounou.

— C'est moi, madame Ogg.

— « Mon amour », marmonna Mémé.

— Comment vous avez grimpé à la fenêtre ? demanda Nounou en ignorant la réflexion de sa collègue.

— Je sais toujours où dénicher un escabeau, madame Ogg.

— J'imagine que vous savez pas où dénicher une clé ?

— Ça ne servirait à rien. Il y a trop de gardes devant votre porte, madame Ogg. Même pour une aussi fine lame que moi. Sa Seigneurie a donné des ordres stricts. Personne ne doit vous écouter, ni même vous regarder.

— Comment ça se fait que vous soyez dans la garde du palais, Casanabo ?

— Le soldat de fortune accepte toutes les occasions qui se présentent, madame Ogg, répondit Casanabo d'un ton sérieux.

— Mais tous les autres font un mètre quatre-vingts, et vous... vous êtes d'un genre plus petit.

— J'ai menti sur ma taille, madame Ogg. Je suis un menteur célèbre dans le monde entier.

— C'est vrai ?

— Non.

— Et pour ce qui est du plus grand amant du monde ? »

Suivit un silence.

« Ma foi, je ne suis peut-être que le deuxième, répondit Casanabo. Mais je fais davantage d'efforts.

— Est-ce que vous pouvez aller nous chercher une lime, quelque chose comme ça, monsieur Casanabo ? suggéra Magrat.

— Je vais voir ce que je peux faire, mademoiselle. »

La figure disparut.

« On pourrait peut-être demander à des gens de venir nous voir et on s'échapperait dans leurs vêtements ? proposa Nounou Ogg.

— Ça y est, je m'suis enfoncée l'épingle dans le doigt, grommela Mémé Ciredutemps.

— Ou on pourrait demander à Magrat de séduire un des gardes, fit Nounou.

— Pourquoi pas vous ? répliqua Magrat aussi méchamment qu'elle put.

— D'accord. Je marche.

— La ferme, vous deux, ordonna Mémé. J'essaye de réfléchir... »

Il y eut un autre bruit à la fenêtre.

C'était Legba.

Le coq noir fouilla un moment des yeux le local entre les barreaux puis s'en repartit en voltigeant.

« M'flanque les chocottes, celui-là, dit Nounou. J'peux pas le regarder sans penser avec nostalgie à d'la sauge, des oignons et d'la purée. »

Son visage ridé se rida davantage.

« Gredin ! s'exclama-t-elle. On l'a laissé où ?

— Oh, c'est qu'un chat, fit Mémé Ciredutemps. Les chats savent se débrouiller tout seuls.

— C'est qu'un gros bébé... », commença Nounou, mais quelqu'un entreprit de défoncer le mur.

Un trou apparut. Une main grise surgit et empoigna

un autre moellon. Une forte odeur de vase envahit le cachot.

La pierre s'émietta sous les doigts puissants.

« Mesdames ? s'enquit une voix sonore.

— Ben, monsieur Saturday, fit Nounou, je revis... sauf votre respect, 'videmment. »

Saturday grogna quelque chose et s'éloigna.

On tambourina à la porte et on se mit à tripoter des clés.

« Faut pas moisir ici, dit Mémé. Venez. »

Elles s'aidèrent à passer par le trou.

Saturday, à l'autre bout d'une petite cour, se dirigeait à grands pas vers les flonflons du bal.

Et quelque chose derrière lui s'étirait comme la queue d'une comète.

« C'est quoi, ça ?

— Un coup à Mme Gogol », répondit Mémé Ciredutemps d'un air sombre.

Dans le sillage de Saturday, de plus en plus large à mesure qu'il sinuait à travers le parc du palais vers l'entrée principale, s'écoulait un flot d'obscurité plus profonde. À première vue, on croyait y reconnaître des silhouettes, mais un examen plus attentif révélait qu'il s'agissait plutôt de suggestions de silhouettes qui se formaient et se reformaient. Des yeux luisaient fugitivement dans le remous. On entendait grésiller les grillons et miauler les moustiques, on sentait l'odeur de la mousse et les remugles de la vase.

« C'est le marais, dit Magrat.

— Plutôt *l'idée* du marais, précisa Mémé. Ce qui vient d'abord, avant le marais lui-même.

— Oh là là », fit Nounou. Elle haussa les épaules. « Bon, Illon s'est sauvée et nous aussi, c'est donc le moment de l'histoire où on s'échappe, c'est ça ? C'est ce qu'on est censées faire. »

Aucune d'elles ne bougea.

« Ils sont pas très sympathiques, ces gens-là, dit Magrat au bout d'un moment, mais ils méritent pas les alligators.

— Vous autres, les sorcières, vous restez où vous êtes », lança une voix dans leur dos. Une demi-douzaine de gardes étaient regroupés autour du trou dans le mur.

« La ville, c'est quand même plus animé, dit Nounou en extirpant une autre épingle de son chapeau.

— Ils ont des arbalètes, prévint Magrat. On peut pas faire grand-chose contre des arbalètes. Les armes de jet, c'est la leçon sept et j'suis pas encore arrivée là.

— Ils peuvent pas appuyer sur la gâchette s'ils croient avoir des nageoires, dit Mémé d'une voix menaçante.

— Attends, dit Nounou, on a pas besoin de ça, tout de même ? Tout le monde sait que les gentils gagnent toujours, surtout contre un adversaire plus nombreux. »

Les gardes émergèrent du trou.

À cet instant une grande forme noire tomba silencieusement du mur derrière eux.

« Tenez, fit Nounou, je l'avais bien dit qu'il resterait pas loin de sa maman, pas vrai ? »

Un ou deux gardes s'aperçurent qu'elle fixait fièrement quelque chose dans leur dos et se retournèrent.

Pour ce qu'ils en savaient, ils se retrouvèrent face à un homme aux épaules larges, à la crinière de cheveux noirs, affublé d'un cache sur l'œil et la figure fendue d'un grand sourire.

Il attendait, debout, les bras croisés.

Une fois qu'il eut capté toute leur attention, Gredin écarta lentement les lèvres.

Plusieurs hommes reculèrent alors d'un pas.

« Pourquoi avoir peur ? lança l'un d'eux. C'est pas comme s'il avait une ar... »

Gredin leva une main.

Les griffes ne font pas de bruit quand elles sortent, mais elles devraient. On devrait entendre un genre de « tzing ».

Le sourire de Gredin s'élargit encore davantage.

Ah ! Ça au moins, ça fonctionnait toujours...

Un des hommes eut la bonne idée de lever son arbalète mais la mauvaise de se décider alors que Nounou Ogg se trouvait derrière lui, une épingle à la main. Le geste fut si rapide que tout jeune novice en robe safran en quête de la sagesse aurait sur-le-champ opté pour la Voie de Mme Ogg. L'homme hurla et lâcha son arme.

« Wrowwwl... »

Gredin bondit.

Les chats sont comme les sorcières. Ils ne se battent pas pour tuer mais pour gagner. Ça fait une différence. Un adversaire mort ne sert à rien. Il ignore qu'il a perdu. Un vrai vainqueur a besoin d'un adversaire vaincu et qui le sait. On ne goûte pas de triomphe au-dessus d'un cadavre, mais un adversaire déconfit et qui le demeure chacun des jours restants de son existence triste et misérable prend une valeur inestimable.

Les chats, bien entendu, ne cherchent pas aussi loin d'explication à leurs habitudes. Ils apprécient seulement de voir un concurrent repartir en clopinant, allégé d'une queue et de quelques lambeaux de pelage.

La technique de Gredin n'avait rien de scientifique et n'aurait pas pesé lourd devant une escrime digne de ce nom, mais elle bénéficiait d'un avantage : il s'avère quasiment impossible de pratiquer une escrime digne de ce nom quand on a l'impression de s'être fourvoyé dans un mixeur qui arrache les oreilles à coups de dents.

Les sorcières suivirent la scène d'un œil intéressé.

« J'pense qu'on peut le laisser maintenant, dit Nounou. Je crois qu'il s'amuse. »

Elles se hâtèrent vers le bal.

L'orchestre était au beau milieu d'un morceau ardu lorsque le premier violon jeta par hasard un coup d'œil vers la porte et lâcha son archet. Le violoncelliste se tourna pour voir la cause de l'incident, suivit le regard fixe de son collègue et, dans un instant de désarroi, voulut jouer de son instrument à l'envers.

Dans une succession de couacs et de canards, l'orchestre s'arrêta de jouer. Les danseurs continuèrent un moment, emportés par leur élan, puis s'immobilisèrent avant de se tourner de tous côtés, en pleine confusion. Ensuite, un à un, ils levèrent à leur tour les yeux.

Saturday se dressait en haut de l'escalier.

Dans le silence monta le battement des tambours, et la musique qui avait précédé parut aussi insignifiante que le grésillement des grillons. On entendait à présent la véritable musique du sang ; toutes les autres jamais écrites n'étaient que tentatives pitoyables d'accompagnement.

Elle se déversa sur la piste de danse, et avec elle arrivèrent la chaleur et l'odeur végétale moite du marais. Un soupçon d'alligator flottait dans l'air – on ne sentait pas leur présence, mais la promesse de leur venue prochaine.

Les battements des tambours s'amplifièrent.

Une polyrythmie s'installa, qu'on devinait plus qu'on n'entendait.

Saturday chassa un grain de poussière de l'épaule de son vieux manteau et tendit un bras.

Au bout des doigts lui apparut le chapeau haut de forme.

Il tendit l'autre bras.

Du néant surgit en vrombissant la canne noire à pommeau d'argent qu'il saisit d'une main triomphante.

Il se coiffa du chapeau. Il fit tournoyer la canne.

Les tambours battaient. Sauf que... ce n'étaient peut-être plus des tambours à présent, on aurait dit une pulsation dans le sol, ou dans les murs, ou dans l'air. Une pulsation rapide, entraînante, et les invités virent leurs pieds bouger d'eux-mêmes parce qu'elle semblait atteindre les orteils *via* le cerveau postérieur sans passer par les oreilles.

Les pieds de Saturday s'agitaient aussi. Ils marquaient leur propre rythme saccadé sur le dallage de marbre.

Il descendit l'escalier en dansant.

Il tourbillonnait. Il bondissait. Les basques de son manteau claquaient. Puis il atterrit au bas des marches, et ses pieds heurtèrent la piste avec une résonance sourde comme le gong du destin.

Et alors seulement il y eut une réaction.

Un croassement s'échappa de la bouche du prince.

« Ça ne peut pas être lui ! Il est mort ! Gardes ! Tuez-le ! »

Il jeta un regard affolé vers les gardes près de l'escalier.

Le capitaine des gardes pâlit. « Je... euh... encore ? J'veux dire... j'crois pas..., commença-t-il.

— Tout de suite ! »

Le capitaine leva nerveusement son arbalète. La pointe du carreau lui dessinait des huit devant les yeux.

« J'ai dit tout de suite ! »

La corde de l'arbalète vibra.

Il y eut un choc mat.

Saturday baissa les yeux sur les plumes plantées dans sa poitrine, puis il sourit et leva sa canne.

Le capitaine redressa la tête ; l'horreur d'une mort certaine lui figeait les traits. Il lâcha son arme, se retourna pour fuir et parvint à faire deux pas avant de basculer en avant.

« Non, lança une voix derrière le prince. Voilà comment on tue un mort. »

Lili Ciredutemps s'avança, blême de rage.

« Tu n'es plus d'ici, siffla-t-elle. Tu ne fais plus partie de l'histoire. »

Elle leva une main.

Les images fantomatiques dans son dos se concentrèrent sur elle, l'irisant davantage. Du feu argenté bondit à travers la piste.

Le baron Saturday tendit sa canne. La magie frappa et ruissela sur lui jusque par terre en laissant de petites traînées d'argent qui crépitèrent un instant avant de s'éteindre.

« Non, m'dame, dit-il, il n'existe aucun moyen de tuer un mort. »

Les trois sorcières suivaient la scène depuis l'entrée.

« Moi, j'ai senti le coup passer, dit Nounou. Ç'aurait dû le réduire en miettes !

— Réduire quoi en miettes ? lança Mémé. Le marais ? Le fleuve ? Le monde ? Il est tout à la fois ! Ah ça, c'est pas n'importe qui, la Mme Gogol !

— Quoi ? fit Magrat. Comment ça, tout à la fois ? »

Lili recula. Elle leva encore la main et projeta une nouvelle boule de feu en direction du baron. Laquelle lui toucha le chapeau et rebondit en explosant comme un feu d'artifice.

« Quelle idiote, mais quelle idiote ! marmonna Mémé. Elle voit que ça marche pas et elle continue quand même !

— Je vous croyais contre elle, dit Magrat.

— Parfaitement ! Mais j'aime pas voir les gens agir bêtement. Ces trucs-là, ça sert à rien, Magrat Goussedail, même toi tu... Oh, non, elle va pas remettre ça... »

Le baron éclata de rire lorsqu'une troisième tentative s'enfonça dans le sol sans causer le moindre dégât. Il brandit alors sa canne. Deux courtisans s'écroulèrent face la première.

Lili Ciredutemps, qui reculait toujours, buta contre le pied du grand escalier.

Le baron s'avança sans se presser.

« Vous voulez essayer autre chose, ma p'tite dame ? » demanda-t-il.

Lili tendit les deux mains.

Les trois sorcières la sentirent : une aspiration terrible alors que Lili s'efforçait de concentrer toute la puissance disponible dans les parages.

Dehors, l'unique garde encore debout s'aperçut qu'il ne se battait plus contre un homme mais seulement contre un matou enragé, ce qui ne le réjouissait pas pour autant. Gredin se retrouvait en effet avec deux jeux de griffes supplémentaires.

Le prince poussa un hurlement.

Un hurlement long, allant en decrescendo, qui se termina en croassement quelque part au ras du sol.

Le baron Saturday fit un pas, un seul, appuyé, délibéré, et il n'y eut plus de croassement.

Les tambours se turent d'un coup.

Alors tomba un vrai silence, que troublait uniquement le froufrou de la robe de Lili qui gravissait les marches à toute allure.

« Mési, mesdames, dit une voix derrière les sorcières. Pouvez vous écarté, souplaît ? »

Elles se retournèrent. Mme Gogol était là qui tenait Braise par la main. Elle portait à l'épaule un gros sac brodé de couleurs vives.

Toutes trois regardèrent la femme vaudou faire descendre les marches à la jeune fille et la conduire à travers la masse silencieuse des invités.

« Ça non plus, c'est pas normal, dit Mémé tout bas.

— Quoi ? fit Magrat. Quoi ? »

Le baron Saturday donna un coup de sa canne par terre.

« Vous me connaissez, dit-il. Tous, vous me connaissez. Vous savez qu'on m'a tué. Et maintenant me voici. On m'a assassiné, et qu'est-ce que vous avez fait... ?

— Et vous, madame Gogol, vous avez fait quoi ? marmonna Mémé. Non, on va pas laisser passer ça.

— Chhhut, j'entends pas ce qu'il dit, protesta Nounou.

— Il leur dit qu'ils peuvent le reprendre comme dirigeant, ou alors Braise, la renseigna Magrat.

— Ils auront Mme Gogol, grommela Mémé. Elle sera la... l'éminence grasse.

— Ben quoi, elle est pas mal, dit Nounou.

— Dans le marais, oui, fit Mémé. Avec quelqu'un pour faire contrepoids, elle est pas mal. Mais une Mme Gogol dictant sa conduite à toute une ville... là, ça va plus. La magie est bien trop importante pour servir à diriger une population. Et puis Lili se contentait de faire tuer les gens ; Mme Gogol, elle, les emploierait en plus à couper du bois ou à d'autres travaux après leur mort. Je pense qu'au bout d'une vie bien remplie, on a droit à un peu de repos une fois décédé.

— Se laisser vivre, quoi », dit Nounou.

Mémé baissa les yeux sur sa robe blanche.

« Je préférerais mes anciens vêtements, dit-elle. Le noir, c'est la couleur normale pour une sorcière. »

Elle descendit les marches à grands pas et se mit les mains en porte-voix.

« You-hou ! Madame Gogol ! »

Le baron Saturday s'arrêta de parler. Mme Gogol fit un signe de tête à Mémé.

« Oui, manzèl Ciredutemps ?

— Madame, rectifia sèchement Mémé avant d'adoucir à nouveau sa voix. Ça colle pas, vous savez. C'est elle qui devrait diriger la ville, c'est normal. Jusqu'ici vous avez utilisé la magie pour l'aider, rien à dire. Mais ça s'arrête là. La suite dépend d'elle. On fait pas les choses bien avec la magie. On empêche seulement de les faire mal. »

Mme Gogol se dressa de toute sa taille impressionnante. « Qui vous êtes pou di ce que moin peux fè et pas fè ?

— On est ses marraines fées, répondit Mémé.

— C'est vrai, confirma Nounou.

— Et on a une baguette, ajouta Magrat.

— Mé vous détesté lé marraines fées, man Ciredutemps, dit Mme Gogol.

— On est d'un autre genre, fit Mémé. De celui qui donne aux gens ce dont ils sont sûrs d'avoir besoin, et non ce qu'ils se croient obligés de vouloir. »

Dans la foule fascinée, un certain nombre de lèvres remuèrent tandis que leurs propriétaires s'efforçaient de comprendre.

« Alo vous avez fè vot travail de marraines fées, dit Mme Gogol qui réfléchissait plus vite que la moyenne. Vous l'avez bien fè.

— Vous avez pas écouté, répliqua Mémé. Le travail de marraine fée, c'est plus compliqué que ça. Elle peut faire une bonne gouvernante. Ou une mauvaise. Mais faut qu'elle le découvre toute seule. Sans que personne y mette son nez.

— Et si moin dis non ?

— Alors, je crois qu'on continuera à jouer les marraines fées.

— Vous sav dépi conbin de temps moin travaillé pou gagner ? demanda Mme Gogol. Vous sav ce que moin perdi ?

— Maintenant vous avez gagné, et ça s'arrête là, répondit Mémé.

— Vous chèché à défié moin, man Ciredutemps ? »

Mémé hésita puis redressa les épaules. Ses bras décollèrent de ses flancs, presque imperceptiblement. Nounou et Magrat s'écartèrent légèrement.

« Si c'est ce que vous voulez.

— Vaudou moin cont vot... têtologie ?

— Si vous voulez.

— Et c'é quoi l'enjeu ?

— Plus de magie dans les affaires de Genua, répondit Mémé. Plus de contes. Plus de marraines. Rien que des sujets qui décident tout seuls. Pour le meilleur ou pour le pire. Le bien ou le mal.

— Oké d' acco.

— Et vous me laissez Lili Ciredutemps. »

L'inspiration de Mme Gogol s'entendit à travers toute la piste de danse.

« Janmen !

— Hmm ? fit Mémé. Vous croyez que vous allez gagner, hein ?

— Moin pas envie vous fè du mal, man Ciredutemps, dit Mme Gogol.

— Très bien. Moi non plus, j'ai pas envie que vous m'fassiez du mal.

— J'veux pas qu'on se batte », intervint Illon. Toutes la regardèrent.

« C'est elle qui dirige, non ? fit Mémé. Faut écouter ce qu'elle dit.

— Moin resté dého la ville, fit en l'ignorant Mme Gogol, mais Lilith pou moin.

— Non. »

Mme Gogol plongea la main dans son sac et brandit la poupée en haillons.

« Voyez ça ?

— Oui, je l'vois, dit Mémé.

— C'été pou elle. Ça pé êt pou vous.

— Je regrette, madame Gogol, fit Mémé d'un ton ferme, mais je sais où est mon devoir.

— Vous c'é une fanm entéligent, man Ciredutemps. Mais vous c'é loin di chez vous. »

Mémé haussa les épaules.

Mme Gogol tenait la poupée par la taille. Le jouet avait des yeux de saphir.

« Vous connèt la magie des mirois ? Ça, c'é comme miroi à moin, man Ciredutemps. Moin pé m'arrangé pou qu'elle représenté vous. Epi moin pé la fè souffri. Faut pas m'obligé à fè ça. Souplaît.

— Souplaît vous-même, madame Gogol. Mais je m'charge de Lili.

— Moi, je ferais gaffe si j'étais toi, Esmé, marmonna Nounou Ogg. Elle est forte à ce jeu-là.

— Je crois qu'elle peut être très cruelle, fit Magrat.

— J'ai le plus grand respect pour Mme Gogol, dit Mémé. Une femme bien. Mais elle cause trop. À sa place, j'aurais déjà planté deux grands clous dans ce bidule.

— Ça, sûrement, fit Nounou. Heureusement que t'as un bon fond, toi.

— Bon, fit Mémé en haussant à nouveau le ton. Je vais aller chercher ma sœur, madame Gogol. C'est une affaire de famille. »

Elle se dirigea d'un pas résolu vers l'escalier.

Magrat sortit la baguette.

« Si elle fait du mal à Mémé, c'est orange vif, ronde et pleine de pépins qu'elle va passer le restant de ses jours, dit Magrat.

— J'crois pas qu'Esmé apprécierait que tu fasses un truc pareil, dit Nounou. T'inquiète pas. Elle croit pas à toutes ces histoires d'aiguilles et de poupées.

— Elle croit à rien. Mais ça compte pas ! Mme Gogol

y croit ! C'est son pouvoir à elle ! C'est ce qu'elle croit, elle, qui compte.

— Tu te figures qu'Esmé le sait pas ? »

Mémé Ciredutemps atteignit le pied de l'escalier.

« Man Ciredutemps ! »

Mémé se retourna.

Mme Gogol tenait un long éclat de bois dans la main. En secouant la tête d'un air navré, elle le planta dans le pied de la poupée.

Tout le monde vit Esmé Ciredutemps grimacer.

Un autre éclat s'enfonça dans un bras de haillons.

Lentement, Mémé leva l'autre main et frémit lorsqu'elle se toucha la manche. Puis, boitant légèrement, elle continua de gravir les marches.

« Prochaine fois, moin pé piqué le cœur ! cria Mme Gogol.

— J'en suis sûre. Vous connaissez votre affaire. Et vous le savez », lança Mémé sans se retourner.

Madame Gogol planta un autre éclat dans une jambe. Mémé s'affaissa et se cramponna à la rampe. À côté d'elle, une des grandes torches brûlait.

« Prochaine fois ! fit Mme Gogol. Compris ? Prochaine fois. Moin pé le fè ! »

Mémé se retourna.

Elle regarda les centaines de visages levés vers elle.

Lorsqu'elle parla, sa voix était si douce qu'on dut tendre l'oreille.

« Je sais que vous pouvez faire ça aussi, madame Gogol. Vous avez la foi. Mais rappelez-moi une chose : on joue pour Lili, c'est ça ? Et pour la ville ?

— Quelle empotance, ça, aprézan ? fit Mme Gogol. Vous allé pas bandonnen ? »

Mémé Ciredutemps se fourra un petit doigt dans l'oreille et l'agita d'un air songeur.

« Non, répondit-elle. Non, j'pense pas abandonner maintenant. Est-ce que vous me voyez, madame Gogol ? Vous me voyez bien ? »

Son regard parcourut l'assemblée et se posa une fraction de seconde sur Magrat.

Puis elle tendit le bras, prudemment, et le plongea jusqu'au coude dans la torche allumée.

Et la poupée dans les mains d'Erzulie Gogol s'enflamma.

Elle continua de brûler même après que la femme vaudou l'eut lâchée en poussant un cri. Elle brûla jusqu'à ce que Nounou, qui avait récupéré un cruchon de jus de fruit au buffet, s'en approche tranquillement en sifflotant entre ses dents et l'éteigne.

Mémé retira sa main. Intacte.

« Ça, c'est de la têtologie, dit-elle. Y a que ça de vrai. Tout le reste, c'est du bricolage. J'espère que j'vous ai pas fait mal, madame Gogol. »

Elle reprit son ascension de l'escalier.

Mme Gogol ne quittait pas des yeux les cendres mouillées. Nounou Ogg lui tapota aimablement l'épaule.

« Quelle manyè l'a fè ça ? demanda Mme Gogol.

— Elle a rien fait. Elle vous l'a fait faire, répondit Nounou. Faut se surveiller quand on est devant Mémé Ciredutemps. J'aimerais bien voir un de ces p'tits cons zen l'affronter, un de ces jours.

— Et c'est elle la gentille ? fit le baron Saturday.

— Ouais. C'est marrant la vie, j'trouve. »

Elle contempla d'un œil songeur le cruchon vide dans sa main.

« Ce qui lui faut, à ce truc-là, dit-elle avec la mine de qui arrive à une conclusion après mûre réflexion, c'est d'la banane, du rhum et plein de machins dedans... »

Magrat lui attrapa la robe alors que Nounou cinglait d'un pas décidé vers un daiquiri.

« Pas maintenant, dit-elle. Vaut mieux aller retrouver Mémé ! Elle a peut-être besoin de nous !

— J'y crois pas une seconde, fit Nounou. J'aimerais pas être dans les souliers de Lili quand Esmé va lui mettre le grappin dessus.

— Mais j'ai jamais vu Mémé si agitée. Faut s'attendre à tout.

— Tant mieux. » Nounou hocha la tête d'un air

entendu à l'adresse d'un laquais qui, vif d'esprit, bondit au garde-à-vous.

« Mais elle pourrait faire quelque chose... de terrible.

— Parfait. Elle en a toujours eu envie, dit Nounou. Un autre décris banane, mahatma côte, fissa.

— Non. Ça serait pas une bonne idée, insista Magrat.

— Oh, d'accord », fit Nounou. Elle tendit le cruchon vide au baron Saturday qui le prit dans une espèce d'hébétude hypnotique.

« On va juste remettre les choses en ordre, dit-elle. Mille excuses. J'reprendrais bien un peu de mixture... s'il en reste. »

Une fois les sorcières parties, Mme Gogol baissa la main et ramassa les restes humides de la poupée.

Deux ou trois personnes toussèrent.

« C'est tout ? fit le baron. Après douze ans ?

— Prince é mo, dit Mme Gogol. Prince ou aut chose c'été.

— Mais tu as promis que je me vengerais d'elle ! dit le baron.

— Y aura rivanche, moin pensé. » Mme Gogol jeta la poupée par terre. « Lili combattu moin douzans et li janmen gagné. Celle-là gagné sans menm une goutte lasueur. Alos moin pensé y aura rivanche.

— Tu n'es pas obligée de tenir parole !

— Si. Moin tienne à quéchose. » Mme Gogol passa le bras autour de l'épaule d'Illon. « Voilà, tifille, dit-elle. Ton palais à toi. Ta ville. Pèsonne ici allé contesté. »

Elle lança un regard noir aux invités. Deux ou trois reculèrent.

Illon leva les yeux sur Saturday.

« M'est avis que je devrais vous connaître », dit-elle. Elle se tourna vers Mme Gogol. « Et vous aussi. Je vous ai déjà vus tous les deux. Il y a longtemps ? »

Le baron Saturday ouvrit la bouche pour parler. Mme Gogol tendit la main.

« Nous pwonmèt, dit-elle. Faut pas s'en mêlé.

— Même nous ?

— Menm nous. » Elle se tourna vers Illon. « On est sèlment des gens.

— Vous voulez dire..., fit Illon, j'ai trimé durant des années dedans une cuisine... et asteure... je dois gouverner la ville ? Comme ça ?

— Eh oui. »

Illon baissa la tête, plongée dans ses réflexions.

« Et tout ce que j'dis, on doit le faire ? » demanda-t-elle d'un air innocent.

Quelques toux nerveuses s'élevèrent dans l'assemblée.

« Oui », répondit Mme Gogol.

Illon, immobile, continuait de regarder par terre en se rongeant négligemment l'ongle du pouce. Puis elle leva les yeux. « Alors, la première chose que je veux, c'est la fin du bal. Tout de suite ! Je m'en vais aller retrouver le carnaval. J'ai toujours voulu danser au carnaval. » Elle passa en revue les visages inquiets autour d'elle. « C'est pas obligatoire de venir », ajouta-t-elle.

Les nobles de Genua avaient assez d'expérience pour savoir à quoi s'en tenir quand un dirigeant prétend qu'une chose n'est pas obligatoire. En quelques minutes il ne restait plus personne sur la piste en dehors de trois silhouettes.

« Mais... mais... je voulais ma vengeance, moi, dit le baron. Je voulais la mort. Je voulais le pouvoir pour notre fille.

— DEUX VŒUX SUR TROIS EXAUCÉS, CE N'EST PAS SI MAL. »

Mme Gogol et le baron se retournèrent. La Mort reposa son verre et s'avança.

Le baron Saturday se redressa.

« Je suis prêt à vous suivre », dit-il.

La Mort haussa les épaules. Prêt ou non, semblait-il dire, pour lui c'était du pareil au même.

« Mais je vous ai fait attendre, ajouta le baron. Douze

ans ! » Il entoura de son bras l'épaule d'Erzulie. « Quand ils m'ont tué et jeté dans le fleuve, on vous a privé d'une vie !

— VOUS AVEZ CESSÉ DE VIVRE. VOUS N'ÊTES JAMAIS MORT. JE NE SUIS JAMAIS VENU VOUS CHERCHER.

— Non ?

— J'AVAIS RENDEZ-VOUS AVEC VOUS CE SOIR. »

Le baron tendit sa canne à Mme Gogol. Il ôta son chapeau haut de forme. Il se débarrassa du manteau d'un mouvement d'épaules.

Ses plis crépitèrent d'énergie.

« Fini, le baron Saturday, dit-il.

— PEUT-ÊTRE. JOLI, LE CHAPEAU. »

Le baron se tourna vers Erzulie. « Je crois que je dois y aller.

— Oui.

— Qu'est-ce que tu vas faire ? »

La femme vaudou regarda le chapeau dans ses mains. « Ripati dans le marais, répondit-elle.

— Tu pourrais rester ici. Je ne fais pas confiance à cette sorcière étrangère.

— Moin si. Alo moin ripati dans le marais. Cétains contes doit fini. Moin sav pas Illon va deveni, mais elle doit arrivé tout seule. »

Le trajet fut court jusqu'aux eaux brunes et lourdes du fleuve.

« Est-ce qu'elle vivra heureuse après ça ? demanda le baron.

— PAS ÉTERNELLEMENT. MAIS PEUT-ÊTRE SUFFISAMMENT LONGTEMPS. »

Ainsi finissent les contes.

La méchante sorcière est vaincue, la princesse en haillons réalise sa destinée, le royaume est restauré. Les beaux jours sont de retour. Éternellement beaux. Ce qui signifie que la vie s'arrête là.

Les contes veulent une fin. Ils se fichent de ce qui arrive ensuite...

Nounou Ogg suivait un couloir en haletant.

« J'ai encore jamais vu Mémé comme ça, dit-elle. Elle est d'une humeur très bizarre. Dans ces cas-là, elle est un danger pour elle-même.

— Elle est un danger pour tous les autres, fit Magrat. Elle... »

Les femmes serpents surgirent dans le couloir plus loin devant elles.

« Réfléchis, fit Nounou tout bas, qu'est-ce qu'elles peuvent nous faire ?

— Je supporte pas les serpents, souffla Magrat.

— Elles ont des dents, évidemment, dit Nounou comme si elle dirigeait une séance de travaux pratiques. Plutôt des crochets, d'ailleurs. Viens, ma fille. On va voir si on trouve un autre chemin.

— J'les déteste. »

Nounou tira Magrat qui ne bougea pas.

« Viens donc !

— J'les déteste vraiment.

— Tu pourras les détester encore mieux loin d'ici ! »

Les sœurs étaient presque sur elles. Elles ne marchaient pas, elles glissaient. Lili ne devait pas trop se concentrer à ce moment-là car elles ressemblaient plus que jamais à des serpents. Nounou crut distinguer des motifs d'écailles sous la peau. Le menton n'avait rien d'humain.

« Magrat. »

Une sœur tendit la main. Magrat frémit.

La sœur serpent ouvrit la bouche.

Magrat leva alors les yeux et, presque distraitement, lui balança un coup de poing si violent que la sœur recula de plusieurs pas dans le couloir.

C'était un coup répertorié dans aucune Voie ni Sentier. Nul ne l'avait jamais expliqué par un schéma ni pratiqué devant la glace, un bandeau noué autour de la tête. Il sortait tout droit du lexique des réflexes de survie hérités de terreurs ancestrales.

« Sers-toi d'la baguette ! cria Nounou en fonçant en avant. T'amuse pas à ninjer ! La baguette ! C'est fait pour ! »

L'autre serpent tourna instinctivement la tête afin de suivre le déplacement de Nounou, ce qui montre bien que l'instinct ne garantit pas toujours la conservation, car Magrat lui asséna un coup derrière la tête. Avec la baguette. Le serpent s'affaissa en perdant sa forme humaine en cours de route.

L'ennui avec les sorcières, c'est qu'elles ne fuient jamais ce qu'elles détestent vraiment.

Et l'ennui avec les petits animaux à poil acculés, c'est que de temps en temps on tombe sur une mangouste.

Mémé Ciredutemps s'était toujours posé la question : qu'est-ce qu'une pleine lune a de tellement spécial ? Ce n'est qu'un grand rond de clarté. Et la nouvelle lune, que de l'obscurité.

Mais à mi-chemin entre les deux, quand la lune se tient entre le monde de la lumière et celui de l'obscurité, quand elle-même hésite... alors sans doute une sorcière peut-elle y croire.

Une demi-lune flottait pour l'heure au-dessus des brumes du marais.

Le nid de miroirs de Lili réfléchissait la lumière froide, comme il réfléchissait tout le reste. Les trois balais étaient appuyés contre le mur.

Mémé saisit le sien. Elle n'était habillée ni coiffée dans la couleur convenable ; il lui fallait quelque chose de familier.

Rien ne bougeait.

« Lili », lança doucement Mémé.

Sa propre image la regardait depuis les miroirs.

« Je peux tout arrêter maintenant, dit la sorcière.

Prends mon balai, moi je prendrai celui de Magrat. Nounou partagera le sien avec elle. Et Mme Gogol te laissera tranquille. Je me suis arrangée. On aurait bien besoin d'une sorcière de plus chez nous. Et plus question de marraines fées. Plus question de gens qu'on tue pour préparer leur fille à entrer dans un conte. Je sais que c'est pour ça que tu l'as fait. Viens chez nous. C'est une proposition que tu peux pas refuser. »

Un miroir coulissa sans bruit.

« Tu cherches à m'être agréable ? demanda Lili.

— Va pas te figurer que je fais ça de gaieté de cœur », répondit Mémé d'une voix plus normale.

La robe de Lili froufrouta dans le noir lorsqu'elle s'avança.

« Comme ça, dit-elle, tu as vaincu la femme du marais.

— Non.

— Mais c'est toi qui es là, pas elle.

— Oui. »

Lili prit le balai des mains de Mémé pour l'examiner.

« Me suis jamais servie de ces machins-là, fit-elle. On s'assied dessus et hop, ça part ?

— Avec celui-là, faut courir drôlement vite pour le faire décoller, dit Mémé, mais en gros, c'est ça.

— Hmm. Tu connais la symbolique du manche à balai ?

— Ç'a un rapport avec les arbres de mai, les chansons traditionnelles, ces machins-là ?

— Oh, oui.

— Alors j'veux pas l'savoir.

— Non, fit Lili. C'est ce qui me semblait. »

Elle rendit le balai.

« Je reste ici, dit-elle. Mme Gogol a peut-être un autre tour dans son sac, mais ça ne prouve pas qu'elle a gagné.

— Non. On est à la fin, tu vois, dit Mémé. C'est comme ça quand on change le monde en contes. T'aurais jamais dû faire ça. On change pas le monde en contes. On traite pas les gens comme des personnages, des objets. Mais si tu l'fais, faut savoir quand le conte se termine.

— Faut mettre ses meilleures chaussures et danser toute la nuit ?

— Quelque chose comme ça, oui.

— Alors que tout le monde va vivre éternellement heureux ?

— Ça, j'en sais rien, répondit Mémé. À eux de voir. Ce que je dis, moi, c'est que tu peux pas repartir de zéro. T'as perdu.

— Tu sais qu'une Ciredutemps ça ne perd jamais, dit Lili.

— Ce soir, y en a une qui apprend à perdre, fit Mémé.

— Mais nous, on est extérieures aux contes. Moi, parce que je... je suis le médium qui leur permet de se réaliser, et toi parce que tu les combats. Ils tournent autour de nous qui sommes au centre. Libres... »

Il y eut un bruit derrière elles. Les visages de Magrat et Nounou apparurent au sommet de la cage d'escalier.

« T'as besoin d'aide, Esmé ? » demanda prudemment Nounou.

Lili éclata de rire.

« Voilà tes petits serpents à toi, Esmé.

» Tu sais, ajouta-t-elle, tu es exactement comme moi. Tu ne vois pas ? La moindre de mes pensées, tu l'as eue toi aussi. La moindre de mes actions, tu l'as envisagée toi aussi. Mais le courage t'a manqué. C'est la différence entre les femmes de mon espèce et celles comme toi. Nous, on a le courage de faire ce que vous vous contentez de rêver.

— Ah oui ? dit Mémé. C'est ce que tu crois ? Tu crois que je rêve ? »

Lili bougea un doigt. Magrat flotta hors de la cage d'escalier en se débattant. Elle agita frénétiquement sa baguette.

« J'aime voir ça, dit Lili. Des gens qui font des vœux. Je n'ai jamais fait de vœu de ma vie. J'ai toujours préféré la réalisation. C'est beaucoup plus gratifiant. »

Magrat serra les dents.

« Je ne serais pas à mon avantage en citrouille, j'en suis sûre, chérie », dit Lili.

Elle fit un geste désinvolte. Magrat s'éleva.

« Tu serais étonnée de tout ce que je peux faire, reprit rêveusement Lili tandis que la jeune sorcière dérivait sans à-coups au-dessus du dallage. Tu aurais dû essayer les miroirs, toi aussi, Esmé. C'est miraculeux. J'ai laissé vivre la femme du marais uniquement parce que je trouvais sa haine stimulante. J'adore qu'on me déteste, tu vois. Ça, tu le sais. C'est une forme de respect. Ça prouve qu'on fait de l'effet. Comme un bain froid en pleine chaleur. Quand les imbéciles se retrouvent impuissants, quand ils enragent devant leur existence futile, quand ils sont battus et qu'il ne leur reste plus qu'un trou acide au fond de l'estomac... eh bien, franchement, c'est comme une prière. Et les contes... les diriger... jouir de leur puissance... de leur réconfort... se trouver au beau milieu, bien caché... Tu comprends ça ? Le plaisir de voir les schémas se répéter. J'ai toujours aimé les schémas. À propos, si la Ogg persiste à vouloir se faufiler en douce derrière moi, je vais envoyer ta jeune amie planer au-dessus de la cour, et alors, Esmé, je pourrais m'en désintéresser.

— J'faisais juste un p'tit tour, fit Nounou. J'ai bien le droit.

— Tu as changé le conte à ta façon, et maintenant je vais le changer à la mienne, dit Lili. Une fois encore... il te suffit de partir. Tu t'en vas. Ce qui se passe ici n'a aucune importance. C'est une ville lointaine dont tu ne connais pas grand-chose. Je ne suis pas tout à fait sûre de pouvoir te battre sur le terrain de la magie, ajouta-t-elle, mais ces deux-là... elles n'ont pas ta trempe. Je pourrais les réduire en bouillie. J'espère que tu le sais. Alors, ce soir, d'après toi, une Ciredutemps apprend à perdre ? »

Mémé garda un instant le silence, appuyée sur son balai inutilisable.

« D'accord. Fais-la redescendre, répondit-elle. Et après, je te dirai que t'as gagné.

— J'aimerais bien te croire, fit Lili. Oh... mais c'est toi la gentille, non ? Tu es obligée de tenir parole.

— Regarde-moi. » Mémé marcha jusqu'au parapet et jeta un coup d'œil en dessous. La lune à double face était encore assez lumineuse pour éclairer la brume qui bouillonnait autour du palais comme une mer.

« Magrat ? Gytha ? dit-elle. Excusez-moi. T'as gagné, Lili. Je peux rien faire. »

Elle sauta.

Nounou Ogg se précipita et regarda par-dessus le bord juste à temps pour voir une forme imprécise disparaître dans la brume.

Les trois femmes restées en haut de la tour prirent une inspiration profonde.

« C'est une astuce pour m'avoir par surprise.

— Non ! hurla Magrat en tombant sur les dalles.

— Elle avait son balai, fit observer Lili.

— Il marche pas ! Il voudra pas démarrer ! brailla Nounou. Très bien, fit-elle d'un ton menaçant en se dirigeant à grands pas vers la forme menue de Lili. On va t'effacer d'la figure ton air prétentieux... »

Elle s'arrêta lorsqu'une douleur argentine lui transperça le corps.

Lili éclata de rire.

« C'est vrai, alors ? dit-elle. Oui. Je le lis sur vos visages. Esmé s'est montrée assez intelligente pour comprendre qu'elle ne pouvait pas gagner. Ne soyez pas bêtes. Et ne gigotez pas cette baguette ridicule vers moi, mademoiselle Goussedail. Il y a longtemps que la vieille Desiderata m'aurait vaincue si elle avait pu. Les gens n'ont pas de jugeote.

— On devrait descendre, dit Magrat. Elle gît peut-être...

— C'est ça. Faites votre bonne action. Vous vous y connaissez sur ce plan-là, dit Lili tandis qu'elles couraient vers l'escalier.

— Mais on va revenir, gronda Nounou Ogg. Même si on doit vivre dans le marais avec Mme Gogol et manger des têtes de serpent !

— Évidemment, fit Lili en arquant un sourcil. C'est ce que je disais. Faut garder des gens comme vous sous la main. Sinon on n'est jamais vraiment sûr d'être toujours opérationnel. C'est une manière d'équilibre. »

Elle les regarda disparaître dans l'escalier.

Un vent balayait le sommet de la tour. Lili rassembla ses jupes et se rendit au bord, d'où elle voyait les lambeaux de brume s'écouler au-dessus des toits loin en dessous. Elle percevait les accents faibles de la musique de danse qui serpentaient par les rues depuis le carnaval tout là-bas.

Bientôt minuit. Le vrai minuit, et non la version au rabais d'une vieille femme en train de se tortiller dans une horloge.

Lili tenta de percer l'obscurité au pied de la tour.

« Vraiment, Esmé, murmura-t-elle, tu prends très mal la défaite. »

Nounou tendit le bras et retint Magrat alors qu'elles dévalaient l'escalier en colimaçon.

« Moi, je ralentirais un peu, dit-elle.

— Mais elle est peut-être blessée... !

— Tout comme toi si tu rates une marche. Et puis, à mon avis, on retrouvera pas Mémé écrabouillée en tas quelque part. Mourir comme ça, c'est pas son style. À mon avis, elle l'a fait pour que Lili nous oublie et nous laisse tranquilles. À mon avis, elle s'est dit qu'on était... C'était comment, le nom de ce type, là, un Tsortien qu'on ne pouvait blesser que si on l'touchait en un point précis ? Personne l'a jamais vaincu jusqu'à ce qu'on découvre le point en question. Son genou, j'crois que c'était. On est le genou tsortien de Mémé, tu vois ?

— Mais tout le monde sait qu'il faut courir à toute vitesse pour démarrer son balai ! cria Magrat.

— Ouais, bien sûr, fit Nounou. C'est ce que je m'suis dit. Et maintenant je m'dis : à quelle vitesse on va quand on tombe ? À pic, j'entends ?

— Je... Aucune idée.

— À mon avis, Esmé s'est dit que ça valait le coup de le découvrir. C'est mon avis. »

Une silhouette apparut au détour de l'escalier ; elle montait à pas lents. Les deux sorcières s'écartèrent poliment pour la laisser passer.

« J'arrive pas à me rappeler quelle partie du corps fallait lui toucher, dit Nounou. Ça va me travailler toute la nuit, maintenant.

— LE TALON.

— Ah oui ? Oh, merci.

— PAS DE QUOI. »

La silhouette poursuivit son ascension.

« Il avait un masque réussi, je trouve », dit enfin Magrat. Toutes deux cherchèrent mutuellement confirmation sur le visage de l'autre.

Magrat blêmit. Elle leva la tête vers le haut de l'escalier.

« On ferait peut-être bien de remonter quatre à quatre et... », commença-t-elle.

Nounou Ogg était beaucoup plus âgée. « On ferait mieux de remonter une à une », dit-elle.

Assise dans la roseraie sous la grande tour, Lady Volentia d'Arrangement se moucha.

Elle attendait depuis une demi-heure et elle en avait assez.

Elle espérait un tête-à-tête romantique : elle avait trouvé l'inconnu tellement charmant, comme timide et impatient à la fois. Au lieu de ça, elle avait failli recevoir un coup sur le crâne lorsque, dans un hurlement, une vieille sur un balai et, pour autant que la vitesse permettait d'en juger, vêtue de sa propre robe, avait jailli de la brume en piqué. Les bottines de la folle avaient labouré le massif de roses avant que la courbe de son vol lui fasse reprendre de l'altitude.

Et un matou à l'odeur repoussante n'arrêtait pas de se frotter contre ses jambes.

La soirée avait pourtant si bien commencé...

« ' alut, Votre Seigneurie ? »

Elle se retourna vers les buissons.

« Je m'appelle Casanabo », fit une voix pleine d'espoir.

Lili Ciredutemps pivota sur place lorsqu'elle perçut un tintement de verre en provenance du dédale de glaces.

Son front se plissa. Elle courut sur les dalles et ouvrit la porte du monde des miroirs.

Elle n'entendit que le bruissement de sa robe et le sifflement léger de sa propre respiration. Elle se glissa dans l'espace entre les cadres.

Ses images à l'infini lui renvoyèrent un regard approbateur. Elle se détendit.

Son pied buta alors contre quelque chose. Elle baissa la tête et vit sur les dalles, noir au clair de lune, un balai au milieu d'éclats de verre.

Ses yeux horrifiés se levèrent et croisèrent un reflet.

Le reflet lui retourna un regard noir.

« Où est le plaisir d'être vainqueur si le perdant est plus d'ce monde pour savoir qu'il a perdu ? »

Lili recula en ouvrant et refermant la bouche.

Mémé Ciredutemps sortit du cadre vide. Lili baissa les yeux, au-delà de sa sœur vengeresse.

« *Tu as cassé mon miroir !*

— C'était seulement pour ça, alors ? dit Mémé. Jouer les roitelettes dans une ville marécageuse ? Servir des contes ? C'est quoi, un pouvoir pareil ?

— Tu ne comprends pas... Tu as cassé le miroir...

— Ça s'fait pas, il paraît. Mais je m'suis dit : c'est quoi, sept ans de malheur de plus ? »

Une à une les images se brisent tout au long de la

grande courbe du monde des miroirs, la fissure court plus vite que la lumière...

« Faut détruire les deux, sinon c'est dangereux... T'as rompu l'équilibre...

— Hah ! J'ai fait ça, moi ? »

Mémé s'avança, les yeux comme deux saphirs de rancune.

« J'vais te flanquer la raclée que maman t'a jamais donnée, Lili Ciredutemps. J'vais pas me servir de magie ni de têtologie, ni de badine comme celle de papa, et qui chômait pas, si je m'souviens bien, non, j'vais l'faire à main nue. Pas parce que t'as été la méchante. Pas parce que t'as mis l'nez dans des contes. Tout le monde doit suivre sa voie. Mais – et je veux que tu comprennes bien ça – parce qu'après ton départ *il a fallu que je sois la gentille.* Tout l'amusement a été pour toi. Je vois pas comment te faire payer ce coup-là, Lili, mais j'vais quand même essayer...

— Mais... c'est... c'est... c'est moi la gentille, murmura une Lili blême tellement elle était secouée. C'est moi la gentille. Je ne peux pas perdre. Je suis la marraine. Toi, tu es la méchante sorcière... et tu as cassé le miroir... »

... filant comme une comète, la fissure des miroirs atteint son point le plus éloigné, vire et revient en flèche au fil des mondes innombrables...

« Faut que tu m'aides à... Faut équilibrer les images... murmura faiblement Lili en reculant contre le miroir restant.

— La gentille ? La gentille ? Abreuver les gens de contes ? Leur déformer la vie ? C'est gentil, ça ? fit Mémé. Tu veux dire que tu t'es même pas amusée ? Si j'avais été aussi mauvaise que toi, j'aurais fait bien pire. Comme t'as jamais rêvé. »

Elle ramena la main en arrière.

... la fissure revient vers son point d'origine, chargée des reflets échappés de tous les miroirs...

Les yeux de Mémé s'écarquillèrent.

Le verre se fendilla, s'étoila derrière sa sœur.

Et, dans l'espace du miroir, son image se retourna, sourit béatement, tendit les bras hors du cadre et enlaça Lili Ciredutemps.

« Lili ! »

Tous les miroirs se fracassèrent et projetèrent des milliers d'éclats depuis le sommet de la tour qu'enveloppa un instant une poudre magique tintinnabulante.

Nounou Ogg et Magrat prirent pied sur le toit tels des anges vengeurs après une période de relâchement dans le contrôle de la qualité céleste.

Elles s'arrêtèrent.

Là où s'était trouvé le labyrinthe de miroirs il n'y avait plus que des cadres vides. Des bris de verre jonchaient les dalles, sur lesquels gisait une forme en robe blanche.

Nounou refoula Magrat derrière elle et s'avança prudemment en faisant crisser les éclats sous ses pas. Elle poussa doucement le corps étendu du bout de sa bottine.

« Balançons-la du haut de la tour, dit Magrat.

— D'accord, approuva Nounou. Fais-le, alors. »

Magrat hésita. « Ben, fit-elle, quand je parle de la balancer du haut de la tour, je veux pas dire la balancer moi personnellement, je veux dire que s'il y avait une justice, il faudrait la balancer...

— Alors je m'étendrais pas davantage sur la question si j'étais toi, fit Nounou en s'agenouillant prudemment sur les bouts de verre qui craquaient. Et puis j'avais raison. Ça, c'est Mémé. Cette figure-là, je la reconnaîtrais partout. Enlève ton jupon.

— Pourquoi ?

— Regarde ses bras, ma fille ! »

Magrat obéit. Puis elle porta les mains à sa bouche. « Qu'est-ce qu'elle a fait ?

— Elle a voulu les passer à travers du verre, vu l'allure qu'ils ont, répondit Nounou. Enlève maintenant ton jupon et aide-moi à le déchirer en bandes, ensuite tu vas aller voir chez Mme Gogol si elle a pas des onguents et si elle peut pas nous aider, et dis-lui que si elle peut pas, vaudra mieux pour elle avoir décampé loin d'ici demain matin. » Nounou palpa le poignet de Mémé. « Lili Ciredutemps pouvait peut-être nous réduire en bouillie, mais j'suis sûre que moi, j'pourrais lessiver Mme Gogol les doigts dans l'nez, s'il le fallait. »

Nounou ôta son chapeau breveté indestructible et farfouilla du côté de la pointe. Elle en sortit un morceau de velours qu'elle déroula pour révéler une petite cachette contenant des aiguilles et une bobine de fil.

Elle lécha le fil et tendit une aiguille face à la lune en louchant.

« Oh, Esmé, Esmé, dit-elle en se penchant pour coudre, tu prends très mal la victoire. »

Lili Ciredutemps regarda le monde argenté aux couches multiples.

« Où je suis ?

— À L'INTÉRIEUR DU MIROIR.

— Je suis morte ?

— LA RÉPONSE À CETTE QUESTION, dit la Mort, SE SITUE QUELQUE PART ENTRE OUI ET NON. »

Lili se retourna, et un milliard de silhouettes se retournèrent en même temps qu'elle.

« Quand est-ce que je pourrai sortir ?

— QUAND VOUS AUREZ TROUVÉ CELLE QUI EST RÉELLE. »

Lili Ciredutemps se mit à courir à travers les reflets infinis.

Un bon cuisinier est toujours le premier à ouvrir sa cuisine le matin et le dernier à rentrer chez lui le soir.

Mme Aimable couvrit les feux. Elle procéda à un inventaire rapide de l'argenterie et compta les soupières. Elle...

Elle se sentit observée.

Un chat la fixait depuis l'entrée. Un gros chat gris. Il avait un œil d'un jaune-vert maléfique et l'autre d'un blanc nacré. Ce qui restait de ses oreilles rappelait une bordure de timbre. Pourtant, il avait un certain chic et dégageait une impression de je-peux-te-battre-d'une-seule-patte étrangement familière.

Mme Aimable le regarda un moment. Amie intime de Mme Gogol, elle savait que l'enveloppe corporelle n'est qu'une question d'habitude personnelle profondément enracinée et qu'aux alentours du Samedi soir des morts tout bon Genuan apprend à davantage se fier à son jugement qu'à ses sens.

« Bon, fit-elle d'une voix à peine tremblante, j'gage que t'as envie d'autres tchuisses de poisson, euh... de têtes de poisson, j'veux dire, hein ? »

Gredin s'étira et fit le gros dos.

« Et y a du lait dans l'garde-manger », ajouta Mme Aimable.

Gredin bâilla joyeusement.

Puis il se gratta l'oreille de sa patte postérieure. L'humanité, c'est bien à visiter, mais on n'aimerait pas y vivre.

Le lendemain.

« Le baume cicatrisant de Mme Gogol a vraiment l'air de faire effet », dit Magrat. Elle brandit un pot à moitié plein d'une substance vert pâle, curieusement grumeleuse, dont on se demandait si l'odeur subtile n'imprégnait pas déjà l'ensemble du monde.

« Y a des têtes de moineau dedans, fit Nounou Ogg.

— Pas la peine de chercher à me faire peur, dit Magrat. Je sais que la tête de moineau c'est une espèce de plante. Un autre nom du pissenlit, je crois. C'est étonnant ce qu'on arrive à faire avec des plantes, vous savez. »

Nounou Ogg, qui avait passé une demi-heure instructive quoique révoltante à regarder Mme Gogol préparer la mixture, n'eut pas le courage de la démentir.

« C'est vrai, fit-elle. Les plantes. T'es au courant de tout, j'vois ça. »

Magrat bâilla.

On avait mis le palais à leur disposition, même s'il les indisposait plus qu'autre chose. On avait installé Mémé dans la chambre voisine.

« Dors donc un peu, dit Nounou. J'vais aller relayer Mme Gogol dans un moment.

— Mais Nounou... Gytha..., fit Magrat.

— Hmm ?

— Tout... Tout... ce qu'elle disait quand on voyageait. C'était si ... si démoralisant. Non ? Ne rien souhaiter, ne pas se servir de la magie pour aider les gens, ne pas pouvoir faire ce coup avec le feu... et après, elle nous sort le grand jeu ! Qu'est-ce que je dois en penser ?

— Ah, oui. Ç'a un rapport avec le général et le particulier, non ?

— Qu'est-ce que ça veut dire ? »

Magrat se coucha sur le lit.

« Quand Mémé emploie des mots comme "tout le monde" ou "personne", ça la concerne pas, elle, voilà ce que ça veut dire.

— Vous savez... à bien y réfléchir... c'est affreux.

— C'est ça, la sorcellerie. Quand on est au sommet. Maintenant... dors donc. »

Magrat était trop fatiguée pour objecter. Elle s'étendit et ne tarda pas à ronfler avec une certaine élégance.

Nounou continua de fumer un instant sa pipe en contemplant le mur.

Puis elle se leva de son siège et ouvrit la porte d'une poussée.

Mme Gogol leva la tête depuis son tabouret près du lit.

« Allez donc dormir un peu vous aussi, dit Nounou. J'vous remplace un moment.

— Quèque chose allé mal, fit Mme Gogol. Mains li, c'é bien. Mé pas anvi se réveillé.

— Tout s'passe dans la tête, avec Esmé.

— Moin pé inventé nouveaux bondyés et toumonde va y croire très fort. Qu'est-ce vous en di ? » proposa Mme Gogol. Nounou fit non de la tête.

« J'crois pas qu'Esmé aimerait ça. Elle est pas très portée sur les dieux. D'après elle, c'est un gaspillage d'espace.

— Moin pé tjuisiné le gombo, alos. Les gens allé vini de loin pou gouté li.

— Ça vaut peut-être le coup d'essayer, concéda Nounou. Les p'tits ruisseaux font les grandes rivières, moi j'dis toujours. Pourquoi vous vous y mettez pas ? Laissez donc l'rhum ici. »

Après le départ de la femme vaudou, Nounou fuma encore sa pipe et but un peu de rhum d'un air songeur en contemplant la silhouette alitée.

Puis elle se pencha tout près de l'oreille de Mémé et chuchota :

« Tu vas pas perdre, tout d'même ? »

Mémé Ciredutemps regarda le monde argenté aux couches multiples.

« Où je suis ?

— À L'INTÉRIEUR DU MIROIR.

— Je suis morte ?

— LA RÉPONSE À CETTE QUESTION SE SITUE QUELQUE PART ENTRE OUI ET NON. »

Esmé se retourna, et un milliard de silhouettes se retournèrent en même temps qu'elle.

« Quand est-ce que je pourrai sortir ?

— QUAND VOUS AUREZ TROUVÉ CELLE QUI EST RÉELLE.

— C'est une question piège ?

— NON. »

Mémé baissa les yeux sur elle-même.

« Celle-ci », dit-elle.

Tout ce que veulent les contes, c'est une fin heureuse. Pour qui ? ils s'en fichent.

Cher Jason eksetra,

Eh bien, Genua c'est fini mais j'ai arppis la médessine zombie de Mme Gogol et elle ~~m'a donné la ressete reçaite~~ m'a dit comment faire un décris bananane et offert un machin étonnant ça s'apelle un banjo et c'est pluto une brave femme je trouve si on la perd pas de vue. Quant à Esmé elle a repris connaissance mais je sais pas, elle se conduit bizarrement et elle fait pas de bruit c'est pas dans ses habitudes alors je la garde à l'euil des fois que Lili nous aurait joué un tour dans le miroir. Mais je crois qu'elle va mieux parce qu'à son réveille elle a demandé à Magrat de regarder la braguette magique et après elle a tripoté et tourné les annaux et changé le pot de chambre en bouquet de fleurs alors Magrat a dit quelle arriverait jamais à faire ça avec la braguette et Mémé a répondu que c'était parce qu'elle perdait son temp à souaiter des choses au lieu de comprendre comment les réaliser. Moi je dis que c'est une bonne chose d'avoir jamais donné de braguette à Esmé quand elle était jeune, Lili aurait été de la rigolade à côté. Cijoint un dessin du cimtière où tu peux voir des gens enterrés dans des boîtes au-dessus du sol à cause de la terre trop humide parce que personne veut être mort et noyé à la fois. On dit que les voyages ouvrent l'esprit, je crois bien que je pourrais maintenant me sortir le mien par les oreilles et me le nouer sous le manton, salut, MAMAN.

Dans le marais, Mme Gogol, la sorcière vaudou, suspendit la queue-de-pie sur son portemanteau rudimentaire, enfonça le chapeau au sommet du piquet et noua la canne à un bout de la traverse avec un morceau de ficelle.

Elle recula.

Elle entendit un battement d'ailes. Legba tomba du ciel et se percha sur le chapeau. Puis il chanta. D'habitude il ne chantait qu'au crépuscule, parce qu'il appartenait aux forces des ténèbres, mais pour une fois il avait envie d'annoncer la journée nouvelle.

Le bruit courut plus tard que, tous les ans, le Samedi soir des morts, au plus fort du carnaval, quand les tambours battaient à plein régime et que le rhum commençait à manquer, un homme en queue-de-pie et haut-de-forme surgissait comme un beau diable du néant et menait la danse.

Après tout, même les contes doivent bien commencer quelque part.

Un plouf, puis les eaux du fleuve se refermèrent.

Magrat s'en repartit.

La baguette se posa dans la vase grasse où ne la touchèrent plus que les pattes de rares écrevisses de passage, lesquelles n'ont pas de marraines fées ni la possibilité de formuler le moindre souhait. Elle s'enfonça au fil des mois et, comme la plupart des choses, sortit des mémoires. Ce qu'on pouvait souhaiter de mieux.

Les trois balais s'élevèrent au-dessus de Genua, au milieu des volutes de brume qui s'enroulaient vers l'aube.

Les sorcières baissèrent les yeux sur les marais verts autour de la ville. Genua sommeillait. Les journées qui suivaient midi gras étaient toujours calmes, on dormait pour récupérer. Entre autres, Gredin, pelotonné à sa place parmi les brins du balai de Nounou. Il avait quitté Mme Aimable la mort dans l'âme.

« Et voilà, fini la *douchée vita*, commenta Nounou avec philosophie.

— On a pas dit au revoir à Mme Gogol, dit Magrat.

— J'pense qu'elle sait qu'on va bien. Une femme savante, cette Mme Gogol.

— Mais est-ce qu'on est sûres qu'elle va tenir sa parole ?

— Oui, affirma Mémé Ciredutemps.

— Elle est très honnête dans son genre, dit Nounou.

— Oui, y a d'ça, concéda Mémé. Mais j'ai aussi fait savoir que je pouvais revenir. »

Magrat se tourna pour regarder le balai de Mémé. Une grosse boîte ronde faisait partie des bagages arrimés par une sangle aux brins de l'engin.

« Vous avez pas encore essayé le chapeau qu'elle vous a donné, dit-elle.

— J'y ai jeté un coup d'œil, répliqua Mémé d'un ton glacial. Il me va pas.

— J'vois mal Mme Gogol donner un chapeau qui va pas, fit Nounou. Montre-nous ça, tu veux ? »

Mémé renifla et ôta le couvercle de la boîte. Des boulettes de papier de soie chutèrent vers la brume lorsqu'elle en extirpa la coiffure.

Magrat et Nounou Ogg fixèrent l'objet, les yeux écarquillés.

Elles connaissaient évidemment le concept des couvre-chefs décorés de fruits – Nounou Ogg possédait elle-même un chapeau de paille noir agrémenté de cerises de cire pour les grandes occasions de querelles familiales. Mais celui-ci ne se limitait pas à des cerises. Il n'y avait guère que la pastèque à ne pas figurer au générique des fruits représentés.

« C'est vraiment très... étranger, fit Magrat.

— Allez, dit Nounou. Essaye-le. »

Mémé s'exécuta, un peu penaude, et parut grandie d'une bonne soixantaine de centimètres, essentiellement grâce à un ananas.

« Très original. Très... chic, fit Nounou. C'est pas tout le monde qui peut porter un chapeau comme ça.

— Les grenades vous vont bien, dit Magrat.

— Et les citrons, renchérit Nounou Ogg.

— Hé ? Vous vous moqueriez pas de moi, dites ? fit Mémé Ciredutemps d'un air soupçonneux.

— Vous voulez voir ce que ça donne ? proposa Magrat. J'ai un miroir quelque part... »

Le silence tomba comme un couperet. Magrat rougit. Nounou Ogg lui jeta un regard noir.

Elles observèrent Mémé d'un œil prudent.

« Ou-ui, fit-elle après ce qui parut une éternité, je crois que je devrais voir dans une glace ce que ça donne. »

Magrat se dégela, farfouilla dans ses poches et sortit un petit miroir à main dans un cadre de bois. Elle le passa à son aînée.

Mémé Ciredutemps contempla son reflet. Nounou Ogg manœuvra discrètement son balai pour se rapprocher.

« Hmm, fit Mémé au bout d'un moment.

— J'aime bien les raisins qui te pendent au-dessus de l'oreille, dit Nounou d'un ton encourageant. Tu sais, c'est un chapeau de chef ou je m'y connais pas.

— Hmm.

— Vous croyez pas ? fit Magrat.

— Ben, répondit Mémé à contrecœur, ça peut sans doute convenir pour les pays étrangers. Où personne que je connais risque de m'voir. Personne d'important, en tout cas.

— Et quand on sera rentrées, tu pourras toujours le boulotter », ajouta Nounou Ogg.

Elles se détendirent. Elles avaient l'impression d'avoir gravi une colline, négocié une vallée délicate.

Magrat contempla sous elle le fleuve brun et les troncs douteux sur les bancs de sable.

« Je voudrais savoir une chose, dit-elle : est-ce que Mme Gogol était gentille ou méchante, en fait ? J'veux dire, les morts, les alligators, tout ça... »

Mémé regarda le soleil levant qui perçait à travers la brume.

« Le bien et le mal, c'est pas simple, dit-elle. J'sais jamais vraiment où situer les gens. Peut-être que l'important, c'est de quel côté on se tourne.

» Dites donc, ajouta-t-elle, j'ai bien l'impression que j'aperçois le Bord d'ici.

— C'est marrant, fit Nounou, paraît qu'on trouve des éléphants dans certains pays étrangers. J'ai toujours eu envie de voir un éléphant, vous savez. Et y a un coin de Klatch, quelque part, où des gars grimpent à des cordes et disparaissent.

— Pour quoi faire ? demanda Magrat.

— Va savoir. Doit sans doute y avoir une bonne raison étrangère.

— Dans un de ses livres, reprit Magrat, Desiderata écrivait une chose intéressante sur les éléphants. Que dans les plaines de Sto, quand les gens disent qu'ils vont voir l'éléphant, ça signifie qu'ils partent en voyage parce qu'ils en ont assez de rester au même endroit.

— Rester au même endroit, c'est pas trop grave tant qu'on empêche pas l'esprit de se balader, dit Nounou.

— Moi, j'aimerais bien remonter vers le Moyeu, fit Magrat. Pour voir les temples anciens comme ceux qui sont décrits dans le premier chapitre du *Sentier du scorpion.*

— Et ils t'apprendraient tout ce que tu sais pas déjà,

c'est ça ? » répliqua Nounou avec une brusquerie dont elle n'était pas coutumière.

Magrat lança un coup d'œil à Mémé.

« Sans doute que non, fit-elle humblement.

— Bon, dit Nounou. Qu'est-ce qu'on fait, Esmé ? On rentre chez nous ? Ou on va voir l'éléphant ? »

Le balai de Mémé vira doucement dans le vent.

« T'es une vieille polissonne dégoûtante, Gytha Ogg, fit-elle.

— Tu l'as dit, répliqua joyeusement Nounou.

— Et Magrat Goussedail...

— Je sais, la coupa une Magrat au comble du soulagement, je suis un bonnet de nuit sans coiffe. »

Mémé regarda en arrière vers le Moyeu et les hautes montagnes. Quelque part là-bas attendait une vieille chaumière dont la clé était accrochée dans les cabinets. Il devait se passer des tas de choses au pays. Le royaume devait aller à vau-l'eau sans elle pour maintenir les sujets dans la bonne voie. C'était son boulot. Allez savoir de quelles bêtises ils étaient capables durant son absence...

Nounou frappa négligemment ses bottines rouges l'une contre l'autre.

« Ben, j'imagine que rien n'vaut chez soi, dit-elle.

— Non, fit Mémé Ciredutemps d'un air toujours songeur. Non. Y a des milliards de pays comme chez soi. Mais on vit que dans un seul.

— Alors on rentre ? demanda Magrat.

— Oui. »

Mais elles prirent le chemin des écoliers et virent l'éléphant.

AINSI PREND FIN
« MÉCOMPTES DE FÉES »,
DOUZIÈME LIVRE DES
ANNALES DU DISQUE-MONDE.

Achevé d'imprimer sur les presses de

BUSSIÈRE

GROUPE CPI

à Saint-Amand-Montrond (Cher)
en août 2004

POCKET - 12, avenue d'Italie - 75627 Paris Cedex 13
Tél. : 01-44-16-05-00

— N° d'imp. : 43661. —
Dépôt légal : décembre 2002.
Suite du premier tirage : septembre 2004.

Imprimé en France

Pocket - 12, avenue d'Italie - 75627 Paris Cedex 13
Tél. : 01-44-16-05-00

— N° d'impr. 44061. —
Dépôt légal : décembre 2000.
Suite du premier tirage : septembre 2004.

Imprimé en France